# じい様が行く 10

『いのちだいじに』異世界ゆるり旅

蛍石

Hotaruishi

主な登場人物
ロッツア
ソニードタートルという
種族の巨大亀モンスター。
見た目に反して
足が非常に速い。
ナスティ
セイタロウの旅に
加わったエキドナ種の女性。
のんびりした口調で
話すが、芯は強い。
クリム
セイタロウの旅に
同行する
赤い子熊の
モンスター♂。
ルージュ
セイタロウの旅に
同行する
赤い子熊の
モンスター♀。
カブラ
セイタロウに
育てられたマンドラゴラ。
通常の個体より
大きく、喋りが流暢。

イスリール
セイタロウを異世界に転生させた神様。人はいいがうっかり気味。
セイタロウ
日本で茶園を経営していたじい様。年の功と神様から貰った超スキルを引っさげ、異世界で旅に出る。
バルバル
ナスティの従魔であるマタギスライム。
ルーチェ
正体は、ブライトスライムという魔族。セイタロウの孫娘として一緒に旅に出る。

# 旅の中で巡り合った人々

## セイタロウの旅の仲間

❖モッチムッチ …………… 親とはぐれた三つ首のヒュドラ。

## ローデンヴァルト時計店

❖イェルク♂ ……………… 時計店の主人。地球のドイツ出身。

❖ユーリア♀ ……………… イェルクの妻。

❖トゥトゥミィル♂ ……… 半人半蜘蛛の美少年。

❖ジンザ♂ ………………… 番いの紅蓮ウルフ。

❖レンウ♀ ………………… 番いの紅蓮ウルフ。

❖テウ♂ …………………… キメラの少年。元はスライム。

## 王都シトリネマット

❖クーハクート・
　オーサロンド♂ …… 好々爺然とした貴族。

❖オハナ♀ ………………… 王家の見習い料理人。

❖レメネ十九世♂ ……… 国王。クーハクートの甥。

❖王妃たち♀ ……………… 国王の妻たち。第一～第五王妃までいる。

❖チエブクロ ……………… 商業ギルドマスター。紫色の梟。

❖バザル♀ ………………… 商業ギルド職員。丸眼鏡の白山羊人族。

❖副マス♀ ………………… 冒険者ギルドの副マスター。

## 神々とその同族

❖四人の神 ………………… 火・水・地・風を司る、イスリールの配下。

❖三幻人 …………………… 神の下僕だった者達。セイタロウを度々襲う。

## 《 1　生徒が増えておる 》

儂《わし》――アサオ・セイタロウは、この世界へ呼ばれてから、増えていく家族と共に、物見遊山《ものみゆさん》がてらの旅をしていたんじゃ。いくつか季節も巡り、街や村を見ることも出来た。今は王都シトリネマットに暮らしとるよ。

貴族社会の諍《いさか》いに巻き込まれないように細々と暮らしていたんじゃがのぅ……王家に連《つら》なる隠居《いんきょ》貴族のクーハクートと知り合いになったのが、そうもいかぬ原因か。

先日なんぞ、王城で魔法を指導する立場の老人二人、ペ・カーとヨボ・ホルンに絡《から》まれてしもうたからな……陸から海から、魔法でちょっかいを出してきおったんじゃ。最終的に自滅に至らせたので、家族にも家屋にも被害を出さずに済んで良かったわい。迷惑千万《せんばん》な戦闘のせいで多少、地形が変わってしまったところは、儂が魔法で直しておいたからの。

そんな海上魔法戦闘が過去のことになりつつある今日この頃。後始末をクーハクートに任せとる間にも、ナスティが教師役を務める魔法教室の生徒が右肩上がりで増え続けとるよ。儂も手すきの折りには先生をしとるから、アサオ家魔法教室みたいな様相《ようそう》じゃ。

王家の専任教師だった老人二人がいなくなったからのぅ……問題を起こした当人たちはどうでもいいが、学ぶ機会を奪われた子供たちはたまったもんじゃないじゃろう。そう思って、いくらか受け入れることにしたんじゃよ。ちゃんとナスティと相談した上でのことじゃて。『新しい教師が見つかるまで』と期限は区切ったが、選考するのにも時間がかかるそうじゃ。同じ轍《てつ》を踏まないように、学力と実力以外にも家柄や人柄、周囲の評価なんてものも調査するそうじゃからな。

そうそう、子供らを預かるアサオ家から出した条件は二つだけ。

我が家で学ぶ際に、地位や種族を理由に他者を蔑《ないがし》ろにしちゃいかん。平民も王族も扱いは違《たが》えんぞ。あとは他者を見下すことをしないようにってくらいじゃ。その条件を呑めるなら、誰が来ても構わんと言ったんじゃが……予想以上に生徒が増えてしまったんじゃよ。

まだ数回しか通っていない王族の子供らが、めきめき上達してな。それを目の当たりにした知り合いたちから、紹介してほしいと王妃さんらが頼まれたんじゃと。それで、先の条件を出したってわけじゃ。あからさまに差別をするような輩《やから》はご遠慮願いたいからのぅ。

幾人かは、条件を呑めずに文句を言って、特例を認めさせようとしたそうじゃがな。王妃さん親子ですら受け入れとるのに、何を言っとるんじゃろか……馬鹿なことはせんと思うが、少しばかり心配になるのぅ。

「何かしでかすようなら、いなくなった二人と……ね？」

儂の表情から憂《うれ》いを察したらしい王妃さんは、黒い笑みを浮かべながらそう言っておったよ。

そういえば、近海に棲《す》む生き物も生徒に加わった。ヒュドラの子供で三つ首のモッチムッチと、ロッツァ経由で頼まれたんじゃ。先日の海戦を見学したのかと思ったが違った。どうやら以前から儂らの授業を目撃していたらしい。ルーチェのような幼い子供が、精度の高い魔法を使っていたのに興味を惹《ひ》かれたそうじゃ。

そして、あれよあれよという間に他の子供たちが増えていき、日に日に上達していくもんだから、仲間に交じりたいと思っていたんじゃと。

自分らと同じく魔物であるモッチムッチたちが懐き、そして海の生き物を癒《いや》してくれたこと——海戦の最後に儂が海へ放った《快癒《ヒールオール》》のことじゃ——が、最後の一押しとなり、教室に参加したくなったとも言っておった。

魔物たちは人に近い見た目の者もおれば、ほぼ蟹《かに》と言っても差《さ》し支《つか》えない見た目の者もおる。幾人かは海から離れられないので参加を断念しようとしていたが、大きな盥《たらい》や水瓶《みずがめ》もあったしのぅ。それに波打ち際での授業だってやりようじゃ。だから、希望者はなるたけ受け入れてやったんじゃよ。

ただ、そろそろ受け入れ人数にも限界が来るかもしれん。

「まだ大丈夫ですよ〜」

なんて言ってくれとるナスティじゃが、疲労の色は拭《ぬぐ》えんわい。最近じゃ、好きな石細工《いしざいく》もあまりしとらん……自分のやりたいことを二の次にしてまで、誰かの為に頑張るのは違うと思うんじゃよ。だもんで、ナスティの負担を減らす為に、代わりとなる料理教室や木工教室を開催しとる。

儂の料理助手になりつつあるオハナ、クーハクートのところのメイドさんたちは、率先して習っとるよ。思わぬ参加者としては、王妃さんたちか。子供らが喜んでお菓子を食べているので、自分らでも作りたくなったんじゃと。これは子供たちも同じ考えだったらしい。子供は大人の為、大人は子供の為と、双方に作り合っていた。

木製の器《うつわ》や彫刻《ちょうこく》はクリムとルージュが先生となったが、あまり教えてくれんぞ。二匹とも言葉を介《かい》さんから、生徒は見て覚えるしかなくてな。ただ、子熊が木工をする様は可愛らしいから、とても人気になっとった。

他にも、おもちゃ作りは儂が教えとる。こちらは大人にも子供にも受けがいい。儂にとっては昔のおもちゃでも、こちらの世界では目新しいそうじゃて。一緒に昔遊びを教えとるから、教室ってよりも遊び体験会って感じじゃな。

そういえば五番目の王妃さんと海からの生徒の一部には、カブラの畑が好評じゃった。あと、執事さんと時々参加する庭師さんにもか。カブラとバルバルが手を入れる畑からは、学ぶところが多々あるらしい。さりげなくカブラたちに交ざる土の女神の影響が、あるような気がしなくもないが……気付かれとらんようじゃから黙っておこう。

毎回、昼ごはんと夕ごはんが大人気なのは、気のせいだとは思っておらんよ。たくさん学んで、いっぱい遊ぶ。その上、大勢で食卓を囲んでたらふく食べるから楽しいんじゃろう。種族が変われば文化も変わる。地位や立場が影響して、こんな機会を得られなかった者も多そうじゃからな。

欲しい料理を好きなだけ食べられるようにと、バイキング形式にしたのも面白かったみたいじゃよ。カタシオラで営《いとな》んだバイキングが、こんな形で再び日の目を見るとはのぅ……

あちらで商《あきな》っていたものとは多少違うが、食事時にのみ参加していた商業ギルドのチエブクロとバザルは、甚《いた》く感激しとった。まぁ似たようなもんじゃからな。参考にしたいと言っていたが、何をするんじゃろう？　面白い話が聞けるかもしれんから、好きにさせるとするかの。

## 《　2　持ち込まれて相談　》

今までの街のようにここでも店を開くと思っていたのに、気が付けば学《まな》び舎《や》……いや、塾《じゅく》のようなものになってしまっとる。家族がそれぞれ得意とすることを教えられるのはいいんじゃが、どうにも慌ただしさが拭えん。あまりの忙しさに自分の時間を取れないのはいかんじゃろ。そのうち心か身体が壊れてしまうでな。

それを防ぐ為に、各々《おのおの》が教える日取りを決めた。各自無理のない、楽しめる範囲で構わんからのぅ。生活費は茶やコーヒー豆の卸売《おろしう》りで十分賄《まかな》えるし、家族が狩ってきてくれた獲物の、食べれない部分を売り捌《さば》くことでも足りておる。

汗水垂らして働く美徳も理解できるが、しなくていい苦労は買わんでいいと思うんじゃよ。勿論、無理矢理休ませようとは思わんから、自分自身で加減すればええ。

基本的に、塾を開くのは午前か午後のどちらかだけ。家族の誰かしらが講師になるにしても、その道のプロでなく素人《しろうと》じゃからな。不手際や分かりにくいなんてこともあるかもしれん。その対策の意味も込めて授業料は安めにしておいた。

あとはおまけってわけじゃないが、昼ないしはおやつのどちらか一食付きにしてやったんじゃ。頭数を把握しておかんと準備ができんので、参加希望者には前日までに知らせてもらうようにしたよ。

そうしたら、受講者がこぞって参加を表明してな。ついでに授業料は貨幣《かへい》だけでなく物品でも受け付けることにしたわい。でないとヒト型以外の生徒たちが支払えんからのぅ。

今日は儂が教える料理教室の日じゃ。何を教えようか悩んでいたら、

「初歩からお願いします！」

なんて頼まれてな。だもんで、ごはんの炊《た》き方にダシの取り方、あとは煮魚とダシ巻き玉子を教えることにした。儂ら家族にとっては普段と変わらん朝食じゃが、こちらの者には珍しいはずじゃて。食材を教える意味もあるので、ロッツァには昆布《こんぶ》とワカメを採ってきてもらったわい。

他に食材で使う卵にしろ魚にしろ、この王都では普通の商店で売られておった。白米だけは、輸入食材を扱う店にしかなかったがのぅ。少し割高じゃったが、高級品ってほどの代物ではなさそうじゃよ。

調味料の醤油《しょうゆ》と味噌《みそ》は、儂の手持ちを出す予定だったのに、冒険者ギルドの副マスさんが持参してくれた。ほれ、頭髪の中に守護精霊を住まわせている、あの盛々《もりもり》巻き髪の女性じゃ。王都の近辺にも醤油の実は自生《じせい》しているらしくて、その見本がてらに持って来てくれたってわけじゃった。少し見た目が違うから、風味が変わるかもしれん。

副マスさんの用事はそれだけでなく、卸した素材の代金を運んできてくれたんじゃよ。聞けば、客たちが次回に儂が訪れるまで待てず、素材の催促《さいそく》をされとるんじゃと。それで、何かあれば引き取ってこようとなり、わざわざうちまで来てくれたそうじゃ。

副マス自らやることとは思えんが、無駄な経費を削減する為と言っとるし、分からんでもない。無駄足にするのも可哀《かわい》そうじゃから、渡せるものは差し出しておいた。

ついでに、醤油の実の採取も、依頼としてギルドに掲げてもらえるように頼んでおく。王都の外まで自分で採りに行く時間が取れるか分からんでな。それに、採取を生業《なりわい》にしている冒険者が、王都にもおるかもしれん。専門職にやってもらえるなら、任せてしまおうと思ってのぅ。

副マスには今日の駄賃《だちん》として、サンドイッチとバーガーを払っておいた。にやりと笑っとるから、また来るかもしれん。

儂が教える料理教室は、他の塾と違って昼を跨《また》ぐように時間設定されておる。自分たちで作ったものを試食する必要があるからの。ただ、それだけだと一食付きに嘘はなくても、ちょっと損した気分になってしまうじゃろ？　だから、食後の甘味《かんみ》や、今日教えなかった主菜を一品増やすなどしとるんじゃ。今日は寒天《かんてん》を使ったゼリーと心太《ところてん》じゃな。

食材の値段や売られている店、もしくはどんな場所で採れるかなどを教え、それから下拵《したごしら》えと調理に進む。こんなことを教える者はいないらしく、面白がられたよ。儂の知らん店や底値を逆に教わることもあって、こちらとしても役立つものになったわい。

手順を見せながら、儂のやることをなぞってもらって進んでいく調理は、さしたる問題も起きん。いくつかの質問に答えるくらいで、完成まで進めた。

試食している時に、二番目の王妃さんから食材を渡されて相談された。持って来られたのは苔生《こけむ》した石……石なのに食材とはこれ如何《いか》に？　そう思って鑑定してみれば、石っぽい部分も食べられ

ると出ておった。苔は乾燥させると薬味《やくみ》に使え、石は砕いて粉にすると香辛料《こうしんりょう》になるんじゃと。その旨を伝えたら、

「次回の料理教室に使ってください」

と言われたよ。

他にも、猫獣人の男の子はカラッカラに乾燥したナマコを持ち込んだし、ご近所さんは白カビに包まれた、中身が半生《はんなま》状態のチーズを渡して来た。どちらももらい物で美味《うま》い食べ方が分からず、儂に相談したそうじゃ。これらも王妃さんと同様に『次回で』と頼まれたぞ。

「珍しい食材を見られるのは嬉しいんじゃが、対処できん場合はどうすればいいんじゃ？」

儂の呟《つぶや》きに一人の生徒が答える。

「できれば美味しく食べたいだけですから、無理ならば断ってくださいな」

その言葉に、生徒一同が頷くのじゃった。

## 《 3　好き嫌い 》

「じいじー、ニャンさんこれダメだってー」

ルーチェが持ち上げた皿には、焼いたソラマメが載っておる。莢《さや》ごと炭火《すみび》で真っ黒に焼いたから、豆は良い具合の蒸し焼きになっとった。味付けは塩をぱらりと振っただけで、素材の味を楽しめるようにしたんじゃが……見た目も香りもまんまソラマメじゃからのぅ。苦手な子が食べられんのも無理はない。

「無理せずに、食べられる料理だけ食べるんじゃよ。嫌々食べたって、美味しくも楽しくもないからのぅ」

儂の答えにニャンさんがこくりと頷く。このニャンさんは、背丈は低くても大人の船乗りさんでな。つい先日王都に来たばかりな異国の男性じゃ。

濃いめの肌に短い黒髪、くりっとした瞳に低い鼻、どちらかと言えば四角い輪郭《りんかく》。この王都に来るまでもあまり見かけたことがない形《なり》じゃったよ。儂としては、日本にいた頃に見かけた東南アジア圏《けん》の顔立ちに見えるがの。

そのニャンさんが、どうして我が家で食事をしているかと言えば、ロッツァの救命がきっかけじゃ。まだ冷たい海で泳いでいたニャンさんが足を攣《つ》って、溺《おぼ》れかけていたところを助けたんじゃよ。

全身を震わせ、唇まで真っ青になったニャンさんを風呂場へ案内して、その後食事で暖《だん》を取らせたら懐いてな。ニャンさんにしてみれば異国の王都で、言葉が問題なく通じた儂に気を許せたのかもしれん……転生する時にイスリールからもらった言語能力は、種族も国も越えて適用されとるでな。そうしたいくつかの要因が重なったからか、時々来るようになったってわけじゃ。

今もルーチェを含めた子供たちに交じって、昼ごはんを食べておる。

儂以外には言葉が通じておらんが、ニャンさんの表情は雄弁《ゆうべん》でな。誰にでも、ひと目で言いたいことが分かるほどじゃった。今だって額《ひたい》に深い皺《しわ》を横へ走らせ眉尻を下げて、泣きそうな顔をしとる。ご丁寧に唇まで尖《とが》らせとるから、これで食べたものを嫌ってないなら嘘じゃろ？

「この前食べたトウモロコシが欲しいみたいだよ」

ニャンさんがトウモロコシの両端を掴んで齧《かじ》る様を見せれば、それをルーチェが代弁してくれた。儂にならら言葉が通じるのに、敢えて子供たちに見せて楽しむのは、ニャンさんなりのコミュニケーションと分かってるんじゃがな。間にひと手間挟むのが面倒でないのかのぅ……子供たちも楽しんでおるから構わんか。

今日の昼ごはんは、野菜料理ばかりが並んでおる。これは第一王妃さんの頼みでな。肉や魚は城でも食べられるけれど、カブラが管理する畑の野菜はここでしか食べられん。折角の機会、子供たちにも美味しい野菜を味わってほしいんじゃと。カブラも乗り気で、

「絶対に『美味い』って言わせたるからなー」

と意気込んでおったよ。畑を手伝う小人《こびと》さんや神官さんも、

「美味しさを知らしめなくては」

なんて息巻いとったな。

肩に力を入れずとも、子供たちは美味しそうに料理を食べておるよ。好みが割れるじゃろうから、野菜ばかりの昼ごはんでも煮物に焼き物、揚《あ》げ物や汁物と多岐《たき》に亘《わた》って用意したんじゃ。どうせなら嬉しそうな笑顔を見たいでな。

「同じ野菜でも、ここまで変わるものなんですね」

二枚の皿を交互に見比べる王妃さんは、食感の違いに驚いているようじゃよ。その二品は揚げ浸《びた》しのナスと焼きナス。揚げ浸しの中にも串型に切ったナスと、皮を虎模様《とらもよう》に剥《む》いて輪切りにしたナ

スを入れてある。舌触り、歯触りの違いも起こるでな。目を丸くしっぱなしじゃった。

「甘味だけでなく、酸味に苦味。あとは辛味を含む野菜もあるから、嫌がる子もおると思ったんじゃが……ニャンさん以外にはおらんな」

「子供たちは競うように食べてますね」

子供らの反応にも驚きを隠せんらしい。

「それは、あれじゃよ。美味しそうに食べとる子がいれば気になるってもんじゃ。自分だけが食べられないのも負けた気がして、対抗意識を燃やす子もおるじゃろし。まぁ、その場の雰囲気に流されもするじゃろて」

「そういうものですか？」

首を傾げる王妃さんは、実感が持てんようじゃ。

「食べ切るまで食事を終わらせんなんて、馬鹿なことをする者も儂の故郷にはおったが……あれは逆効果だと思うんじゃよ。どれだけ時間をかけようが、嫌いなものは食べたくない。嫌な思い出によって、より一層食材を嫌いになるし、下手したら食事自体を嫌厭《けんえん》してしまうかもしれん。そうなったら、再度興味を惹くのにどれだけ苦労するか……」

孫のタクミから聞いた、苦々しい話を思い出す。ごはんを残すのは確かに良くないことじゃが、無理に食べたって呑み込めんじゃろ。本気で嫌なら吐いてしまうことだってある。そんな食事の記憶は、何よりも身体に悪いと儂は考えておるんじゃよ。

「好きなものだけ食べていたって子供は育つ。それを食べなければ死んでしまうというならば、押し込んででも食べさせるが、そんな食材はありゃせんからな。育っていくうちに食べられるようになることもあるんじゃから、子供に嫌な思いをさせる必要なんぞない。楽しく美味しく食べたって記憶を持つことのほうが、遥《はる》かに大事だと儂は思っとるんじゃ」

儂の言葉を肯定するように、子供たちは野菜料理を分け合っておる。誰だって苦手な野菜の一つくらいあるじゃろう。逆にそんな野菜だって、誰かの好きなものかもしれん。嫌々食べることも、無理に食べさせることも儂はせんよ。

「食わず嫌いなら、ひと口くらい試してほしいとは思うが……無理強《じ》いをしたくないからのぅ」

焼きトウモロコシを片手に持ち、マメごはんおにぎりを食べるニャンさんが、儂の視線の先で笑っておった。ソラマメはダメでも、マメごはんは平気だったらしい。

その向かいでは、人魚の女の子が焼きトウモロコシだけを食《しょく》しとる。この子には、トウモロコシがおかずとは認識できんかったんじゃろう。

カボチャの煮付け、サツマイモの天ぷら辺りも、子供によってマチマチの反応じゃった。この辺りは儂も白飯《しろめし》の供《とも》には選べん。同じ家族でも、儂と違ってルーチェは大抵の料理をおかずにできるからな。本当に、好みなんて十人十色《じゅうにんといろ》じゃよ。

子供も大人も関係なく、料理と食材に興味を示してくれたから、今日のごはんは大成功じゃろうな。

また別の日には、第四王妃さんが実家近辺で採れた食材を持って来た。たまに送ってくるそうなんじゃが、城では決まった料理にしかならんからつまらないんじゃと。

不味《まず》くはないが美味くもない……我が家でいろいろ食べていく王妃さんたちの舌は、既存の料理に満足できなくなってしまったらしい。それでも食材を無駄にするのには抵抗があるから、出されたものは皆で食べるそうじゃ。

今日持参した食材は、木の実やキノコがたんまりあって、他にも儂の見たことのない色をしたサツマイモや、形のおかしなサトイモもあった。今日は料理教室を行《おこな》わない日なんじゃが、わざわざ王妃さんが来たのには理由があってな。近頃、ナスティと一緒に石細工をしとるんじゃよ。煌《きら》びやかなドレスを身に着けておらんのは、汚れてもいいようにと考えた末なんじゃろ。

「これもお願いします」

そう言って差し出して来たのは、大きな大きなイチョウ型のイモ。腰のポーチから、にゅっと出てきたイモの表面には、短い根がちくちく生《は》えておる。ひと抱えはあろうかというそれが、全部で五個。儂の知る寸法より大分大きいが、この特徴的な形はイチョウイモやヤマトイモと呼ばれるあれじゃ。

ヴァンの村で収穫した自然薯《じねんじょ》に続いて、別の種類のヤマイモを手に入れられるとは……和食向きの食材をもっと探したくなってしまうぞ。

食材を持って来た王妃さん本人は、

「甘いものも作っていただけると嬉しいです」

なんてことを言って、石細工をする工房《こうぼう》へ行ってしまったわい。

子供を待つ間の手習いくらいかと思っていたのに、思った以上に石細工へ嵌《は》まっていたようじゃ。ナスティの指導もあるにはあるが、基本的に作りたいものを思うがまま作らせとるようじゃからな、それが良かったんじゃろう。『指定した何かを作れ』と言われたんじゃ、面白みも半減してしまうはずじゃて。『自分がされて嫌なことは、相手にもしない』は、家族皆の意見じゃ。戦闘ならば逆に推奨《すいしょう》したいことじゃが……今は、趣味の時間じゃからのぅ。

王妃さんを見送った儂は、渡された食材を抱えて台所へ向かった。

「さてさて、ヤマトイモで作れるお菓子と言ったら何がいいじゃろか？」

甘いものと言われたから応えてやりたいが、ぱっと思いつくものがありゃせん。記憶を呼び起こしながら、儂は【無限収納《インベントリ》】と台所を漁《あさ》っていく。砂糖に卵、煮た花豆《はなまめ》に餡子《あんこ》、それに上新粉《じょうしんこ》と小麦粉、ジャムとピールも追加じゃ。他にも調理器具をいくつか出していたら、一つ思い出せた。

「かるかん……は、ヤマトイモが主原料だった気がするのぅ」

覚えている限りでは、ヤマトイモと卵白《らんぱく》、上新粉《じょうしんこ》、それに大量の砂糖を使って蒸《ふ》かしたはずじゃ。手元に食材は全てあるし、蒸し器も用意済み。これは作ってみるしかあるまい。

ヤマトイモをすり鉢ですりおろすが、自然薯よりは粘りが弱い。さらさらとまでは言わんが、カポッと持ち上がるようなことはないのぅ。多めに仕込んで、トロロ汁やお好み焼きに使おう。そうすれば昼ごはんや夜ごはんに流用できるじゃろ。

ヤマトイモをすりおろし終わる頃、バルバルを頭に乗せたロッツァが顔を出した。目聡く見つけた木の実を欲しがったので、渡してやった。果肉がないそれは、木の実ってより種子に近いな。

「これは乾煎《からい》りが美味そうだな」

外に備え付けの竈《かまど》へ向かったロッツァは、蓋《ふた》付きの鉄深鍋を用意しとる。バルバルが頭上に持っている籠《かご》から、木の実をざらざらとその中に入れていく。火にかけて暫《しばら》くすると、パチパチと音が鳴り出した。持ち手を咥《くわ》えたロッツァが絶えず揺すっているのに、徐々に大きくなっていく音は、もう爆《は》ぜとるようにしか聞こえん。

「ほほっ！　これは、これは……なかなかのものだ」

爆ぜる音が途絶えたら、今度はロッツァの喜ぶ声。見れば熱々の種子を食しとった。しっかり煎られた種子は、殻も食べられるほどになったようじゃ。殻を割る軽い音と、中の実を砕く小気味よい音。そのどちらも食欲をそそるってもんじゃよ。

「ナスティやルーチェへも配るんじゃぞ」

「分かっている。我らだけで食べてしまったら、あとが怖いからな」

音を聞きつけたクリムとルージュが、既にロッツァの脇に待機しておったよ。とりあえず試し煎りした分を食べてから、また作って配ると言っておるから心配ないじゃろう。

儂は手元へ視線を戻す。すりおろしたヤマトイモを小分けにしていき、今使わない分を仕舞っておく。砂糖を幾度かに分けてよく混ぜて、少々休ませる。その間に泡立ててやれば卵白が潰れてしまうこともないじゃろ。

泡が消えないようにヤマトイモと混合させれば、残る手順は上新粉《じょうしんこ》を入れるだけ。練《ね》ったり、過度に混ぜたりしちゃいかん。さっくり切るようにやるのが、正解のはずじゃ。型に流し込んで蒸し上げれば完成となる。

冷ましとる時間で昼ごはんを作ったが、あまり手を加えずにトロロ汁にしておいた。あとはマグロに似た魔物、アルバのぶつ切りを使った山かけじゃな。

乾煎り種子を皆に配ったロッツァが戻ってきたが、一人でなくてな。どうやら皆の腹の虫が騒いだらしい。そのまま昼ごはんとなり、トロロ定食をさらさら流し込むことになった。

食後の甘味でかるかんを出したら、王妃さんはなぜかほっとした顔をしておったよ。

「初めて食べるのに、なぜか落ち着きます……」

熱い緑茶と共に楽しんでくれたようで、何よりじゃ。

その後、煮豆を混ぜ込んだものや餡子を包んだものも作ったが、素朴《そぼく》なかるかんが王妃さんの好みに一番合ったらしい。出来上がった各種かるかんを土産《みやげ》に持たせたから、各自の好みが分かることじゃろ。

王妃さんの実家近辺では、ヤマトイモがよく採れるそうで、非常に安価なんじゃと。かるかんを含めた調理法を教えてもいいかと聞かれたから、了承しておいたよ。その礼として、我が家へたくさんヤマトイモを譲《ゆず》ってくれる約束をしてもらったわい。

## 《 4　爆ぜる料理 》

先日、ロッツァが作った乾煎り種子が大好評でな。ここ最近は、焼き魚よりも頻度を高めて作っとるほどなんじゃ。

「大抵のものは煎って美味くなる」

なんて言いながら、ロッツァは嬉々《きき》として乾煎りしとるよ。

それに触発されて儂も一つ思い出してのぅ。乾燥した硬く小粒なトウモロコシを市場で見つけたもんじゃから、思わず作りたくなってしまったんじゃ。これ、普段は粉にしとるらしいから、儂の知るものと同一か自信を持てなかったが、そういう時こそ大活躍の《鑑定《エヴァルア》》さん。大変良い仕事をしてくれて、それなりの量をまとめて購入するに至ったってわけじゃよ。

少しばかりの油と共に、ひと掴みの乾燥トウモロコシがフライパンに入っておる。それが先ほどから喚《わめ》いておってな。クリムたちが儂から距離を取って覗《のぞ》き見《み》しとるよ。台所からする音とは思えんのじゃろ。

『バチバチバチバチッ！』

儂が左手でしっかり蓋を押さえとるフライパンが、激しく音を立てておる。火から離れすぎないように加減しながら右手で揺らしとるそれは、時折ボフンッとも鳴っておってのぅ。上手いこと弾《はじ》けてくれることを願っとるよ。

ある程度の時間火にかけていたら、音の出る間隔が広くなり、やがてほぼ無音になりよった。いや、フライパンを揺すっておるから、中でシャラシャラと鳴ってはおるがな。

蓋を取ってやれば、白く膨らんだそれらが、香《こう》ばしい匂いと共に視界に飛び込んでくる。

「成功したようじゃ」

バターをひと欠片《かけら》入れてから、塩胡椒《しおこしょう》で味を調《ととの》える。日本で食べたようないろんな味にはできんが、ひとまずこれを食べてもらわんと……

白く輝くポップコーンを三個ほど摘まみ、口の中へ放る。

『カシュッ、パリッ』

そんな音と一緒に、口いっぱいに広がるトウモロコシの香り。追いかけるように塩と胡椒の味と、バターの風味。久方ぶりの味に儂の頬が緩んだよ。

それを見たルーチェがまず近寄ってきて、両の手の平を揃《そろ》えて差し出す。儂の表情から『美味しい』と踏んだとはいえ、初体験の料理。ここのところ考えなしに食べることをせん、ルーチェらしい所作じゃよ。後先《あとさき》考えない無鉄砲《むてっぽう》さが消えたのは、子供らしくないとも言えるがの。

その辺りに関して成長しとらんのか、儂に全幅《ぜんぷく》の信頼を寄せているのか分からんルージュは、自作の木皿を持ってルーチェの後ろに並んでおった。クリムは少しばかり小さいものにしとるが、木皿なことに変わりはない。

「じいじ、これもお菓子？」

これまで体験したどの料理とも違うポップコーンに、ルーチェは目をキラキラさせて喜んどる。クリムとルージュも同じようで、息つく暇もないほどの勢いで食べ進めとるわい。あまり慌てて食べると、咽《むせ》ると思うんじゃが――

儂の予想通り、ルージュが咳《せ》き込み、クリムに水を渡されていた。そのクリムも歯の隙間《すきま》に、トウモロコシのガワが挟まったんじゃろう。難しい顔をしとった。『助けて』とばかりに儂を見とるが、それは救いようがない。

「口の中を漱《すす》ぐのと、歯磨きくらいしか儂にも思いつかんよ」

中空に水玉を浮かべてやると、二匹は揃って口を突っ込んだ。何度かぶくぶくと口内でやった後吐き出しとるが、どうにもならんかったらしい。歯磨き用の枝を片手に持ち、行ってしまったよ。

「じいじ、これ美味しい！　甘いのはできないの？」

手の平に盛られたポップコーンを食べ切ったルーチェは、自分専用の木皿を儂の前に差し出す。

「できると思うが、今日のところはこれだけじゃ」

子供たちに取り分けてやったら、全部はけてしまったわい。

二度目のポップコーンを作り始めた儂に、今度はロッツァが顔を寄せる。

「我もやろう。こちらでも出来るのだろう？」

言いながら見せてきたのは、連日愛用している蓋付きの鉄深鍋。

「そっちのほうが一度に多く出来そうじゃ。子供たちの為に、たくさん作ってやらんとな」

「うむ。大船に乗ったつもりでいてくれ」

儂の手元と、庭の竈でロッツァによって作られるポップコーンは、音の共演を始める。先ほどとは打って変わって、子供らは隠れて覗くことなどしとらん。

いや、カブラだけは恐る恐るって感じじゃな。これは仕方ないじゃろ。だって一人だけ食べとらんからな。強くなったバルバルは、カブラの護衛役を自ら買って出とるらしく、盾役のように身を挺《てい》しておる。

若干、恐れ知らずな傾向が見え隠れしてきとるので、その辺りを注意しようとも思ったが、取り越し苦労じゃったよ。儂に先んじて、ナスティとルーチェに窘《たしな》められとったわい。

「『いのちだいじに』だよ、バルバル」

「危ないことをしたり〜、死んだりしちゃいけませんよ〜」

二人の忠告を受けたバルバルは、全身を波打たせておったでな。たぶん気を引き締め直したんだと思うぞ。儂の言いたいことを代弁してくれた二人に感謝じゃ。

「アサオ殿、音が鳴らなくなったぞ。そろそろ完成だろうか？」

竈から鉄深鍋を下ろしたロッツァが儂に問うてきた。中身を確認すると、儂のフライパンより上手に仕上がっとる。

「煎るのは、もうロッツァに勝てんな」

「いや、まだまだだ。何度も経験して最適な時間、振り方を見つけなくてはいかん」

儂の褒め言葉にもロッツァは謙遜《けんそん》するばかり。もう職人みたいな顔つきじゃ。

儂とロッツァが作り上げたポップコーンは、皿に盛ったそばから消えていく。子供らの他に、時間をズラして訪ねてきたオハナやメイドさんが試食してな。作っても作ってもなくなっていきよるわい。

「あまり腹に溜《た》まらん感じじゃが、トウモロコシが原料じゃから思った以上にくるぞ？」

そんな儂の注意は、少しばかり遅かったらしい。皆一様に、気持ち苦しそうな顔をしとる。まったく変わらないのは、ルーチェくらいか。

クリムとルージュをお手本にして、ポップコーンを食べた者は皆、口を漱いで歯磨きをするのじゃった。

## 《 5　カリフワワー 》

先日、ふらりと散歩していた儂は市場であるものを見つけてな。八百屋《やおや》さんでそれの詳細を聞いたら、王都郊外に生えとるんじゃと。大量ってわけでもないが、それなりに密集して生えとるそうじゃよ。近々、収穫へ向かうらしいから、それに同行させてもらえることになったってわけじゃ。

そして当日。王都から出るので念の為、護衛を雇うこともあるそうじゃが、今日のところは儂らがおるからのぅ。問題ないじゃろ。護衛代金と道案内で相殺《そうさい》ってことになった。

余計な心配をかけないようにと、冒険者ギルドと商業ギルドには前以《まえもっ》て連絡しておいたよ。そのせいでか、商業ギルド職員のバザルが儂らの付き添いになっとる。

「日の出直前に収穫するのが一番美味しい」

と八百屋さんも教えてくれたから、こうして未明の集合となったんじゃ。

八百屋さん側からは女将《おかみ》さんと娘さんの二人が参加。娘さんと言っても、ルーチェより少しだけ年上ってくらいじゃな。アサオ家は、儂とカブラにバルバルが同行。ルーチェも来たがっていたが、今日は朝からクーハクートとの約束が入っておったからのぅ。泣く泣く諦めていたわい。

儂がマップを使っているから、魔物の接近はすぐに分かる。それでも万が一があるといかんので、八百屋さん母娘《おやこ》にお守りを渡しておいた。クリムとルージュが彫《ほ》った、二つの月のペンダントじゃ。そこへ《結界《バリア》》と《堅牢《スタウト》》、それに《加速《クイック》》を壊れん程度に付与させた。

危険を感じたら、カブラとバルバルに守らせて避難させるつもりじゃよ。これがあれば、儂が魔物の相手をしている間に、安全圏へ逃げることはできるはずじゃて。

「どんな野菜なんやろなー」

頭にバルバルを乗せたカブラが、儂の前をとてとて歩いておる。宙に浮く座布団に乗らずに歩く姿は、随分と久しぶりに見た気がするぞ……それほど浮いている姿が普通になってしまっとる。

「この前は、味見の分しか買えんかったからな。さっと塩茹《しおゆ》でで食べたが、美味かったぞ」

「ウチ、食べてへんもん」

儂の感想に少しばかりむくれたカブラじゃが、そんな表情はすぐに消える。

「あれだよ」

娘さんが指さす先には、真っ白な花が咲き乱れておった。

「綿《わた》？」

カタシオラの街にいるユーリアが、以前紡績《ぼうせき》していた綿花《めんか》と似ておるからのぅ。それを見たことがあるカブラがそう思っても無理はない。

「いや、野菜じゃよ。カリフワワーって名前なんじゃと」

そこかしこに生える濃い緑色の樹木の先端に、球状の綿がモッと盛られとる。葉っぱの部分が少しだけ薄い緑じゃから、綺麗なグラデーションってやつになっとるな。

「ふわふわの白い綿毛が、火を通すとカリッとするの。だからカリフワワー。生でも食べられるけど、あんまり美味しくないんだよ」

さっそく収穫している娘さんは、カブラへの説明もしてくれた。儂の腰下くらいの背丈の木になるわたあめ……みたいなこれが、野菜なんじゃ。名前からすると、音の響きが近しいカリフラワーかと思ったんじゃがな。どちらかというとヤマブシタケに近いかもしれん。

ただ、火を通した後の食感は、さっと茹でたニンジンっぽいんじゃよ。なんとも不思議な野菜じゃて。

「ほらほら、早く採らないと日が出ちゃうよ。そしたら甘みが減って、売値も下がっちゃうから」

女将さんは儂らに注意しながらも手を止めん。太陽光を浴《あ》びたカリフワワーは、夜のうちに蓄《たくわ》えた甘みをどこかにやってしまうんじゃと。どうにも光合成や冷え込みによる糖分の溜め込みっぽいが……あれはトウモロコシの話だった気がするしのぅ。

そんなことを考えつつも、手を止めずに収穫していけば、あっという間に日が昇る。

八百屋さん母娘に、儂とカブラが採ったカリフワワーは百株ほど。朝ごはんをごちそうすると言ったら、バザルも張り切って手伝いをしてくれたので、これだけの数になったんじゃよ。かなり器用になったバルバルでも、さすがに収穫はできん。なので周辺を警戒してもらっていた。どうやらそちらでも獲物があったようじゃ。

バルバルが持って来たのは、鋭いクチバシを持つ大型の鳥が二羽。それと前足が鎌のようになったイタチが三匹。他にもタヌキにテン、ハクビシンらしきものもいたぞ。

「かなり頭数がいたんじゃな。《索敵《レコナ》》に反応せんかったが、魔物ではないんじゃろか？」

首を捻る儂に娘さんが頷いた。これらは魔物でなく、店で売る野菜や木の実を狙う商売敵《しょうばいがたき》なんじゃと。森からの恩恵を得るのは、ヒトだけでないからのぅ。

時にはヒトを襲うこともある危険な生き物らしいから、ここで間引《まび》けたのはありがたいそうじゃよ。バザルに聞けば、素材としてそれなりの値段が付くようで、なによりそのどれもが美味しいと教えてくれた。

「物陰から狙われてたんやて。そこを、更に背後から襲うバルバルはんもエグイでぇ」

血抜きだけ済ませて【無限収納《インベントリ》】へ仕舞うと、カブラがそう告げてくる。バルバルと普通に意思疎通ができるのは、カブラとナスティくらいじゃからな。儂は言いたいことがなんとなく分かる程度で、完全に正解ってわけじゃなさそうじゃて。

上機嫌なバルバルを再度頭に乗せたカブラは、儂の背をよじ登る。そのまま首と後頭部にしがみ付き、

「それじゃ、帰るでー」

右手を前に振りよる。

王都まで戻り、八百屋さん母娘と別れた儂らは、帰りがけに冒険者ギルドへ寄って、獲物の解体を頼んだ。食べられる肉以外は卸す約束をしたら、職員さんが大喜びじゃったよ。最近はあまり出回っていなかったんじゃと。

バザルを連れて帰宅した儂らは、空腹を主張する胃に朝ごはんを詰め込んでいく。採れたてのカリフワワーをさっと茹でて食卓に並べたら、物珍しさも手伝ったか、今日の一番人気になっとったわい。

## 《 6　寒《かん》の戻りがあるけれど 》

儂の教える料理教室はいつも通り波風の立たない、平穏な授業風景を繰り返しとる。その代わりといってはなんじゃが、儂以外の家族が受け持つ授業はかなり熱を帯びたものになっとるよ。

「だから言っとるやんかー。畑で育つ野菜の気持ちになって、何をして欲しいのかを考えんといかんってー」

カブラが厳しく指導する相手は、商業ギルドの食材仲卸《なかおろし》部門の子と冒険者ギルドの若い子じゃ。ギルマスたちの推薦《すいせん》を受けて我が家に来とるが、やる気も見えんし乗り気でもない。そんな雰囲気が全身から滲《にじ》み出ておってな。折角教えているのに、そんな態度を取られたんじゃ気分も悪かろう。だもんで先生であるカブラが苛立《いらだ》ち、受講生が不機嫌になり、と負の螺旋《らせん》の様相を呈《てい》しとるよ。

「教わる気がないなら、このまま帰ったほうが時間の無駄にならんぞ？」

儂が出した助け船に、生徒たちは乗ってくれたわい。一人だけ残して、それ以外は我が家の敷地から出て行ってくれた。

残ったのは食材仲卸部門の子のみ。この子も率先《そっせん》して教わろうなんて空気感は出しておらんが、与えられた業務はこなしておったからの。ここに来たのも業務の一環と、割り切っているんじゃろ。

「おとん、ええんかー？　帰したら怒られると思うんやけど……」

心配そうに儂を見上げるカブラの頭を撫でてやる。

「本人たちに覚える気がないんじゃから、どんなに時間を割いたって無駄じゃよ。そんなことより、一つでも多く習おうとしてる者に時間をかけてやったほうが、何倍も有益じゃて」

カブラの畑で楽しみながら学ぶ生徒はたくさんおるでな。一緒に作業をこなす小人さんの他にも、複数人の神官さん、農家の恰好《かっこう》がばっちり決まった五番目の王妃さんと、多様じゃ。

「どんな苦労をして、手間暇かけて野菜が手元に届くかを教えるつもりだったのかもしれん……ギルマスたちに叱られて、心を入れ替えるならまだ救いはあるじゃろうがな。百のうち百を伝えてもらわんと理解できない若者には縁がなかったんじゃよ。これで儂らに八つ当たりしたくても、そんな心持ちでは敷居《しきい》を跨《また》ぐことはできん。そんな子は、できることだけやってればいいんじゃないかのぅ。上や先を目指さず、日々を生きていくだけなら、それで十分じゃからな」

割と辛辣《しんらつ》なことを告げておるつもりだったんじゃが、王妃さんも神官さんも大きく頷き賛同してくれとった。小人さんたちは誰もが真面目じゃから、首を傾げるばかり。やって当たり前のことを何を今更……って感じなんじゃろ。

「儂は昼ごはんの支度をするから戻るぞ。何か希望はあるかの？」

「コーヒーをお願いします」

「できれば緑茶をいただきたいです」

儂の問いに即答したのは王妃さん。それに次いだのが神官さんの一人。畑に祈りを捧げつつ、しっかり作業する男性じゃ。

「分かった。お腹がぺったんこになるくらい、畑仕事を頑張るんじゃぞ」

そう言い残して儂は家へと戻る。

頼まれた二品はすぐに準備できるんじゃが、どちらも料理ではないからのぅ。それに香りも楽しむ飲み物じゃから、できれば淹《い》れたてを出してやりたい。しかし、そうなると儂がすることがありゃせん……

「どうしたものか」

台所で悩んでいたら、ロッツァが庭に帰ってきた。今日は海藻採りの日じゃったな。網を斜め掛けして干していた天草《てんぐさ》を鞄《かばん》に仕舞い、次の分を並べていく。ロッツァも手がないので苦労していたが、最近は魔法を器用に操っておっての。風を送るだけの魔法を使って、天草を飛ばしとるんじゃよ。無理せず少量ずつになるから時間はかかるが、丁寧な仕事ぶりは素晴らしいの一言じゃよ。

「おぉ、そうか。寒天を使えばいいんじゃな。となるとコーヒーゼリーや緑茶ゼリーを作って……」

濃いめに淹れたコーヒーに寒天を溶かし込み、四角い金型で冷やしていく。同様のことを紅茶と緑茶でもやるんじゃが、こちらは小さなカップや小鉢に注いだ。今度、子供たちのおやつに出してやる為に、果実水で作るのも忘れておらんよ。これは少し硬めに仕上げてやって、サイコロ状に切れるようにしておいた。

コーヒーなどには砂糖を溶かしておこうかとも考えたが、やめておいた。少なくない数の無糖派がおるでな。煮詰めた砂糖水で各々で加減してもらおう。

コーヒーゼリーには生クリームも欲しいところじゃ。しかし、今は手持ちにないし、作り方も分からん。脂肪分《しぼうぶん》を高めればいいんじゃから、煮詰めてみるか……どれだけ煮ても嵩《かさ》が減るだけでとろみがつかんな。とりあえずバターと小麦粉を少しだけ加えてみれば……

おぉ？　なんだかそれっぽい感じになったのぅ。

生クリームを作る傍《かたわ》らで、牛乳寒天を思い出した儂は、それも仕込んでおる。一通りの甘味が出来たので、あとは昼ごはん作りじゃ。こっちは先日獲れた小魚を使って作った南蛮漬《なんばんづ》けを主菜に組み立てよう。ごはんと汁物に小鉢を数点。肉料理と野菜料理がないと不満が出るかもしれんからそれらも作るとして、煮物、焼き物、和《あ》え物辺りが味の変化もあって楽しめそうじゃな。

農作業を終えたカブラ一行は、土の香りを纏《まと》って帰ってきた。儂の言いつけを守り、お腹をぺっこぺこにしてきたようで、手を洗って席に着くや否《いな》や、手を合わせて食べ始める。頼まれていた飲み物は、食事の最中に飲むのか、食後に飲むのか分からんから既に準備してあるぞ。だから希望者にはすぐに渡せた。

一通りの食事を済ませて、胃袋の主張を大人しくさせた彼らに、儂はゼリーを差し出す。

「希望された、コーヒーと緑茶で作った口直しの一品じゃよ。シロップやクリームで好みの味に仕立てるんじゃぞ」

誰がどれを好むか分からん。なので儂は全種類を少しずつよそっておいた。

「まさか、甘味になるなんて……」

そう言いながらも、王妃さんの頬は緩むのじゃった。

## 《　7　遠足準備　》

おにぎりやサンドイッチ、他にもお弁当に詰めやすい惣菜《そうざい》を作っていたら、ルーチェが察してしまったよ。まだ予定も何もないんじゃが、この近辺の森などに出掛けるなら、お弁当持参で行きたくなってな。その為にも、お弁当向きなおかずを研究していたんじゃ。

【無限収納《インベントリ》】を使ったり、アイテムボックスになっている鞄を用いたりすれば、手間なく簡単に昼ごはんの用意などできてしまうんじゃが……お弁当って妙に惹かれるんじゃよな。

市場で仕入れた小魚を佃煮《つくだに》にしてやればお茶請《ちゃう》けに奪われ、甘辛く炊《た》いた根菜はおつまみに持っていかれた。弁当やおにぎりの具材向きに作っていたから、そのまま食べるには濃い味付けじゃ。強奪犯たちは渋《しぶ》い顔をしていたが、苦情は受け付けんぞ。

青菜漬《あおなづ》けは、葉と茎《くき》の部分に切り分けておいた。こうすれば茎を刻んで混ぜ込みごはんにできるし、葉っぱは海苔《のり》代わりに使える。海苔巻きおにぎり、ごま塩おにぎり、青菜おにぎり……あとはおいなりさんも作ったんじゃ。以前、豆腐《とうふ》を作ってからは定期的に薄揚げも自作しとるからな。とはいえ味噌汁とおつまみになるとしか思われておらんようじゃて……きっと驚き喜んでくれることじゃろう。

儂の試作料理は、オハナにとっても良い勉強になっとるらしい。フィロソフ《こっち》にもだいぶ日本の調理方法が広まってくれたが、それでもまだまだ数に限りがあるからの。合わせ技にも発想が及んでおらんし、珍しいんじゃろな。

そうそう、オハナの料理の腕がメキメキ上達したことで、他の料理人も学びに来ておるんじゃ。最初に一度だけ顔を出して断った男の子は来ておらん。代わりってわけじゃないが、料理長自らが訪ねて来たのには儂も驚いたぞ。上から目線で、『教える機会を与えてやろう』なんて言ってきたら追い返そうと思っとったのに、非常に礼儀正しい紳士《しんし》じゃったよ。

「目新しく美味しい料理を王妃様がたから紹介されまして……それらを作っている人が、カイテルザの師匠となられたと聞けば、来ざるを得ません」

そんなことを言いながら、儂から料理を習う料理長。聞けば、料理長もやはり貴族位を持っているんじゃと。王城で職を持つ他の者と同じで、長子が家督《かとく》を継いでいるから気ままなもんらしいがの。オハナもカイテルザ家の娘さんじゃったし、似たようなもんじゃろ。

今の職務を全《まっと》うするつもりの料理長は、

「若い子はどんどん見聞《けんぶん》を広めて、良くも悪くも経験を積むべきです」

と自身の考えを述べていたよ。そんな柔軟な発想じゃから、儂のところへオハナが出張していても文句を言わんのか……ただし、こんな意見を持っているのは料理長を含めた数人のみ。圧倒的大多数が旧態依然《きゅうたいいぜん》とした凝《こ》り固まった思考なようで、実家の地位などにしがみ付いているんじゃと。

「学べる機会を放棄するなんて、勿体《もったい》ないことですよ」

だから、自分が来たと言外《げんがい》に伝えてくる表情じゃった。

料理長を弟子にするのは、さすがに気が引けるでな。共に料理する仲間ってことにしておいたよ。そのほうが儂の心の平穏に役立つからな。食材に対しての手法は、儂のほうが知ってても、基礎的な包丁捌きや取り扱いは見習うべきことがたくさんあったんじゃ。だもんで、儂らは教え教わりで、対等な関係に落ち着けたってわけじゃよ。

調理場に立つ他の者からは反対意見も出ていたそうじゃが、王妃さんたちが賛成に回り、陰に日《ひ》向《な》に手を回したそうじゃよ。子供も協力して、『美味しいは正義』を合言葉に頑張った結果と、胸を張っていたわい。

でもって、その見返りじゃないが、一つ頼み事をされたな。

「子供たちに、魔物との実戦を見せていただけませんか？」

これは、子供たちから親御さんに希望が出ていたんじゃと。それで王妃さんが中心となって、儂に依頼してきたそうじゃ。魔法の先生であるナスティや、狩りを指導するロッツァも賛成しとるから、たまにはいいじゃろ。

「危険がないとも言い切れん」

「分かっています」

王妃さんが答えれば、他の親御さんも首肯《しゅこう》する。

「儂らの指示に従えるか？」

「「「はい！」」」

元気に答える子供たちは、手に手にサンドイッチを持っておる。普通の大きさよりかなり小さいものにしたが、子供には丁度良かったみたいじゃ。満面の笑みで返事しとるが、それは実戦を見られることに対してなのか、サンドイッチの味に対してなのか……判断が難しいわい。

「……それじゃ、まず初めに大事な質問じゃ」

少しばかり溜めてから皆を見回した儂に、王妃さんらは固唾《かたず》を呑む。子供たちはサンドイッチを噛むのをやめてしまった。

「持っていく昼ごはんの具材は、何がいいか考えておくれ。一人一つ希望を叶えるからの」

儂の問いに肩透かしを食らった皆は、間の抜けた表情を晒《さら》してくれた。

「いつ行くかも決まっておらんのに、今から固くなってどうするんじゃよ」

一呼吸置いてから、大笑いする一同。

「そうでしたね。希望できるのは、具材だけでしょうか？」

涙目になりながら、希望を通す為に交渉し出す王妃さんがおったよ。


いつどこへ行くのか……それを決める為にもと思って、儂はモッチムッチと共に王都郊外へ足を伸ばしたんじゃが、街のごく近い場所ではほとんど魔物を見かけんかった。

儂が目的地を探す間に、王城では必要な人員の選抜をしてくれておる。以前に行った面会で、儂とルーチェの強さは嫌と言うほど理解してくれたみたいじゃて……攻撃能力よりも防衛能力に重きを置いた人選にしておるそうじゃ。儂ら家族は要人警護や護衛の経験がないからのぅ。まず役に立たんじゃろ。

実際の戦闘を見せると言っても、あまり悲惨《ひさん》な状況を見せるわけにもいかん。精神的な後遺症《こういしょう》が残らんとも限らんでな。どんな生き物から素材が収穫できて、魔物を解体してどこが食料となるかくらいは覚えてもらうつもりじゃが、その現場を選ぶとなると難しいもんじゃ。

あわよくば自分らで狩ることも体験させてやりたい――なんてことも考えているから大変なんじゃがの。適度な強さと、それなりの素材を得られるなんて都合の良い場所は見つからんもんじゃな。

一応、浜辺や海上なども最初は候補に入れていたんじゃよ。しかし、水中から攻撃されたら反撃手段が限られるし、子供らには対象を見つけることもできんじゃろ？　一方的な戦闘は学ぶことがほぼない。そう思って、森や草場に来とるんじゃ。

王都を朝に出て、歩くこと二時間ちょい。ようやく発見した魔物は、それなりの強さじゃった。

「モッチムッチの修業相手には良さそうじゃ」

後ろを歩いていたモッチムッチが、儂を追い越して向かった先には体毛が濃緑なウルフが三頭。モッチムッチから見ればかなり格下じゃが、群れが相手となると話が変わる。立ち回りも難しくなるし、一頭だけを追いかけるわけにもいかん。その辺りを指導するには、絶好の相手と思うぞ。

「全員をいっぺんに相手取るのか、それとも各個撃破するのか。その選択も大事じゃ」

儂の忠告を聞く前に飛び出したモッチムッチは、ウルフ三頭に軽く避けられていた。馬鹿正直に一直線で向かっていったからのぅ。体格差がある相手を無理して受け止めるほど、魔物も馬鹿ではない。

モッチムッチも、三つ首がそれぞれ相手を決めて目で追うが、小回りが利《き》く身体でないのが仇《あだ》となっておった。一頭のウルフが背後へ回り、モッチムッチの尻尾へ噛みつく。痛みはなくとも噛みつかれれば、そちらへ意識が向くのは仕方なかろう。その隙を上手いこと突いて、今度は両の前足を二頭のウルフが爪で引っかく。

ぶんぶん首と尾を振り回すが、身動《みじろ》ぎし出した頃には、取り付いたウルフが離れておったよ。

「浜辺や海中で獲物を獲る時はどうする？」

癇癪《かんしゃく》を起こしかけたモッチムッチへ、一つ提案をしてみた。

『正面から当たって狩れるならばそれも良し。無理ならば岩や砂、時には他の獲物も利用するのだぞ』

なんてロッツァは教えとったそうじゃよ。

思い通りの結果を得られんからって、何も全てが失敗とは思わん。初めて体験する陸地での狩りに舞い上がってしまうのも、子供なんじゃからあり得るじゃろ。だったら、落ち着かせて冷静な判断をさせてやればいい。ほんの少しだけ道を示してやれば大抵はできるはずじゃからな。

儂の言葉で、モッチムッチはロッツァの教えを思い出してくれたようじゃ。闇雲《やみくも》に首や尾を振り回すのではなく、狙いを付けて追い込んでいった。まだまだ粗削《あらけず》りなので、完全に目論見《もくろみ》通りとはいっとらんが、それなりに形になっとる。

ウルフ一頭に狙いを絞り、太めの樹木へ後退させる。他の二頭は、わざと自身の背後へ回り込ませとるわい。

首と尾を上手に使い、好機を作り出したモッチムッチは、逃げ場を失ったウルフへ桃色頭を叩きつける。大振りなそれを躱《かわ》されるのは予定通り。土埃《つちぼこり》を嫌がり、大きく跳んだウルフへ浅葱色《あさぎいろ》の頭が噛みついた。残るもう一つの頭は、後ろ脚と尾を操って二頭を牽制《けんせい》しとる。

「上手い、上手い」

儂の拍手にモッチムッチが気を良くしたんじゃろ。自分らへの注意が逸《そ》れたのを感じ取ったウルフは、噛みつかれたままの一頭を残して、藪《やぶ》の中へ消えて行った。見捨てられたウルフも必死に逃げ出そうとしとるが、モッチムッチの顎《あご》は頑強《がんきょう》じゃからな。外れることはない。

「ありゃりゃ、すまんのぅ。儂が邪魔してしもうたわい」

深追いせずに、儂のところへ帰ってきたモッチムッチ。じたばたしていたウルフは、それが自身へのトドメになったようじゃ。だらりと力の抜けた身体に、生気は感じられん。それでもモッチムッチが顎を緩めんのは、先ほど取り逃がしたことへの反省からかもしれんな。

獲物を受け取り【無限収納《インベントリ》】へ仕舞うと、モッチムッチはようやく気を抜いた。

しっかりと褒めてやり、儂の失敗も謝罪しておく。

昼ごはんまではもう少しあるからと、その後も二人で周辺の探索を続けた。珍しいかどうかは分からんが、初めて見る魔物っぽいものには一種類だけ出会えたよ。羊のような植物のような不思議な生き物じゃった。

孵《かえ》ったばかりなのか、周囲には卵の殻が散乱しておってな。儂の腰くらいの高さまで育った花座にちょこんと座る、黄色い羊のようなモコモコ。つぶらな瞳で儂を見つめるそれからは、敵意も害意も感じられん。鳴き声も羊に似た感じで、儂の腹へ頭を擦り付ける。生えている短い角もまだ固まっていないのか、柔《やわ》っこくてな。ぷにぷにじゃったよ。

「刷《す》り込み現象で、儂を親と勘違いしとるんじゃろな……」

花座から儂へ飛びかかり、腹部で落ち着いた羊。

「とりあえず、連れ帰ってみるか。植物ならカブラに任せて、動物となればロッツァに頼もう。魔

物だったら……一緒に暮らす為には、従魔にするしかなさそうじゃ」
めぇめぇ鳴くそれを抱えて、儂は家へと帰るのじゃった。帰路の途中、モッチムッチにせがまれて背に乗ってみたが、ロッツァほどの乗り心地ではなかったよ。

羊っぽい何かを連れ帰ったが、家族の誰もその種族を知らんかった。《鑑定《エヴァルア》》を使ってみたら、食べられないことはないって感じに書かれていた。

肉も野菜も必要な分はあるんじゃから、無理して食べるほどでもないじゃろ。妙に懐いてしまった生き物を殺《あや》めるのは、どうにも抵抗があるしのぅ。畜産農家さんたちは、その辺りの割り切りができとるから、本当に尊敬するわい。儂には無理じゃ。

鑑定して分かったのは、種族の名前がバロメェで、この子が特殊個体ってことじゃったな。

昔、書物で読んだバロメッツと似たような記述があったが、魔物ではないみたいじゃ。動ける植物なるものらしいが、茎から離れてしまったもんで、餌《えさ》というか養分を得られる手段が見当たらなくての。一応、儂の出す《浄水《ウォータ》》を浴びるように飲んでいるくらいか。

弱った姿を見せることも、枯《か》れていくなんてこともなさそうじゃから、ひとまずカブラと共に観察することにした。誰よりもカブラがこの子に興味津々《しんしん》じゃったから、儂と一緒にやってもらうことになったんじゃよ。

それからほんの数日で、バロメェは家族として迎えられとった。誰にでも懐き、時には客人や学びに来た生徒さんにも可愛がられとったわい。ふわふわの羊毛に愛嬌《あいきょう》のある鳴き声、庇護欲《ひごよく》をくすぐぐる顔立ちに立ち振る舞いとくれば、さもありなんじゃよ。カブラと一緒にとてとて歩く姿も、見てて和《なご》んだぞ。

立場的に末っ子になるバロメェは、バルバルにも世話されておる。家の敷地から出て行こうとはせんが、海側に近付きすぎたり、クリムたちの工房に立ち入ろうとしたりすると連れ帰られておった。あと、ルーチェにロッツァ、ナスティが料理をする焼き場もその対象じゃな。カブラほどの悪戯《いた》小僧《ずらこぞう》ではないが、バロメェは生まれたばかりの子供じゃて。何にでも興味を示す頃なんじゃろう。

下の子が出来たバルバルは、兄だか姉だかになった気分なのかもしれん。共に成長していけるならば、このまま世話を任せてみるかのぅ。

昼ごはんがてらの雑談をしに来ていたクーハクートと、両ギルドのマスターにもバロメェのことを聞いてみたが、鑑定結果以上のことは分からんかった。

家族と行動を共にしているうちに、バロメェはお気に入りの場所が見つかったらしい。カブラたちが世話する畑の中でも一番家に近い、茶の木の根元。そこが落ち着くみたいでな。身体を半分以上埋《うず》めて寝ておるよ。最初見かけた時は驚いたもんじゃが、小さな寝息を立てて幸せそうに寝とったからの。適度に日の光が枝葉の隙間から差し込み、風も通って気持ちいいんじゃろ、きっと。

そういえば、バロメェが昼寝したところからは、各種ハーブがたくさん採れたよ。カブラを含めた誰も、種を蒔《ま》いた記憶のないものばかり。しかも未だに市場で手に入れていない種類もあると来たもんじゃ。

だもんで儂とカブラは、バロメェの持つ何かしらの能力だと予想しておる。ただ、それらしいスキルなどは見当たらんのじゃ。その為、種族による特性かもしれんと仮説を立てて、こちらも観察している最中じゃよ。

## 《 8 遠足 》

バロメェが我が家に来てから一週間ほど。ようやく遠足――実戦を見せる場所が決まった。その場所は、神殿《しんでん》が管理する森の奥地じゃった。

神殿側からの提案で、『多数の神官が出入りするアサオ家に協力したい』と言ってくれたらしい。そこは普段、神官さんたちが修業する場になっとるそうじゃよ。まぁ修業と言いつつ、半分以上は自分たちの食料を確保する為の土地みたいなんじゃがな。だから適度に人の手が入りつつも、生き物が豊富なんじゃと。

昨日の晩から仕込んでいた素材を、朝一番に仕上げて、お弁当を完成させた。それらは儂の【無限収納《インベントリ》】に仕舞われとる。

「おとん、珍しい草木があったら、持って帰ってきてなー」

見送りに出てきたカブラは、眠そうな目を擦《こす》りながらそんなことを言っておった。狩りを好まんカブラとバルバル、それにバロメェは留守番となった。

「森の奥では、動きにくいだろう。不埒者《ふらちもの》が出ないとも限らん。我はこの子らと待つことにする」

気を利かせて残ると言ってくれたロッツァに、モッチムッチも頷いてくれたわい。我慢をさせてしまったから、今度どこかで埋め合わせをしてやらんとな。

儂のそんな考えもロッツァにはお見通しなんじゃろ。

「また海藻をたくさん採らなければいけないな」

なんてことを口にしながら、にやりと笑っていたよ。

家族の身支度《みじたく》が全て整ったので、待ち合わせの場所である王都西門へ向かう。予定時刻まではまだあるのに、儂らが最後だったようで他の者は揃っていたよ。

「「「おはようございます！」」」

元気な挨拶《あいさつ》で出迎えてくれたのは、王子と王女を含めた子供たち。遠足に同行はできんが、見送りくらいはと来てくれた親御さんも、それに交じって挨拶してくれた。

「おはようさん。皆、早いのぅ。昨夜はちゃんと寝られたか？」

「はい！」

「今日が楽しみで大変でしたけど、寝ないと行かせてくれないって言われたから、頑張って寝ました！」

王子の答えに困ったような笑みを見せたのは、王妃さんたちじゃったよ。遠足前日の寝つきが悪いのは、どこの世界の子供も共通なんじゃな……そう思う儂は、苦笑いを返しておいた。

今回企画した遠足は、かなりの参加者がおる。儂ら家族の他に生徒である王族、近所の親子、商業ギルド連絡員のバザル、冒険者ギルドの副マスターと守護精霊、案内役の神官さんに、あとは護衛任務を受けた騎士と冒険者じゃ。全員合わせたら三十人を超えておる。

海に棲む生徒たちは今回参加しておらん。そちらも加わったら、五十人を超えそうじゃった。海岸沿いの我が家ならまだしも、水辺から離れた森の奥が目的地じゃからのぅ。無理をさせない為に、遠慮してもらうことにしたんじゃよ。

海の子供らは、私塾に参加するきっかけになった、二人の魔法使いとの争いを見ておるからな。それもあったので納得してくれたんじゃろ。もし次回があれば、海辺で開催するとも約束した。

目当ての場所に着くまではのほほんとできると思っていたのに、予想外の事態は起こってしまうもんじゃな……護衛役である騎士と冒険者が、いがみ合っとるんじゃ。

どうも以前からの知り合いらしく、何かにつけて意見が対立しとるんじゃと。最近は顔を合わせる機会が減ったので周囲も忘れていたらしい。それが久々に、同じ仕事で鉢合わせしたもんじゃから、バチバチ意識し合ってな。剣呑《けんのん》な空気を子供たちが鋭く察してしまったんじゃよ。

宜《よろ》しくない空気感には、誰もが辟易《へきえき》するところ。子供たちに見せる必要のない諍いなぞ、どこか別の場所でやってほしいもんじゃ。当人たちにそう提案したが、当然の如《ごと》く受け入れてくれん。だもんで、実力行使してみた。

「《束縛《バインド》》」

咄嗟《とっさ》のことで、何もできずに手足を絡《から》めとられていく二人。それぞれを縛り上げるのではなく、ひとまとめにしてみたが、上手いこと背中合わせになってくれたわい。おっさん二人が息のかかる距離で顔を合わせるのは、見ていて気分のいいものじゃないからな。

「喧嘩《けんか》ならそこで好きなだけやっとるといい。護衛や警護は他の者で十分じゃからのぅ」

憤慨《ふんがい》した二人は、根っこの部分が似た者同士なんじゃろ。とても息が合っており、同時に儂を罵《ののし》り、嘲《あざけ》り、せせら笑っとった。

「聞くに堪《た》えんし、子供らに学んでもらうところもなさそうじゃ、《沈黙《サイレス》》、《結界《バリア》》」

他の騎士や冒険者からも二人を助けようとする素振りが見えんから、このまま置いていこう。身の安全だけは確保してやり、王妃さんたちへ顔を向ければ、にこりと笑われた。親としても見せたくなかったんじゃろう。近所の親御さんも頷いておる。

ボゴッと音が鳴ったのでそちらへ視線をやると、先ほど《結界《バリア》》で包んでやった二人がおらん。代わりにクリムとルージュが佇《たたず》み、目を離す直前まで二人がいた場所には、直径2メートルくらいの穴が開いておる。穴を覗けば、縛られた二人がこちらを見上げておった。聞こえもせんのに、相変わらず何か喚《わめ》いてるようじゃよ。

「これなら魔物に襲われる心配が減って、万々歳《ばんばんざい》じゃな」

呟く儂の傍らにはクリムとルージュ。前足に付いた土埃を払い、王妃さんたちのところへ駆けて行った。わしゃわしゃと撫でてもらい上機嫌になっとる。

残る騎士たちと冒険者組の半数は、二人を置いて先を急ぐ。護衛と周辺の警戒の役目を担《にな》っとるから、班分けでもしたんじゃろ。

そういえば騎士や冒険者の得物《えもの》は、剣しかなかったのぅ。気になって理由を聞いたが、答えは簡潔じゃった。森の中で立ち回る可能性を考えて長柄物《ながえもの》を省いたんじゃと。それに使い慣れた武器でないと、万が一の時に動きにくいそうじゃ。とはいえ、中距離や遠距離の攻撃手段がないのは心配にならんもんか？

そちらも明確な答えが返ってきて、護衛の任が最優先だかららしい。倒すのは二の次で、危険なことが起こらないように、周囲へ目配せを続けるみたいじゃ。それでも非常事態が起きてしまった時は、殺させない・連れ去らせない・怪我をさせないことを心掛けとるそうじゃよ。これは騎士と冒険者の共通認識じゃった。

攻撃されたからといって、即座《そくざ》に反撃するようなことではいかんのじゃな。その辺りの配慮もあって、ある程度ベテランを選んだとも言っておる。『若い子はすぐに頭に血が上り、視野を広く持てないから』なんてこともこぼしとった。つい先ほど、年をとってもダメな者がいたが、普通だったらあぁはならんもんじゃからな。あやつらは、尖りすぎなおっさんじゃったわい。

朝に街を出て、今の時刻は昼少し前。ようやっと目的地へ着いた。参加者の体力を鑑《かんが》みて、途中に何度か休憩を挟んだことも影響しとるが、随分と時間がかかってしまった……いや、王族が同行しとるから仕方ないとは思うがの。

「お天道《てんとう》さんも儂らを見下ろしとる。まずは、腹ごしらえからじゃな」

儂の言葉に、子供も大人も関係なく歓声を上げる。周囲を警戒していた騎士たちまで喜んどるよ。それでも今日の役目を思い出して、すぐさま周辺へ意識を向けた。一瞬の気の緩みが危険じゃったが、職務を放棄するような者は一人もおらんかった。

参加者へお弁当を配り、各々で食べてもらう。儂としては当たり障《さわ》りのないおかずばかりじゃが、これも皆の希望じゃからな。ほとんどの子供が希望した玉子焼きは、甘いものとしょっぱいものをひと切れずつ。ついでにケチャップを載せたオムレツもあるから、卵料理だけで三品になってしまったんじゃ。

　冷めても美味しい肉料理は親御さんからの注文。脂《あぶら》をなるたけ落とした豚しゃぶにしてみた。塩揉《も》みして水気を切った野菜を刻み、ゴマ味噌で和えてあるから、そのまま食べてもしっかりと味を感じられるはずじゃて。

　あと鶏の唐揚げも入っておるぞ。こちらは先に下味をちゃんと揉み込んであるから、しっとり柔らかな仕上がりじゃ。大人向けにカラシも添えたが、これは防腐《ぼうふ》効果も見越してじゃからな。使っても使わなくても構わん。

　生臭くなるのを嫌ってか、魚介類《ぎょかいるい》を使った料理は頼まれんかった。なのでおかずには使っとらん。おにぎりの具材として佃煮や時雨煮《しぐれに》、サンドイッチのほうではツナや焼きサバを選択したがのぅ。好きなものを選ばせて、残れば儂が食べるでな。

　そうそう、大方の予想通り、王妃さんたちは食後の甘味を頼んできた。あまり凝ったものや汁気が多いものは持って来られん。だから、野菜のかりんとうとパウンドケーキ、それにオレンジピールとレモンピールにしておいた。摘まみやすくて自分で量を加減できるものをと考えた結果じゃよ。冒険者と騎士にも交代で食事をとらせて、それからやっと今日の本題へと入るのじゃった。


　食事やお茶を楽しみながら見るものではないから、これより行われる実戦では基本的に飲食をさせるつもりはない。途中で休憩を挟む時に、多少喉《のど》の渇《かわ》きを潤《うるお》し、栄養補給くらいはするかもしれんがの。そのへんのことは出掛ける前に伝えておいたでな、無用な反発は起きておらん。貴族の嗜《たしな》む狩りとは違うんじゃよ。

神官さんにこの場所の特徴を聞いたら、ヘビ系とカニ系の魔物――チックスネークとヘルムクラゲがよく獲れると教えてもらえたよ。

ヘビの体長は1メートルあるかないかくらいなんじゃが、その胴体が太いんじゃと。直径が30センチはあろうかと言うほどだそうじゃ。聞いた限りでは、丸太って感じかの。

カニも大きさはさして変わらんが、その見た目が一番面白くてな。『毛むくじゃら』が一番しっくりくる表現と言っておる。全身が硬く短い毛で覆《おお》われ、不用意に触ろうものなら怪我するらしい。

「群れになって襲ってきますので、ちゃんとパーティ内での役割分担がされていないと怪我では済みませんよ」

なんて注意をしてくれる神官さんは、左腕に付いた傷を子供らに見せとった。それほど深い傷ではなさそうじゃが、手首から肩近くまで続いとるからの。子供らも息を呑んでおったよ。

「チックスネークとヘルムクラブはお互いを餌と思っていますからね。そこに横やりを入れるのが私たちです。だから、油断すると、どちらからも餌を奪う邪魔者と認識されて、攻撃されます」

神官さんの説明が一段落ついたが、皆はどうにも理解が追い付いていないようじゃ。

「魔物だって自分が食べるものを奪われたら嫌なんじゃよ。さっき食べた玉子焼きを、誰かに盗《と》られたら嫌じゃろ？　玉子焼きでなく、お菓子でも構わんが、それと同じことが起きているってわけじゃな」

ちょいと例えてみれば、合点《がてん》がいったらしい。

「さて、ここで質問じゃ。ここは森、選んじゃいかん攻撃方法がある……それはなんだと思う？」

子供たちを前に問いかける。するとすぐさま答えが返ってきた。

「燃やしちゃダメ」

「正解じゃ。魔物だけでなく、森まで燃えてしまうかもしれん。そうしたら生き物が森に棲めなくなってしまうからの」

答えられなかった子が残念そうにしとるが、こればかりは早い者勝ちじゃ。正解に対して商品もありゃせんから、受け入れてもらうしかない。

「火の魔法はもちろん、火矢などもいかんぞ。獲物が暴れて木や草に触れないとも限らん。それに、燃やしてしまうと、食べられる部分も減ってしまう。あと、使えるところもじゃな」

儂が眉尻を下げて困った顔をしたら、子供たちがくすりと笑う。かと思えば、その笑いが大きくなっていきよった。

儂の後ろを指さしておるから振り向くと、そこではルーチェが腕を大きく交差させておったよ。クリムとルージュも首を傾けてしょんぼりしとる。ナスティに至っては、真っ黒焦《こ》げの骨付き肉を取り出しておるわい。見本とはいえ、よく出来たものじゃよ。

「さてさて、それじゃここからが本番じゃ。もしかしたら儂らのすぐ後ろまで、魔物が行ってしまうかもしれん……先に渡しておいた首飾りを皆持っとるかな？」

「「「はーい」」」

事前に配っておいた首飾りを、子供も大人も揃って見せてくる。クリムとルージュのお手製首飾りに、儂が《結界《バリア》》を付与しておいた代物じゃ。

これがあれば万が一の時も身を守れる。

「騎士さんたち、冒険者の皆も、怪我がないように気を付けてくれな」

彼らは儂の願いに無言で頷き、周囲の警戒を続けてくれとる。

正面にアサオ一家が並び、見学者を挟んで後方に騎士と冒険者。そんな布陣でいよいよ始まった狩りの実戦見学会。まず出てきたウルフを《穴掘《ディグ》》で作った穴に落とし、藪から飛び出した蜂《はち》がクリムとルージュに蹴散《けち》らされる。

なんとか穴から這《は》い出たウルフは、ナスティのナイフで斬られとった。ルーチェは目に付く魔物を片っ端から殴る蹴る。自身と距離があり、宙に浮かぶ鳥などは投石で打ち落としていたよ。皆は最近狩りに出ておらんかったからのぅ。身体を動かす良い機会を得たとばかりに、生き生きしとるわい。

合間を見て家族や騎士、冒険者に補助魔法を施《ほどこ》す儂は、一歩引いて全体を見渡しておる。マップを確認しつつじゃからの。それに接近戦ができんわけじゃないが、前に出たい子供らを押し退《の》けてまでやることもなかろう。

目の前で行われる戦闘に見学者たちは息を呑む。『生きる物を殺めて、それを食べる』ことは理解してくれとるからか、目を背《そむ》けたり非難してきたりする見学者は、一人もおらんかった。家族の誰も、惨《むご》たらしい狩りはしとらんしの。

徐々に余裕が出てきたのか、子供や大人からいくつか質問が出てくる。それらに答えながら、家族の立ち回りを説明してやると、理解が早いように見える。普通なら経験できない場所で見られるのは、殊更《ことさら》大きいんじゃろうな。

余裕を持って魔物と相対していたら、最後にそこそこ大きな個体が出てきたよ。それは体長3メートル超えの猪《いのしし》じゃった。森のもっと奥……それこそ遠方に見える山裾《やますそ》や森の深部に棲んでいるはずの魔物らしい。

この大きさでもまだ子供で、成獣になればこの十倍は下らんそうじゃよ。餌を追いかけ、森の浅いところまで出て来てしまったのかのぅ。子供とはいえ危険な魔物であることに変わりはない。それにその肉はとても美味しいと聞くからな。鑑定さんのお墨付《すみつ》きを得とるから、今日の仕上げに狩るとしよう。

ルーチェが、猪の横っ腹へドロップキックを叩き込んで動きを止めれば、クリムが左後ろ脚へ噛みつく。ルージュは右の後ろ脚に、爪で何度も切りかかる。

どうやらナスティが魔法を唱える時間を、家族で稼いでいたようじゃ。動きの止まった猪の真下から《岩壁《ストーンウォール》》がせり上がり、顎ごと持ち上げ、仰《の》け反《ぞ》らせた。身体の前半分を宙に浮かべた猪は、碌《ろく》な攻撃も抵抗もできずに瀕死《ひんし》に追いやられてしまった。トドメはルーチェで、上空から頸部へのフットスタンプが決まる。

活躍の場がなかった儂は、死体となった猪を【無限収納《インベントリ》】に仕舞う係を受け持つのじゃったよ。

本日の課外学習で得た獲物は、儂らの取り分でいいと事前に言われていたんじゃが、結局、食材は皆で食べることにした。

騎士や冒険者も、警戒中に狩ったものは己の取り分にできた。ただ、儂ら家族と違って、彼らは【無限収納《インベントリ》】やアイテムバッグなどは持参しとらんかったでな。小振りな獲物はそのまま持ち帰るが、ある程度の大きさを超えたら剥《は》ぎ取っていくしかない。

それだと持てる量には限度があるじゃろ？　そこで取引を持ち掛けたってわけじゃ。

儂の家族が欲しがるものは食材ばかりじゃて、素材はほぼ必要ありゃせん。だもんで、騎士や冒険者に素材を融通して、残り物となる食材を儂が頂いた。食材となる部位は、騎士たちは持ち帰るのを諦めておったからのぅ。

もらいっぱなしじゃ悪いと思って、獲物全てを【無限収納《インベントリ》】で持ち帰ってから分配しようかと提案したが、断られてな。自分らの矜持《きょうじ》や流儀《りゅうぎ》に反するそうじゃ。そう言われては無理強いできん。

しかし、命を奪ったのに無駄にするなんて、儂の辞書にはありゃせん。だからこそ、皆で食べてしまおうと思ったんじゃよ。

儂がもらい受けた食材以外の各種素材は、冒険者ギルドと商業ギルドに買い取ってもらえるように頼んでみた。それぞれ欲しいもの、仕入れたいものがあるはずじゃからな。今回は断られたが、騎士や冒険者にも欲しがる者が後ほど出るかもしれん。その場合は、無理しない範囲で値引きしてもらえるように、耳打ちしておいたよ。

儂ら家族が狩った獲物に関しては、食材以外をほぼほぼ買い取りに出す予定じゃ。そちらの振り分けも相談するつもりじゃて。その代金を儂が預かって、次回以降の遠足や各授業の足しにすると伝えた。

そして、王都への帰り道で、皆に晩ごはんの相談をしてみたら賛成してもらえたよ。大人たちは多少、申し訳なさそうにしていたが、

「儂の田舎《いなか》では、『帰るまでが遠足』と言うんじゃよ。だから、このまま食事をとりに行ったって、それもまた遠足の一部じゃ」

なんて言ったら、『それならば』と快く賛成しとった。無理を通すほどでもないから、用事があったり都合がつかんかったりした者は帰しておる。その際も、腹の足しになるようにと、お弁当の余りを持たせておいたぞ。


夕暮れ時に家へと着いた儂らを待っていたのは、泥だらけになったカブラたちじゃった。なんでも、地の女神たちと一緒になって畑仕事をしていたら、突風で巻き上げられたんじゃと。風の女神が加減を間違えた結果らしく、一触即発《いっしょくそくはつ》の緊急事態にまで陥《おちい》ったそうじゃよ。

そこに水の男神が、バシャーッと頭から冷水を浴《あ》びせかけたらしい。その巻き添えを喰《く》らったカブラたちは、土埃と水で全身を汚された。

寒さが残るこの時期にそのまま放置しては、風邪を引く可能性がある。そこに思い至った火の男神が皆を乾かしたが、汚れを落とす前にやってしまい……その結果が、泥だらけなのに乾いた色味になったカブラたちみたいじゃよ。

「あんさんらが喧嘩したら、ウチのような一般人に迷惑かかるやろー。ちっとは考えんと……」

儂に説明を終えたカブラは向き直り、目の前で正座する神々を注意する。

「バルバルはんがいるから、皆の汚れはなんとかなるんやで」

確かにそうじゃな。泥だらけのカブラは、バルバルに包まれとった。ものの数十秒で泥汚れが全て取れ、緑の葉っぱに白い身体の、いつものカブラに戻ったわい。洗濯《せんたく》……掃除……いや、風呂を終わらせたバルバルは、洗ってもらおうと一列に並ぶ小人さんたちへ向かっていった。カブラより小柄な小人さんたちは、一人当たり十秒ほどで完了していく。

まだ暫くカブラの小言は続きそうじゃ。『助けて』と言わんばかりの視線を儂へ向ける風の女神じゃが、ここらでしっかり怒られるのも必要じゃろう。

「カブラ、晩ごはんが出来るくらいまでにするんじゃぞ」

「分かっとるー。おとん、美味しいの頼むでー」

女神たちは、期待していた助け船でないことに衝撃を受けたようじゃ。しかし、それも仕方ないことじゃて。甘やかしとる気はないが、イスリールにも何度か指摘されたからのぅ。心を鬼にして、ここはカブラに任せよう。小さい子に叱られるなんて、普通ならあり得んからな。

今日の遠足参加者がほとんど残った為、さすがに食事をとれる場所が限られる。暗くなると冷えるので、庭に《結界《バリア》》をかけておいた。畑の周囲でもいいんじゃが、まだカブラの説教の最中じゃ。認識阻害をしている神々の姿は見えんでも、誰かを叱っているのはバレてしまう。それはバツが悪かろう？　神官さんたちなんかに見つかったら、目も当てられんぞ……だから、庭にしたんじゃ。護衛対象と共に食事をとることに気を使う騎士と冒険者には、浜辺へ降りてもらった。そちらを警戒するって任務を与えてやれば、気兼ねなく食べられるじゃろうから。

長いこと待たせるのもよろしくないのでな。唐揚げ、テリヤキ、生姜焼《しょうがや》き、肉うどんに猪鍋といろいろ作っては出していったよ。

調理するのが儂一人では、食べる者らに遠慮させてしまうと思ったが、援軍がおったので大丈夫じゃった。我が家の台所には、ロッツァに招かれたクーハクートたちが潜んでいたからな。不参加だった遠足の、美味しいところだけを持っていく……実にクーハクートらしい所業じゃわい。

儂らが料理しているのを見ていたルーチェとナスティも、途中からは焼き場に入っておったよ。採れたての食材を、絶妙な火加減と塩加減で調理する。二人が供《きょう》する料理にも、皆は賛辞《さんじ》の言葉を述べるのじゃった。

## 《 9　クーハクートの友人 》

先日の晩ごはんで食べ切れなかった分の肉を、儂は今燻製《くんせい》にしておる。この世界では高級品の部類に入ってしまうようじゃが、儂としては美味しく加工しとるだけなんじゃよ。

食べ切れなかった分を取っておくというより、より美味しく加工していくって感じじゃな。塩と香草《こうそう》で肉に味を沁《し》み込ませてから、燻《いぶ》して余計な脂分と水分を抜いてやる。こうすることで旨味が凝縮されてのぅ。

従来通りの保存食だと、干し肉か塩引き肉じゃな。ただ硬くて味っ気ない肉か、これでもかって量の塩を揉み込まれた肉塊《にくかい》。

もっと使いやすく、作りやすいものにしたい。

そう思い、本来の主目的である長期保存から外れない範囲に収めながら、味を追い求めてナスティと研究を重ねとるってわけじゃ。【無限収納《インベントリ》】やアイテムバッグを持っていない者らにも、できるだけ長い期間美味しく食べてほしくてな。

ヘビにウルフ、トリにイノシシ、あとはカエルやトカゲなどもいろいろ試しておるんじゃ。王都の周辺で獲れる魔物や生き物だけでも、なかなかに多様じゃったからのぅ。これに魚介類も追加できれば申し分ないが、肉以上に加減が難しいでな。『誰でも簡単に』が儂とナスティの最終目標じゃて、そうそう上手くいかんわい。

「良い匂いをさせているな」

そう言って顔を出したのは、クーハクートじゃった。特に会う約束もしとらんし、頼み事の話も出とらん。いつもは何かしら持ち込んでくるんじゃが、今日は珍しく手ぶらじゃよ。

「今日の私は繋ぎ役の為、普段と少し違ってな。こちらの方から相談されたのだよ」

クーハクートが指し示す先には、背丈が2メートル近くある白マントが立っておった。その腹の辺りには大きな樽《たる》が抱えられており、ちゃぽちゃぽと水音もしておる。ただ、そんなことよりも気になることが目の前にあるんじゃ。

「骸骨《がいこつ》の騎士さんかの？」

カタカタと顎骨を鳴らす白マントは、儂の疑問にこくりと頷いとる。頭に被《かぶ》るテンガロンハットが元の位置に戻ると、その眼窩《がんか》に真っ赤な光が灯《とも》る。全身を余すことなく包んだマントの裾からちらりと覗くものは、白銀《はくぎん》の脛当《すねあ》てじゃったよ。

「過去に少しあってこんな恰好だが、悪人ではないぞ」

「そりゃ、ここまで入れるんじゃからのぅ」

魔物でなく、魔族なんじゃろな、きっと。それに、イスリールたちが施した聖域を素通りできるならば、少なくとも、儂らに対して後ろ暗いことなど考えていないはずじゃて。根っから善人かどうかでなく、儂も含めた家族に対しての悪意や害意に反応するもんじゃからな。

「儂に何かを作ってほしくてその樽を持ってきたのか？」

白マントさんは再び無言で首を縦に振る。その際、少しばかり樽の中身が見えた。どうやら小魚が大量に入っておるようじゃ。

「彼の領地は、この王都から目と鼻の先にある沖合の島なのだ。そこで防衛拠点を築いてくれていてな。平和でいいのだが、敵対勢力がほとんど来ることもなく、暇を持て余しているそうだ。毎年、駆除《くじょ》するこの魚をどうにかできないかと持ち込まれたのだよ」

クーハクートの説明に、身振り手振りを交えて白マントさんが教えてくれた。樽を置くこともなく、水をこぼすこともなくじゃ。実に器用なもんじゃが、ここまで一切声を発しておらん……

「話せんのか？」

樽の中に突っ込んだ手のひらに小さな魚を載せた彼は、小さく首肯するのみ。

「私は付き合いが長いから、話さなくてもなんとなく伝わってな。この姿を見ても驚かない友人には、紹介しているのだ。それで、今回はアサオ殿のところへ連れてきたというわけだ」

胸の前で腕を組んだクーハクートが、得意気に笑っとる。白マントさんも、顎骨を揺らして笑っているようじゃった。

白マントさんの手のひらに載る小魚は、銀色で細く短く、全長10センチもありゃせん。見た目と大きさから判別するに、イカナゴあたりだと思うがどうじゃろ？

「《鑑定《エヴァルア》》」

正解だった。こちらではまず食べることがないらしく、調理方法は確立していないみたいじゃよ。

「この魚ならば、醤油と砂糖を使って煮詰めるのが美味いじゃろな。どのくらいあるんじゃ？」

白マントさんは抱えていた樽を足元に置き、両手で空に樽をいくつも描く。二十個を超えた頃に、ようやくクーハクートが、

「数え切れんくらいあるみたいだ」

と通訳してくれた。この程度なら、儂でも分かるぞ。

「ふむ。儂も食べたいから、いくらか仕入れたいのぅ。値段はいくらじゃ？」

儂の問いに、白マントさんが顔の前で右手を大きく横に薙《な》ぐ。その所作の後、人差し指と親指で数センチの隙間を見せてくる。それを見てクーハクートは、にやりと笑む。

「この隙間に入る分の銀貨でいいそうだ」

その言葉に衝撃を受けたのか、白マントさんが慌ててぶんぶん両手を振った。

「というのは冗談で、安価で卸してくれると先に言っていたぞ」

この言葉には、素早く何度も頷く。

「島の周囲にたくさんいるそうで、船を出すのにも苦労するほどらしい……もしかしたら食材にできて、美味しいものに化けるかもと思って、こちらに足を運んだのだ」

更に俊敏《しゅんびん》に上下に頭を振っていく。もう、賛同しているのか、止まれなくなっているのか分からん。あ、後者だったみたいじゃや。クーハクートが両手を使って、挟んで止めたわい。

「試作して味付けを決めんといかんから、多めに買いたいのぅ。島の名物にするならば、調理方法も秘匿《ひとく》するが、その辺りはどうする？　作り方も難しくないし、使う調味料も珍しいものはないから、勘のいい料理人にはバレてしまうかもしれんがの。一般に広めてもいいなら、メイドさんやオハナにも手伝わせるぞ」

両手を開いて、両腕も大きく広げる白マントさん。

「秘匿せずに、誰でも食べられるものにしてほしいそうだ」

にんまりと笑うクーハクート。

「それじゃ、この燻製が終わったらやってみよう。それまでに残りの樽をここに運んでもらいたいんじゃが――」

「我らが承《うけたまわ》る」

海側から、ぬっと顔を出したロッツァとモッチムッチが、儂らを見下ろしたわい。

白マントさんを背に乗せたロッツァが、沖へ泳いでいく。その後ろをモッチムッチが追いかけている。疲れを考えて、あまり速度を出しておらんロッツァじゃが、直接白マントさんの島へ向かえるようじゃからな。最短距離を進める利点を活かして、短時間での運搬を目指すそうじゃよ。それにあの二人ならば、一度に大量の樽も運べるじゃろ。

三人の姿が見えなくなってから、クーハクートが白マントさんのことを教えてくれた。どうやら骸骨の魔族だったのではなく、先代の王様を戦場から逃がす時にあの姿になったらしい。

クーハクートも現場を見ていないので、本人と周囲から聞いた話を総合した見解《けんかい》じゃという。とりあえず分かったのは、呪術と変化の魔法に生涯《しょうがい》を捧《ささ》げた変態な魔法使いの仕業であることと、白マントさんが『忠義の剣鬼《けんき》』と呼ばれていたことじゃった。

さすがに見た目があぁなっては、表舞台に立ち続けることはできん。そう思って引退しようとしたが、城の要職に就く者全てに引き止められたんじゃと。クーハクートもその意見に同意して、重要拠点だが任せられる者のいなかった島を頼んだそうじゃ。あまり人目につく場所でないのも功を奏し、白マントさんは引き受けてくれたらしい。

騎士と言っても、小隊を組んで警護を担うほうでもなかったみたいじゃからのぅ。良く言えば遊《ゆう》撃《げき》、悪く言えば単騎特攻型で、戦場を縦横《じゅうおう》無尽《むじん》に駆け回っていたそうじゃよ。だもんで逸話《いつわ》に事欠かない御仁《ごじん》で、騎士や冒険者の中には憧れる者が現れるほどだったんじゃと。

島一つを与えて、有事の際には好きに暴れ回っていいって条件が、二つ返事をしてもらえた理由なんじゃないかの？

そうそう、『剣鬼』なんて呼ばれとる割に、扱う得物は槍らしい。とはいえ、その槍も投げまくるそうで、手元に最後まで残る剣を振るう機会が多かったんじゃと。そこからついた二つ名であると、クーハクートが苦笑いしながら教えてくれた。

飾り気のない、ただただ真っ直ぐな槍を好んでいるから、手持ちと機会があったら見せてやってほしいとも言われたよ。儂が持っているのは槍でなく、角材じゃからのぅ。多少削り出してやれば作れんこともないが……クリムあたりが興味を示すかもしれんな。

「白マントさん自身は小魚を食べられるのか？」

「いや、無理だな。領民の為と私に言っていたが、あの島には彼以外誰も住んでいない。住むところがあり、食事がいらない。そしてあの姿に変化したせいで、衣服も必要なくなった。金を使う先がないと笑うくらいだ。孤児《こじ》や貧困に喘《あえ》ぐ者たちへ、余っている金と共に配るのだろう」

クーハクートは少し悲しそうに、それでいて誇らしげに沖合へ視線を飛ばす。

「儂の好きな言葉に、『やらない善よりやる偽善』ってのがあるんじゃよ。たとえ自己満足だとしても、承認欲求を満たす為だとしても、やってダメなことはないと思うからのぅ」

出来上がった燻製肉を【無限収納《インベントリ》】へ仕舞いながら、そんなことを話したよ。

「民の為に国があり、その国を存続させる為に貴族がいる……そんな基本的理念を忘れた者が多くなったものだ……」

先ほど以上に寂しそうな表情をしたクーハクートじゃが、気持ちの切り替えも早いわい。何か言葉をかけようと思った矢先に、にかっと悪童顔になりよった。立ち止まっていても何も始まらん。だから、儂とクーハクートの二人で、ロッツァたちが戻るまでに調理器具などの準備じゃ。

儂らが、あーでもない、こうでもないと雑談しつつ支度を終えると、白マントさんを背に乗せたモッチムッチが帰ってきた。彼が抱える樽は一つだけ。残りは全てロッツァが持ち帰ってきたぞ。

ロープを使って牽引《けんいん》してきたようじゃ。海と家を何度も往復して運ぶこと二十回ほど。先に置いていった樽と違い、どう見ても酒が詰まっていたであろうものじゃった。

「酒は飲めるんじゃな」

「うむ。酒以外は、全てこぼれ落ちていくのにな」

小難しい顔をしたクーハクートに、白マントさんが抱えていた樽を渡そうとする。

「いや、持てんぞ。体力自慢の騎士じゃないんだから」

代わりに儂が受け取り、中身を確認してみる。先ほどのものより、更に小さなイカナゴが樽の三割くらいに詰まっていた。まだ元気なイカナゴたちは、ぴちぴちじゃ。

「鮮度のいいうちに作らないとダメじゃな。ここからは一気にやるぞ。ロッツァとモッチムッチも手伝ってくれるか？　もちろん、白マントさんとクーハクートもじゃ」

「分かった。焼き場に拵えてある鍋を見ればいいのだな」

運搬を終えたばかりだというのに、疲れた顔を一切見せんロッツァは、普段から使っている慣れ親しんだ竈へ向かった。儂の仕込みの間にちょいと腹ごしらえをしてもらおうと思い、ロッツァとモッチムッチに燻製肉の盛り合わせを渡しておく。食べられないのに、白マントさんが物欲しそうにこちらを見てな。聞いたばかりの情報から、手持ちのワインを手渡したよ。

三人が小休憩をとってくれているので、焦らず丁寧に下拵えじゃ。樽の中から笊《ざる》で掬《すく》ったイカナゴを、《浄水《ウォータ》》で綺麗にして小鍋へ移す。刻んだショウガに醤油とザラメ。このザラメ、市場で格安だったんじゃよ。

高級品の白砂糖と違って色付きだからか、粗悪品扱いになっとってな。カタシオラでも同じような状況じゃったが、まだ価値を見出せていないみたいじゃ。特に買い手もいない不良在庫らしいから、商店で抱えるザラメの半分を買い付けてしまったわい。

ちゃちゃちゃっと下準備を済ませて、小鍋から大鍋へ適量のイカナゴと調味料を移動させる。コンロや竈に火を入れて調理開始じゃ。

「焦げ付かないように注意しながら、時々鍋ごと振るんじゃよ。こんな風にな」

そう言いながら、儂は大きく天地返しをしていく。それぞれの体格と力に合わせて、鍋の大きさを変えてあるからきっと振れるはずじゃて。

「汁気がなくなるまで頑張るんじゃぞ」

皆で協力して次々に仕上げていくが、いかんせん樽の数が多すぎる。イカナゴが弱ってしまうかと気を揉んだが、どうやら杞憂《きゆう》に終わりそうじゃよ。このイカナゴ、とてつもない生命力なんじゃと。樽の中に入れたままでも、海水さえ補充してやれば数日はピンピンらしい。

それを聞いて安心したわい。慌てて調理しても、たぶん失敗するからのぅ。雑な仕事では美味しいものが作れん。じっくり腰を据えて煮詰めているうちに、夕暮れ時になってしまったよ。

「明日もこれを作って、他の料理も試してみるか。メイドさんは――」

「連れてくる。オハナも来るし、明日は作り手がたくさんだな」

儂の問いはクーハクートに遮られて、最後まで言わせてもらえんかった。白マントさんも参加するそうじゃ。モッチムッチも鍋振りが楽しかったらしい。

夕ごはんにイカナゴの甘辛煮を出してみたら、家族全員から大好評じゃったよ。炊いていた白飯が全部食べ尽くされるほどじゃったわい。

## 《 10 拳と剣 》

イカナゴの醤油煮作りは二日目。ロッツァとモッチムッチは食料調達の為に離れたが、昨日と同じ面子《メンツ》に加えて、メイドさんとオハナが参加しとるから、実質かなりの増員じゃ。

他の家族たちは、それぞれやるべきことをやっとるよ。

今日の授業は、体術も含めた身のこなし全般らしく、先生はルーチェじゃった。武器を扱うことになったら、畑の手伝いに来ている神官さんや、護衛を担ってくれた冒険者に頼むことにしてある。子供も大人も一応、武器に興味はあるようでな。得手不得手《えてふえて》も考慮して、なるたけ多くの種類に触れられる機会を作ってやろうと思ったってわけじゃ。

神官さんや冒険者は、ナスティの魔法教室に参加できて儂らが作るごはんを食べられれば、指導料は十分と言ってくれとるんじゃが、労力と釣り合っていなさそうで申し訳なくてのぅ。

そうそう、先日同行してくれた騎士さんも興味を示しとるが、参加の希望は出せないんじゃと。なんでも、騎士の剣技に混ぜ物をするわけにはいかんそうじゃ。何のことかと思えば、魔法を併用した剣技や、正統派の武器以外は認めないって主義からくる閉塞的《へいそくてき》な思考によるものらしい。

『正しく継承させる』のも大事な役目じゃから、儂もそれを否定はせん。せんけども、希望を聞くくらいはいかんのかのぅ……この考え方自体がもうダメって言われるのか。古い茶園さんもその辺りを大事にしておったな。歴史の浅い儂のところだからこそ、新しいことを取り入れられたのかもしれん。

ここ最近、ルーチェが指導する体捌きに、変なところは見当たらん。以前は、結構無理な体位《たいい》や姿勢を見せとったからの。上半身と下半身の動きに時差をつけるくらいならまだしも、静止した直立姿勢なのに腰だけ大きくズラすなんて、できたとしても負荷がかかりすぎじゃよ。

ルーチェが、自分自身を基本に据えて指導するから起こってしまったことなんじゃ。元がスライムじゃ仕方なかろうと思えなくもないが、先生をするならば生徒のことを考えんとな……

そのルーチェの動きに視線を奪われているのが白マントさん。自分が頼んだこととはいえ、食べられない料理より、身体を動かすことに気を持っていかれるのも無理なかろう。ルーチェが上段蹴りや中段突きを繰り出す度に、頭を揺らしたり左手で捌いたりしとるわい。

その後、石の投擲《とうてき》練習になったら、もう身体全部が反応しとった。得物が手元に何もない状況で、それでも離れた相手に対する牽制と攻撃の手段を考えて……なんてお題目《だいもく》を口にするルーチェじゃったが、本音だけなら『石を投げる練習もしたいから』なんじゃよ。確かに必要なことだと思うので、禁止も制止もしとらん。

崖《がけ》に作った的に向かって小石を投げる、海面を滑るように弾むかの如《ごと》く投げる、なんてこともさせとる。攻撃ならばある程度の速度も必要じゃが、牽制に重きを置けば、狙ったところへ当てられるほうが大事じゃからな。姿勢を崩すこともたやすいし、気勢を削《そ》ぐこともできる。わざと途方もないところへ投げて警戒を解かせてから、本命の投擲に移行するなんてことも可能じゃ。

これらの稽古《けいこ》を子供らが主体になってやっとる。戦場で槍を投げまくっとる白マントさんに、これ以上の我慢は無理らしい。もう気も漫《そぞ》ろなんてもんじゃない状況じゃ。大鍋に両手を添えているが、ほんと触れているだけ。天地返しも揺すりもしてくれん。

「ルーチェー、白マントさんも投擲が上手いそうじゃから、一緒にやってみんか？」

儂の呼びかけに振り返ったルーチェは、にかっと笑って手招きする。白マントさんは、目の前の大鍋と儂を見比べとるわい。あと少しで完成するくらいに煮詰まっているから、このまま渡されてもいいんじゃが、仕事を途中で投げ出すようなもんじゃからな。気合を入れ直した白マントさんは、じゃっじゃっじゃっと大きく鍋を振り、仕上げの工程をこなし切ったよ。

出来上がった醤油煮を儂に渡すと、意気揚々と弾む足取りでルーチェのところまで進んでいく。白銀の甲冑《かっちゅう》に白マントじゃから、子供たちが委縮《いしゅく》しないか心配じゃったが、杞憂に終わった。珍しい種族は儂の家族にもおるし、普段出会うことのない偉い人なども客に多い。だから、白マントさんが交ざってても問題なかったよ。

合流した白マントさんは水を得た魚状態。その投擲には牽制や威嚇《いかく》なんてもんはありゃせん。全部が全部、一撃必殺の威力じゃった。だもんで、子供らにとっての参考にはならなそうじゃ。とはいえ、投擲でできることの目標にはなりそうでな。幾人かの子供と大人が、興味津々な顔をしとったわい。他にも白マントさん自身に興味を示した子供らが集《たか》って、質問攻めにあっとる。

話せない白マントさんはこんな事態にも慣れたもんで、地面に絵を描いたり身振り手振りで説明したりしとる。その間にルーチェが戻ってきて、こう聞いてきたんじゃ。

「じいじ、組手してもいい？」

「構わんが、怪我せんようにな」

「はーい」

元気な返事と笑顔を見せたら、元の場所へと戻って行く。周囲に集まる子供たちから歓声が上がり、大人も喜んでおる。ルーチェの提案に白マントさんも頷いとるから、このまま組手に移るんじゃろう。

子供たちの声に、工房へ引っ込んでいたナスティもさすがに顔を出した。大きく伸びをしとるから、身体が凝り固まっていたらしい。

「気分転換に～、審判《しんぱん》をしますよ～」

のんびり移動していくナスティを見て、自然と見学者が離れていく。メイドさんやオハナも料理と同じくらい気になっているようで、若干覚束《おぼつか》ない手つきになってしまっとる。

「一度、火から下ろして見学しようかの」

儂の提案に彼女らは無言で頷くと、てきぱき大鍋を片付けて火を落とす。一番遠くから見学する支度が終わって十数秒、ルーチェと白マントさんの稽古が始まるのじゃった。

白マントさんは腰に佩《は》いていた剣をのけてあり、白銀の鎧《よろい》もそのほとんどを外しとる。いや、鎧は形を変えたのか？　剣のようにそばに置いておらんし、身軽な冒険者のように胸当てや肘当てくらいになっとった。ルーチェの準備運動を見て、素早い行動をとれるようにしたのかもしれんな。

ナスティの合図と共に間合いを詰めたルーチェに反応して、カウンターを極《き》めようとした白マントさんじゃが、想定以上の速度に面食らっておった。

それでも右の前蹴りでルーチェの動きを止めて、更に踏み込んだ反動を利用して背後へ飛び退《すさ》ろうとしたところを捕まえられた。

足首をがっちり抱え込まれて、膝を中心に捻《ひね》られれば、抵抗できずに転がされる。あとはもうくるりとルーチェが回転して足四の字固めじゃよ。捻った膝をちゃんと伸ばして、曲げた左足が上に乗るようにされとる。

白マントさんも必死に足掻《あが》いて、ルーチェに拳を浴びせようとしたがのぅ。その腕まで獲られて、極められたらもう無理じゃて……ルーチェは、いつの間に複合関節技まで覚えたんじゃろか……

一方的に熨《の》されて、良いところの一つも見せられなかった白マントさんは、膝と腕の動きを確認してから立ち上がり、最初の立ち位置へ戻っていく。見学していた子供も大人も、また見られると歓迎しとるから、もう一戦となったよ。

今度は白マントさんに木剣を持たせて、ルーチェには軍手のようなものを身に着けさせておる。もひとつおまけってわけじゃないが、白マントさんには、食べても苦いだけで美味しくない木の実が渡されとるよ。これは投擲まで込みの模擬戦じゃな。

またもやナスティの合図で始まったが、ルーチェの開幕ダッシュはなかった。苦い木の実を投げられてしまっとるからのぅ。白マントさんの投擲は、寸分の狂いなくルーチェの行動を阻害する。一撃必殺以外もできたようじゃ。

直線的な動きを諦めたルーチェは、左右に小刻みに動いていく。そこに緩急まで織《お》り込めば、より実戦の動きに近付いた。そうなると踏んだ場数《ばかず》の違いが、差になって現れたんじゃろう。白マントさんのほうに形勢が傾く。

一歩目を潰されたり、速度を変えようとしたところを狙い打たれたりしたルーチェは、徐々に行動が制限される。鬱憤《うっぷん》が溜まって冷静な判断が下せなくなり、更なる深みに嵌まっていっとるわい。距離を詰めることに躍起《やっき》になりすぎて、最終的な目的を見失っとる状態じゃな、こりゃ。こうなれば白マントさんにとっては好都合じゃ。

ムキになったルーチェに詰め寄る白マントさんは、木剣の突きから間髪《かんはつ》いれずに横薙ぎ。身を捻って避けたルーチェも、ただでは転ばん。柄頭《つかがしら》を持っていた左手に絡みつき、自分と一緒に倒れ込んだ。

引き込む形をとれたのは、ルーチェにとって幸いだったんじゃろう。左腕を離さず、そのまま腕ひしぎ逆十字に持っていった。

白マントさんも自傷を恐れてか木剣を手放した。しかし、そこで油断したのも若さゆえか……白マントさんが仰向けのままにならないで、ルーチェに覆い被さっていく。ここでルーチェも気合を入れ直したと思うが、その時に声を発そうと口を開いてしまってな。それが致命的《ちめいてき》じゃった。

「にがーい！　まずーい！」

ルーチェの叫びが儂の耳にも届いた。腕を極めているのもルーチェなら、現状を嫌がりなんとか逃れようとしとるのもどう見てもルーチェ。その顔には……いや、口には先ほど投げられまくっていた木の実が詰まっておる。

「おえっ！」

嘔吐《えず》いたルーチェは、白マントさんの左腕を離して、四《よ》つん這《ば》いになってしまう。白マントさんはごろりと転がり、手放した木剣を再度掴み直した。そのまますっくと立ち、切っ先をルーチェの首筋に当てた。

「白マントさんの勝ちですね～」

ナスティの宣言によって、此度《こたび》の模擬戦が決着したのじゃった。

「なりふり構わず勝ちを拾いに行く……その姿勢は嫌いじゃないのぅ」

儂の呟きと白マントさんの立ち振る舞いに、メイドさんとオハナがドン引きじゃったわい。

「白マントさんのほうが、ルーチェより数枚上手だったたってだけじゃよ。最後まで油断せず、どうすれば安全に生き延びることができるか……『いのちだいじに』を信条に掲げているアサオ家としたら、何も間違っておらん」

「真っ当な騎士には見せられんがな」

そんな苦言を口にするクーハクートじゃが、その顔は苦笑いでなく満面の笑みじゃ。

「確かに騎士っぽくないかもしれんが、誰だって砂を掴んで目潰しに使ったり、膝頭を蹴り込んで動きを制限したりするじゃろ？　何を目指すかで変わってくるもんじゃて。儂と白マントさんはそれが、『何でもあり』ってだけじゃよ」

この説明にも、クーハクートだけしか賛同してくれんかった。

「ほれ見てみ。悔しそうなルーチェが、再戦を申し込んどる」

儂の指さす先では、水で口内を漱ぎ、ひと欠片のチョコで口直しをしたルーチェが、白マントさんに詰め寄っていた。ナスティに頭を押さえられて、白マントさんには上から見下ろされとるがの。その態度もまた、ルーチェにしたら腹が立つんじゃろ。再戦の了承をしてもらえたようじゃが、心を落ち着かせられないルーチェでは、これ以上勝ち星を重ねることは難しそうじゃな。

ここ最近、家族以外に負けることのないルーチェには、いい薬になるじゃろ。ナスティが儂を見て頷いておるから、同じ考えらしい。

ステータスだけを見れば圧倒的にルーチェが優位でも、対人戦の経験の差や先を見通す力、相手を手玉にとる戦略などは、圧倒的に白マントさんが有利じゃ。

何度負けても挫《くじ》けない心をルーチェは持っとるじゃろうから、儂は奮《ふる》い立たせたり励ましたりする料理を仕込んでおくか。

ひとしきり見学した儂らは、料理に戻る。イカナゴの醤油煮をオハナたちに任せ、ルーチェの好きな料理を多めに作る儂じゃった。

## 《 11 新たな先生 》

一樽のイカナゴを持参して、そのまま誰かしらが教えている授業に参加する。そんなことが日課になったのは白マントさん。魔法、狩り、体術に農業、それに料理と何にでも顔を出しとるよ。クリムやナスティと共に作る木工や石材加工にもな。誰かから教わるなんてこと、とんとご無沙汰《ぶさた》だったらしく、『嬉しい』って感情が溢《あふ》れ出しとるわい。

そして、アサオ一家で教えられん剣術と槍術を、白マントさんが教えてくれることになった。我が家での役目が出来た白マントさんに対して、面白くないのがクーハクートのようでな……

「何を教えればいい？　統治《とうち》か？　経済か？　それとも悪戯か？　あぁ、暗躍《あんやく》も伝授できるぞ」

なんて言って儂とナスティを交互に見やる。

「庶民《しょみん》にはどれも必要ないし、王族相手ならここでやらんでくれ」

「しかし、大手を振ってここを訪れるにはだな……」

ぶつぶつ言いながら食い下がるクーハクートに、ナスティが困り顔じゃ。『何とかしてくださ い～』と言わんばかりのナスティの視線に、儂はため息しか出んぞ。

「お前さんは儂の『友人』じゃから、そんなことを気にせんでも来られるじゃろう」

この言葉に喜色満面になったクーハクートは、もう何も言わん。料理を学びに来ていたメイドさんに視線を送り、にこりと微笑まれると大きく頷き、オハナには苦笑されとった。

「今の状況と何も変わらんと思うんじゃが――」

「それは言っちゃいけませんよ～」

ナスティに口を塞がれて、最後まで言わせてもらえんかったわい。

そうそう、白マントさんと言えば、名前を教えてもらえた。爵位《しゃくい》は男爵《だんしゃく》でその名はペン＝グィン。国に対して多大な功績を残したから、一代限りの貴族に召し上げられたそうじゃ。しかし、白マントと呼び続けておったせいで、名前が口に馴染《なじ》まん。

あと、先日の稽古の前に形を変えた白銀の鎧は、呪われた品なんじゃと。爵位と共にペンさんが希望して下賜《かし》されたと聞いた。国王は呪われた品と思わずに下賜して、ペンさんが身に着けた途端にその姿を変えたもんじゃから、一同大慌て。

当時、既に骸骨だったペンさんの身振り手振りを通訳したのは、その場にいたクーハクートで、そこで初めて呪いの鎧と発覚したんじゃと。前々から鎧が欲しかったペンさんにしたら、妙に馴染むくらいで実害がないからそのまま受け取ってしまったそうじゃよ。

骸骨剣士になったのが幸いして、呪いと共存出来るようになったんじゃないかと予想したらしい。いまだに確証を得ていないが、その結論に落ち着いたみたいでな。本人がいいなら構わんと思うが、儂が聞いても楽観的と思うぞ？

ペンさん曰《いわ》く、『鎧』という概念から大きく踏み外さなければ、自由自在に変形させられるらしくてな。その利点のほうが、二重に呪われることよりよっぽど大事なんじゃとさ。

先日見た軽鎧なんかに変えるのはお茶の子さいさいと、顎骨をカタカタ揺らして儂に実演してくれとる。形だけでなく色も変えられるようで、試しに赤や青、真っ黒になんてものも見せてくれた。通常時の白銀は、他者をなるべく威圧しないようにとの配慮かららしい。

儂からの提案で、白銀を基礎色にして差し色に黄色や黒、青なんかを含めたら、意匠《いしょう》と合わせて格好いいものになっとったわい。ロボットみたいな感じになったが、まぁ実際に参考にしたからのぅ。

その後、身体を白に周囲を濃いめの藍色、末端や先端部分を黄色にしてみたら、厳《いか》ついペンギンにしか見えんかったよ。ペンギンはこの世界でまだ見つかっていないそうじゃ。

「ペンさん強いね」

「強いというよりも〜、上手いですね〜。狼獣人のムニさんとはまた違った手強さですよ〜」

言い方は悪いが、てっきり脳まで筋肉な肉体派だとばかり儂も思っていたからのぅ。それでも経験と直感に重きを置くのは、それっぽいがな。

そういえば、冒険者も幾人かペンさんからの指導を受けておるよ。

冒険者の職業柄、対人戦闘の経験があまり得られないらしい。その点、元々が騎士なペンさんは戦場や御前試合《ごぜんじあい》の経験が豊富でな。盗賊団を殲滅《せんめつ》することもあったそうじゃから、相手が個人でも集団でも、場所すら問わずに立ち回れる腕前なんじゃと。

だからか、学べることがありすぎて、冒険者たちは嬉しい悲鳴を上げとるよ。ちょっときつめな訓練になっとるが、それも生き残る為じゃからな。

それに、運動した後の食事も目当ての一つらしいしの。生徒であり先生でもある冒険者たちは、子供たちにとっても大事な仲間になっとったよ。

怖がられやすい見た目をしとるが、根はいい子たちばかりじゃからな。ちゃんと話して、人となりを知れたら、偏見がなくなるのも当然じゃて。儂が認識——解釈する家族や身内の範囲が広がり、生徒さんや親御さん、他の先生役も含めとるからのぅ。そちらへの悪意なんぞがないからこそ、聖域になった畑を通れるはずじゃて。

ペンさんとクーハクートの一件は予想以上に影響があったようで、チエブクロを含めた商業ギルド関係者、冒険者ギルドのマスター副マスも、

放たれたわい。

かった。ついでに我が家で食事をとる機会が増えるのも、おまけとして十分すぎると、笑顔で言い
頻度は高くなくても、組織を束ねる立場の者の言葉を聞ける機会があるのは、大人組の賛同が多
をしおってな。断り切れんかったよ……
と言い出すのじゃった。儂としては断ることも出来たが、そう言いかけたら揃って寂しそうな顔
「何かを教えます」

先日行った遠足の帰りに王妃さんたちが漏らしていたんじゃが、ここ最近、少しばかり増量した
んじゃと。王様に気付かれる前に、自身でなんとかしようとしたが失敗だったらしい。
公務の都合もあって、そうそう身体を動かしてばかりはいられんようでな。それを相談されたナ
スティから、儂にまで話が回ってきてのぅ。
申し訳なさそうな顔をしとる王妃さんたちは、『出てくる料理が美味しいのがいけない』なんて
ことを言いよってな……言いがかりにもほどがあるぞ？　そんなことは百も承知な王妃さんたち
じゃったが、どこかに当たれるところが欲しくて仕方なかったのじゃろう。
今日行われている、ロッツァによる狩りの授業に出ている子供たちの親御さんも、幾人か聞き耳
を立てておるし、場所と時代が違っても、綺麗でいたいのは女性にとっては必然なんじゃろな。
「食べなければ体重は落ちるが、それは不健康な痩《や》せ方じゃからな。勧めんぞ」
『食べなければ』のところで落胆した一同じゃったが、最後まで聞いたら安心したらしい。身体に

良くない偏食や絶食などさせんよ。

「ここへ来る機会を減らして、以前の食事だけに戻すのが一番簡単だと思うが――」

「嫌です」

一番目の王妃さんに遮られ、最後まで言わせてもらえんかった。他の王妃さんたちも同じ意見のようで、大きく頷いておる。耳を欹《そばだ》てている幾人かも、衝撃を受けたような顔をしとるわい。

「そうなると、もっと運動するしかないじゃろな」

小難しい顔になる王妃さんたち。

「美味しく食べて～、綺麗に痩せるなんて～、都合のいい話はありませんか～？」

王妃さんを含めた女性たちを代表して、ナスティがそんなことを聞いてきたわい。

「美味しくて腹が膨れるのに痩せられる……そんな食材があるならば儂が知りたいもんじゃよ。あぁ、海藻や野菜を多めにとって、油脂を少なくすればいけるかもしれんな」

「お肉や～、魚は～、食べちゃダメなんですか～？」

小さく手を挙げたナスティの質問に、全員が前のめりになって圧をかけてくる。

「いや、そんなことはない。適度に食べるのが大事なんじゃ。まったく食べないのも良くないからのぅ。とはいえ、早く痩せたいなら、食べる順番も気にしたらどうじゃろか？」

「食べる順番？」

これには三番目の王妃さんが反応した。

「野菜を最初に食べたら、腹が膨れた気になるじゃろ？　それから主菜と主食を口にすると、思ったよりも量が食べられんのじゃよ。あとはよく噛んだり、時間をかけて食べたりするのも効果があったはずじゃ」

そんなことで変わるのか疑問に思うのも無理はない。儂だって半信半疑じゃったからな。それでも日本にいた頃、意識してやってみたら多少は効果が見れた。その実体験があるので、完全に否定もせんのじゃよ。

「野菜を食べるにしても、ドレッシングには気を付けんといかん。オイルをたっぷり使ったものや、マヨネーズを多用しちゃ、面倒な手順だけを踏むことになってしまうぞ」

野菜と聞いて、マヨネーズが入った小皿を手に持つ者が幾人かいたので止めておいた。

「一時的に減ってもすぐに戻って元の木阿弥《もくあみ》……最悪、増量なんてことも――」

「ヒッ、控えます！」

五人の王妃さんが揃って震え上がる。儂には誰も太ったように見えんが、当人なりに気にしている箇所があるんじゃろう。

「じゃが、塩味ばかりになっては、食事も楽しくないかもしれん。そこで新しいドレッシングを教えておこう。煮切った酒、酢《す》、醤油を同じ分量で混ぜるだけじゃ。な？　簡単じゃろ？　醤油を味噌にしたら味が変わるぞ」

説明しながら作り上げていけば、儂の手元に完成した三杯酢《さんばいず》ドレッシングに皆、目を輝かせていた。本来ならみりんを使いたいところじゃが、王都では手に入らんからのぅ。酒も甘めの白ワインで代用したので、厳密には儂の知るものと違うが、そこそこの味になっとるしいいじゃろ。他にも酢を柑橘系《かんきつけい》の果汁《かじゅう》に変えたり、ワインを赤に変えたりして、見た目から違《たが》えたりもした。

「オイルを一切使わんように気を揉みすぎると、これまた嫌な気分になると思う。だから、なるたけ使わんようにして、昆布ダシや炒めたタマネギ、刻んだニンニクで旨味や香りを足すのも一つの手じゃよ」

次々と生み出されるドレッシングの数々に、保護者たちは目移りし始めた。それに構うことなく、儂はおひたしを作り上げる。

「ダシと醤油だけで味付けした茹で葉野菜も美味いもんじゃて」

まだ浸したばかりで味の沁《し》みていない温かいおひたしにも、歓声が上がる。これ、何をしても反応してくれそうじゃ。

長ネギを適当な長さに切って下茹でし、剥き身のアサリと和えてやれば『ぬた』もすぐできる。これには酢味噌を使うから、今までのとまた少し違う味じゃて。

「肉も魚も茹でたり蒸したりすると脂が落ちるから、この調理法を使うのもオススメじゃな」

これには酸味の強い柑橘系の果汁と醤油を混ぜたものと、すりゴマを使ったゴマダレを添えてみる。ゴマの油分でコクも増えるから、満足感も増えるってもんじゃよ。

儂がいくつも作っていったドレッシングやタレに、王妃さんたちは皆笑顔じゃ。味見をしながら、レシピを控えながらと忙しい感じじゃったよ。それでも頼まれたことはこなせたじゃろ。

あとは食べすぎないことと運動不足に注意じゃが、それは儂が気を付けることじゃないからのぅ。各々に任せるしかないわい。

## 《 12　思わぬところで再会したもんじゃ 》

「何がどうなって、この結果になったんじゃろか……」

思わず一人ごちてみたが、答えが返ってくるわけもなく、儂の呟きは暗闇の中に吸い込まれるのみじゃった。

今日はキノコ類が欲しくて、王都の外へ足を伸ばしたんじゃよ。

先日行った神官さんたちが管理する森ではなく、その先にある別の場所にしたのがいけなかったのか、それとも儂一人で来たのがいかんかったのか……注意力散漫ってこともないと思うが、目先に目当てのものを見つけたら、そちらに向かってしまうからのぅ。

それなりに大きな木が五本生えており、その前に大ぶりなキノコが五本。左から茶、赤、白、青、緑とあったから、茶色いキノコへ意気揚々と近付いたら、足元に黒い靄《もや》と白い煙、不思議な円陣《えんじん》が現れてな。気が付いたらここにおったんじゃ。食べ物に釣られるとは、ルーチェに注意できんわい。

あのキノコが罠だったんじゃろか……

現在地を確認しようとマップを見たが、名前すら出てこんかった。周囲を警戒する為に《索敵《レコナ》》は常時使っておる。今のところそちらには何も反応が出とらん。

「《照明《ライト》》」

明るくなった自分の周囲を確認したが、直径10メートルほどある、ホールみたいな形の場所じゃった。一ヶ所だけ通路のようなものが切られとるから、あそこから出入りするしかないじゃろな。

宙に浮かべた《照明《ライト》》が、チカチカと球切れ間近の電球のように明滅する。込めた魔力が少なかったのかもしれんと、もう一つ出してみたが、そちらもほんの数秒で同じ状態になったわい。

ただし、光球が消えることはなさそうじゃ。ある程度まで魔力を吸い取るような仕掛けを施してある部屋なのかもしれん。

「触り心地からして石……いや、レンガかのぅ」

自身の周囲1メートルくらいしか見えなくなったから、とりあえずできることをと思い、足元を確認したが何も分からん。小さく弱い光の《照明《ライト》》を少し遠めに飛ばしたら、消されてしまったよ。儂の身体から離れすぎるとダメらしい。しかし、儂の身体から直接吸い取っている感じはせんのぅ。

「《火球《ファイアーボール》》」

赤い点が複数近付いてきたので、火を通路へ放ってみたが、やはりいつもの力は感じられん。それでも赤い点は一網打尽《いちもうだじん》にできたから、多少威力が落ちているくらいで済んどるんじゃろう。

通路へ進み、燃えカスになった赤い点を確認してみれば、どうやら虫系の魔物だったらしく翅《はね》や鎌、あとは毒液入りの瓶が落ちとった。

「このアイテムの出方は、ダンジョンじゃろ。だとすると名前ぐらいは判別しそうなもんじゃが」

再度マップを確認したら、『???の迷宮、入り口』と出たよ。儂が正体を推測するまで隠されていて、それからやっと表に出てくる……誰かに監視されとらんか、これ。

虫系の魔物が飛んできたほうへ視線を向ければ、時を同じくして灯《あか》りが点《つ》いた。壁に備え付けられた松明《たいまつ》じゃよ。しかし、誰かが点火した姿を儂は見ておらん。光源に手を翳《かざ》してやればちゃんと熱を感じるし、火の揺らめきによってレンガの影も揺れておる。

レンガの壁の組み方は、なだらかでなくものすごい凸凹《でこぼこ》じゃ。初めて組んだにしてももう少し上手じゃろ？　もの凄く不器用な者が、やっつけ仕事をしたとしか思えんわい。

押してくれ触ってくれと言わんばかりに出っ張っていたから警戒したのに、それが何の意味もない単なる壁……儂だって人のことをとやかく言えるほどの美的センスを持ち合わせておらんが、この迷宮の主はダメじゃ。

「松明の間隔は一定なんじゃよな……」

前後左右、それに上下にも注意を向けながら進んでいけば、二つ先の松明の下に、黒い何かが蹲《うずくま》っていた。そこまでおよそ10メートル。《索敵《レコナ》》は赤く反応せん。

様子を窺いつつ近付いたら、それは以前出会った赤黒いマントの者たちの一人じゃったよ。

「三幻人《さんげんじん》とか呼ばれていたか？」

赤黒かったはずのマントは黒一色になり、裾から出ている腕は儂のそれと変わらん。少しばかり血色の悪い感じはするが、前に見た時のような骨の腕ではない。ちらりと覗く頭部も骸骨じゃなく、ふさふさな紫髪じゃ。問答無用で斬りつけてくる気配もなし……それ以前に、生きているようには見えんぞ？　ただ、《索敵《レコナ》》は黄色になっとるから、何かしらの状態異常を喰らっとるらしい。

「《治療《パナシア》》」

真っ黒なローブが少しだけ薄まる。もう一度かけてみれば、更に色が薄くなった。《索敵《レコナ》》に反応は見られん。そこから十回かけたら紫髪が少し揺れ、二十回目で伸びていた指先が握られる。ただ、三十回あたりでそれ以上の変化が現れなくなった。

「《解毒《デト》》」

ローブが薄めの黒から徐々に灰色へ変わっていく。こちらも三十回くらいで変化が止まる。

「《駆除《リドペスト》》」

効果を見込めるか分からんが、虫下《むしくだ》しの意味もありそうじゃから使ってみた。どうやら効果ありじゃな。三十回は使ったじゃろうか。灰色のローブはくすんだ白くらいに変色しとる。

「《寛解《リミッション》》」

状態異常というか、病気に使える最上位の魔法はこれじゃからな。使ってみたらローブのくすみが取れていく。

更にかけ続けて、四種類の魔法で通算百回になった頃、ローブは真っ白に輝き、紫髪は淡《あわ》く光っておったよ。状態異常は全て取り除かれ、《索敵《レコナ》》は青色になっとった。

「《快癒《ヒールオール》》」

こちらも一度では治ってくれんらしい。鑑定した画面を見ながら魔法を追加で浴びせまくる。体力が半分くらいまで戻ったら、もぞもぞと動いて薄《うっす》ら目を開いてくれた。まだ焦点が定まっておらず、頭も回転しとらんのじゃろう。それでも腕を持ち上げて、儂の服を掴もうと指先を伸ばす。

「無理しないでもう少し待っとれ」

にこりと微笑んでやれば、安心してくれたのかもしれん。再び目を閉じて、腕を下ろした。

状態異常も減った体力も回復してやったが、まだ眠っておる。とはいえ身動《みじろ》ぎしとるから、もう心配はいらんじゃろ。このまま硬い床に寝かせておくのも可哀そうじゃから、毛布を一枚取り出してそこへごろんと転がしておいた。意識が戻るまで少しばかりの休憩にしよう。

寝ている子を横目に、儂は【無限収納《インベントリ》】から湯呑みや急須《きゅうす》などを一式取り出す。腹ごしらえに、茶請けのかりんとうもじゃな。椅子とまでは言わんが、台と腰掛けに使える箱も用意しよう。

一服しながら自分の状態を確認したが、減った魔力の回復が遅い気がするわい。身体から魔力を抜くのではなく、回復を邪魔する罠でもあるのかのぅ……

「うぅぅぅぅん……」

横になった子が寝返りを打つのと同時に、儂は考察を止めるのじゃった。

儂の使った回復魔法によって、身体にかけられていた諸々《もろもろ》の不具合は取り除かれたようじゃ。その状況で意識が戻った彼……彼女……は、まだ目を開けてくれん。

何度かの寝返りの後、仰向けからうつ伏せになり、そこからもぞもぞと動いて臀部《でんぶ》が持ち上がる。正座したまま上半身だけが地べたに伸びる……土下座というよりか、何かに祈っているような姿勢じゃな。

「……おはよ……う、ござ……まふ」

頭部だけ反らして儂を見上げる体勢になった。首を伸ばせて、反り返れる可動域も多いロッツァですらせんその姿。かなり無理がある姿勢じゃろうから、声が絞り出された感じじゃよ。

「お前さんの名前を教えてくれるか？」

「チューチュ？」

「ター？」

「コカイナン？」

儂の前には一人しかおらんのに、三幻人全部の名前が出てきたわい。しかし、その全てに疑問符が付いておる。

「《鑑定《エヴァルア》》」

真っ白なローブに包まれた子を再度見てみれば、その返事の理由が判明した。判明したが、理解はできん。だって、『幻人、チューチュータコカイナ』と書かれとるんじゃ。

「一つに混ざったのか？」

彼はぷるぷると首を横に振り、

「三人にも一人にもなれる」

と一言呟いたら、三人に分かれたわい。横並びになった三人は、伸びた上半身を引き戻して正座になる。まるで儂に叱られているみたいじゃが、なんで足を崩さんのじゃろ？

「バラけるのも可」

「……です」

髪色も身体の大きさも変わらん三人じゃったが、唯一髪型だけは違っとる。ローブの頭部分がはらりと落ちたからこそ分かることじゃな。

最初に倒れていた時とあまり変わらんボサボサ伸び放題のチューチュに、長さ数ミリの坊主頭《ぼうず》を晒したター、淡く輝く紫髪をゆるく束ねたコカイナン。

湯呑みにおかわりを淹れてから、三人の分も渡してやる。何を渡されたのかも分からなければ、どうやって飲むのかも分からんじゃろう。そう思って先に手本を見せたら、儂と同じように茶を啜る。そして、ほへっと息を吐いた。一息ついたところで、質問じゃ。

「お前さんたちは、どうしてここにいたんじゃ？」

「「「？？？」」」

三人は揃って頭を右へ傾ける。

「儂と戦ったことは覚えているか？」

眉間《みけん》に皺を寄せて難しい顔をしつつ、二度三度と弱々しく首を横へ振る。

「最後に見たものは何じゃった？」

腕を組んだチューチュが唸り、こめかみをぐりぐり押し込みながら考えるター。コカイナンだけはぽへーっと気の抜けた顔を晒しとる。各々が何とか思い出そうと努力しとるが、芳《かん》しい結果は得られんのじゃろうな。時間だけが過ぎていくわい。

「鏡みたいな盾を構えた小柄な少女……」

「薄汚れた法衣《ほうい》に、返り血を浴びた禿親父《はげおやじ》？」

「金色の杖をつく老婆《ろうば》」

チューチュ、ター、コカイナンが順番に口を開いた。年齢も性別も共通点が見当たらん。種族に言及しとらんが、これにも一貫性はなさそうじゃ。

考え込んだ儂に、今度は三人が問いかける。

「ところで、あなたは誰ですか？」

代表者は中央に座るチューチュらしい。残る二人は真ん中に向かって首を傾げるのみ。

「おぉ、すまんな。儂はアサオ・セイタロウと言うんじゃよ。お前さんたちを助けてくれと、以前イスリールたちに頼まれてな。たまたまここで倒れているのを見つけたから、回復したんじゃ。それは覚えとるか？」

無言で頷くターに、

「……ます」

語尾……いや、文末だけを口にするコカイナン。

「誰かに操られていたようで、いろんなところで暗躍していたみたいじゃぞ。赤黒いローブに身を包み、骨だけになった身体で儂に攻撃してきたこともあったわい。魔法で作られた黒い槍は、なかなかのもんじゃったな」

驚愕に目を見張る三人は、言葉が出んらしい。

「その時の服の端切れがこれじゃよ」

儂が【無限収納《インベントリ》】から取り出した布切れに視線を落とした三人。三者三様の反応を示しとる。

チューチュは汚いものを見るような視線を向けて、ターは身体を小刻みに震わせた。コカイナンは面白いくらいに汗をかき、目が泳いどるよ。どうやら断片的には記憶があるようじゃな。この反応を見るに、カタシオラで儂を狙ったのはコカイナンみたいじゃ。

「そういえば、お前さんたちはなんでここにいたんじゃ？」

「ここで待つよう、誰かに言われた」

「……です」

つっけんどんな物言いのターに同調したコカイナンが、激しく首を縦に振る。

「靄がかかったかのような不自然な記憶の欠如があり、思い出せません」

しきりに頭を振るチューチュは、悔しさが滲む表情と声色で答えた。

「そうか。しかし、お前さんたちが無事なら、イスリールたちも喜ぶはずじゃて。無理せず、気に病むことなく、そのうち思い出せばいいぐらいに考えるんじゃぞ」

儂の反応に、三人が数拍空けてからこくりと頷く。満足いく回答ができなかったのに、責められることもなかったのが拍子抜けだったのかもしれん。

「これだけ聞きたいんじゃが、先ほどのあれは寝てたのか？　倒れていたのか？　どっちじゃ？」

「倒れた」

「……です」

即答した三人じゃったが、それこそ消え入りそうなくらいの小声じゃったよ。

「となると魔力を吸われたんじゃな」

コカイナンが素早く首肯しておる。

「本来なら私たちは実体を持ちません。魔力の集合体のようなもの……ですかね」

眉尻を下げるチューチュの答えは、なんとか耳に届くほどじゃ。

魔力を吸い取る通路にいるよう言われた魔力体……そりゃ、身体を保てんわい。

「今はアナタのおかげで、状態も気分も最高です」

「しかも物まで持てる」

「……です」

少し冷めた茶を三人揃って呷《あお》り、空《から》になった湯呑みを儂へ差し出す。そこにおかわりを注いでやると、また湯呑みを両手で包むのじゃった。

三人は、何かを体内に入れられることが嬉しいのかもしれん。何度もお茶をおかわりしとるし、儂が茶請けにしていたかりんとうにも興味を示して、そちらも口に運んどるわい。

空腹時のドカ食いはいかんと言う前に食べ始めてしまったからのぅ……大方の予想通り、腹が吃驚《びっくり》したんじゃろ。腹を押さえて転がっとる。それでも湯呑みを離さんし、こぼさんのはさすがじゃな。

「《治療《パナシア》》」

三人揃って同じ症状じゃ、儂も苦笑いしかできんよ。

話を聞き、一服と食休みの間にも、《索敵《レコナ》》に反応はあってな。儂は通路の先へ度々《火球《ファイアーボール》》を飛ばす。三人にしたら、それも驚きのようじゃ。

「威力はかなり落ちとるよ。それでもこの辺りの相手に苦戦はせんからの」

腹痛も治まり、動けるくらいになった三人を連れて、儂は通路の先を目指す。覚えていないだろうと思いつつも出口への道筋を聞いてみたら、やはりダメじゃった。

赤黒く変質していた頃の記憶は、ほぼほぼ残っていないみたいじゃよ。なんとか残った記憶を紐《ひも》解《と》いても出てくるのは数百年前のことばかり……それも断片的じゃからな。最後に見かけた相手を覚えていただけでも、頑張ったってもんじゃ。黒幕さんが、簡単に尻尾を掴ませてくれることはなかろう。

出口を探そうと進む儂らじゃが、暫く一本道のようでな。鑑定した通りにダンジョンだったら、後方からの襲撃もあるかもしれん。そちらを警戒しながらも、なるたけ早足で先へ進んどる。それでもただただ歩くだけじゃつまらんからの。儂の疑問に記憶のある範囲で答えてもらっとるよ。

「ほう。となると、イスリールや他の子たちも、食べたり飲んだりはできんはずと？」

「そのはずなんですが……」

何度目かの《火球《ファイアーボール》》に、表情一つ変えることなくチューチュが答えてくれた。

いや、儂がイスリールを呼び捨てにしていることに、多少の違和感を覚えていたんじゃ。それは残る二人も同じようじゃった。しかし、儂が自身のステータスを披露し、種族名『なんとか人族《じんぞく》』や称号などを見せてやれば納得してくれてな。あと、儂の魔力量が普通の人よりかなり多いことも確認できて、今の状況にも得心《とくしん》いったみたいじゃよ。

ダンジョンは、敵が弱くても罠が面倒臭いなんてこともあり得る。そう思って、床や壁に触れたらひんやり冷たくてのぅ。氷とまでは言わんが、ダンジョン内の空気より数段低い温度になっとった。

チューチュたちに聞いたら、このひんやり冷たい壁が、魔力を吸い取る仕掛けらしい。だもんで、チューチュたちは壁から距離をとり、通路の真ん中を歩いとるよ。

今は実体を持てているが、魔力を吸われる感覚に恐怖心を抱いているようじゃからの。儂が壁や壁際に罠がないかを確認し、チューチュたちが中央部分の罠の有無を確かめる。そんな役割分担をしながら、少しずつじゃが先へ進む。

罠発見の役目を二人に任せたコカイナンが、後方確認を買って出てくれた……んじゃが、敵さんを見つけても対処が難しいらしい。試しに魔法を放ってくれたが、へろへろの火球がちびっとだけ飛んで落ちよったからの。得意属性でなかったと自分に言い聞かせて、他の魔法も試していたが見た目は変わらんかった。

初級魔法だからダメなんだと言い出して中級魔法にしたが、相変わらず芳しくない。この一連の流れで心に傷を受けてしまってな……今じゃ、儂に報告するだけになってしまったよ。

「……来た」

しかし、その一言だけでも、十分役に立ってくれとる。失った自信を取り戻させたくて、褒美というか駄賃《だちん》のようにクッキーやパウンドケーキをあげたら喜んでのぅ。チューチュとターも罠の見落としがないか、前方から敵の接近がないかと、一層警戒してくれたわい。食べ物に対する執着心の大きさは、四人の神たちと同じじゃて。こりゃ確かにイスリールの部下じゃよ。

誰のかも分からんし、どこにあるかも判別できん、このダンジョン。幾度も角を曲がるので随分と長く感じるが、一本道なんじゃ。宝箱もなければ、ちょっとした高低差を乗り越えるなんてこともなし。坂道もありゃせんから、平坦な道がずっと続くだけ……面白みがまったくないぞ。

だから、儂のやることは壁の確認と、この子らへお菓子を与えることだけになっとる。定期的に褒めてかりんとうなどをあげる。そうするとまた周囲の警戒へ戻って、また儂のところへ帰ってきては別の甘味をもらう……これは、餌付《えづ》けと言っても差し支えないじゃろな。

ある程度腹が膨れた頃、コカイナン以外も魔法を試した。二人は『コカイナンが弱いから』なんて言っていたが、やはり想定していた効果が現れん。むすっとしたコカイナンも、二人の結果に『それ見たことか』と言わんばかりの表情じゃ。儂がいるから安全を確保されているのもあって、三人はその原因を探し始めたわい。

儂と三人の違いは、まず種族じゃな。あとはレベル、ステータスの差かのぅ。鑑定したから分かっとるが、三人のほうがレベルは圧倒的に上じゃ。しかし、ステータスは儂に軍配《ぐんばい》が上がる。まさに雲泥《うんでい》の差ってやつじゃよ。

出てくる魔物が虫ばかりというのも一考する価値があるやもしれん。どうにも物理攻撃に偏《かたよ》った編成じゃからな。

「魔法を使わない虫」

今、儂が退治した魔物を見たチューチュの意見。

「本来なら内包する魔力が少ないヒト種」

もひとつ儂を指してそう告げる。

「それから導き出される答えは？」

「魔法生命体や、魔力が高い生命体に影響が出やすい？」

儂の問いに、ターが疑問形ながら答えるのじゃった。コカイナンは、かりんとうをぽりぽり食べとるよ。

いろいろ意見を交わしながら進んでいた儂らは、ついに行き止まりへ辿り着く。最初に儂がいた部屋と同じような造りじゃが、決定的に違うものがある。それは、五体の石像じゃよ。ただ儂の知るものと違って、非常に不細工《ぶさいく》でな。わざと歪《いびつ》に作ったとしか思えんほどじゃ。

更に、森の中で見たキノコがその前に並んでいてのぅ。それも茶、赤、白、青、緑と同じ並びじゃったよ。これはあの仕掛けに嵌まった者への当てつけなのか、それとも出入り口を分かりやすくする為の工夫なのか……どっちかのぅ。

「このキノコに見覚えは――」

儂が言い終わる前に、三人が揃って大きく首を横へ振る。

「ここが出口だとして、帰り方が分からんのじゃが……来た時と同じようにやってみるか」

その時のことを説明したら、三人は寄り添うように儂の傍らへ立つ。茶色いキノコの前に全員で歩を進めると、黒い靄に白い煙、不思議な円陣が現れた。

あれよあれよという間に儂らは光に包まれて、ほんのわずかな時間の後に森の中に立っていたよ。

儂らの正面には五色のキノコと、五本の大きな樹木がある。

「どうやら無事戻れたようじゃな」

儂にしてみれば数時間ぶり、この子らにしたら何百年ぶりの外じゃろ……赤黒いローブを纏っていた時のことはほとんど覚えておらんからのぅ。大きく深呼吸をして、木洩《こも》れ日《び》に手を翳《かざ》しとる。

周囲に魔物の姿もないし、とりあえず儂がするのは、

『イスリール、チューチュたちを連れ帰ったぞ』

この報告からじゃよ。

『セ、セイタロウさん！　今そちらへ向かいますね！』

驚きの声を上げたイスリールは、取る物もとりあえずで来たんじゃろ。転移で現れたはずなのに、息を切らしとるし、大慌てって形容がぴったりな様子じゃ。女神や男神も来るかと思って周囲を見回したが、どうやらその気配はなさそうじゃな。

イスリールが急に姿を見せたのに、チューチュたち三人は驚きもせん。長いこと会っていなかったはずなのに、息の合った様子で片膝立ちの姿勢をとった。そして頭《こうべ》を垂れると身動《みじろ》ぎ一つしなくなる。

「長いこと、出ずっぱりにさせてしまいましたね。ひとまず帰りましょう」

「連絡すらできずに申し訳ありませんでした。アサオ殿に教えてもらいましたので、近況は把握しております」

イスリールからかけてもらった労《ねぎら》いの言葉に、チューチュが顔を上げることなく答える。他の二人は下を向いたまま動かん。

儂に目配せするイスリールには、首を横に振って答えておく。儂が一緒に向かったところで、知っていること、話せることはさして変わらん。だったら、チューチュたちの帰還を祝うのは、身内だけでやってもらうべきじゃて。

「とりあえず帰宅したら、英気を養《やしな》い、身体を本調子に持って行かんとな。気に入ってくれたようじゃから、これを土産にするといい。あっちで食べるんじゃぞ」

片膝立ちの三人の前に、様々なお菓子がたくさん盛られた、大ぶりの竹籠を差し出してやる。イスリールの言葉にも顔を上げなかったのに、思わずこっちを見るとは……欲望に正直じゃなぁ。

「甘いものだけでなく、塩味や辛味のある菓子も用意した。風の女神たちに盗られんように注意するんじゃよ。あ、もし盗られたら儂に連絡せぇ、追加を届けてやるからな。それと盗人《ぬすっと》に成り下がった者には、もう食べさせてやらん」

「だそうですよ。分かりましたか？」

ぽかんと間抜け面を晒す三人へ向けてのイスリールからの言葉かと思ったが、違ったわい。自身の背後に現れた男神と女神たちに言ったようじゃ。四人は気配を察して大急ぎで駆け付けた感じじゃが、服も髪も乱れておらん。いつぞやも見かけた正座姿の四人は、

「「「「はっ！」」」」

と短く返事をした……のに、若干の不満が儂から見て取れる。

「お前さんたちもカブラたちに協力してくれとるし、三人の捜索に苦労していたのも知っとる。だから、儂からのお礼じゃよ。これをあげるから、三人の分は奪うんじゃないぞ」

先に出した竹籠と同じ大きさ、種類のお菓子を見せてやれば、女神二人がにんまり笑う。男神たちは無言で、表情も姿勢も崩さん。

「セイタロウさん、この魔法陣がどこへ繋がっているのか分かりません。ですのでここには近付か

ないようにしてください。ボクが責任を持って調べますから」

イスリールにもお菓子山盛りの竹籠を渡してやると、にこりと微笑んでからこう言われたわい。言いながらも何か細工をしとるから、人避けの魔法でも張っているんじゃろう……その魔法、儂にも使えるかのぅ？

「あぁ、これはセイタロウさんでも覚えられませんよ。神族《しんぞく》限定の魔法です。一部の魔族のみが使える転移の魔法と同じようなものですね」

儂の思考を読み取ったイスリールに、問う前に答えを言われてしまった。

神様とその関係者全員が、儂からの土産を抱えながら消えていく。森に残されたのは儂だけとなった。ふと空を見れば、太陽と雲に紛れるように何かが飛んでおる。

「あれを操っている輩《やから》の居場所にでも紛れ込んだのかのぅ……」

遥か上空で黒い点になっている凧《たこ》――ウカミ。王都に来る前からずっと儂ら家族を監視しとる。ここからではさすがに魔法も届きそうにないわい。しかし、これだけ離れていても点くらいに見える……あれは、相当な大きさの個体なのかもしれん。

ここ最近、授業の合間に森や海に撃ち落としすぎたのかもしれんな。徐々に距離をとられて、今では射程外から観察されとるからのぅ。

今日出掛けた本来の目的であるキノコをいろいろ採ってから、儂は家へと帰るのじゃった。

## 《 13　帰宅してから報告 》

三幻人をイスリールたちに引き渡してから十日余り。その間に、あの日のことをルーチェたちへ説明してみたんじゃ。そしたら、三人を助けたことは褒められたが、また一人で危険な目に遭っていたと怒られてのぅ……儂を監視する役目を、バルバルが担うことになってしまったわい。バルバルには畑の手伝いがあるというのに、

「畑も大事やけど、おとんがいなくちゃあかんやろ！」

とカブラに一喝《いっかつ》されてな。

ナスティも同じ意見だったのか、どこかへ行くも行かんも、常にバルバルが儂の頭の上におるんじゃよ。肉やパンを買う為に街中へ出掛けることすら、一人でさせてもらえん。

自業自得と言えばそれまでなんじゃが、儂はそんなに危なっかしいんじゃろか？　これまでも何度か似たようなことはあったが、無事に帰宅しとるぞ……

馴染みのパン屋、八百屋、魚屋、肉屋と買い出しをしている儂は、そこそこ顔見知りになっておってな。声をかけられる頻度も最近増えとるよ。頭にバルバルを乗せとるから、それも手伝って話のネタに事欠かんわい。

店主さんたちに話を聞けば、昔から王都に住む者たちは妙な自尊心を持っているらしく、安物や見切り品に手を出さないんじゃと。国外から来た者や、近年移り住んだ者はそんなことを気にせんそうじゃがな。それでも、近所の目があるからと、あまり買ってくれんみたいじゃよ。

客相手の店で扱うなら食材の見栄《みば》えだって気に掛けるが、儂んところは家族で食べるのが主じゃからのぅ。多少、歪《いびつ》だって問題ない。形や大きさが不揃いのものを積極的に買わせてもらっとるぞ。そんなこともあるから、店主さんたちの覚えもいいんじゃろうな。同じ金額を支払っても、籠ひと盛分は量が違うんじゃ。大喰らい家族を持つ儂は大量に安く買える、店は残り物を抱えずに済む……双方に損が出ない、とても良い関係を築けとるわい。

買い出しから帰ると、家では魔法の授業の真っ最中だったよ。以前と比べて、詠唱を省かれたもんじゃった。初めから無詠唱だった儂には、詠唱の簡略化などは教えられんからのぅ。魔法自体を感覚で扱っておるのも影響して、そちらを伝えるのも難しいんじゃよ。

料理やおもちゃ作りのように、幼い頃からの経験を語るのは可能なんじゃが、魔法はこっちに来ていきなり覚えたもんじゃからな……

今日の授業は、子供だけでなく大人も参加しとる。台所から授業の風景を眺めつつ、昼ごはんに何を作るか考えていたら、ホウレンソウが置かれた。畑から戻って来たカブラが置いたようじゃ。頭上のバルバルはどこからか取り出したジャガイモを見せてくる。

「これで作れってことか？」

儂の疑問にカブラが頷き、追加のホウレンソウを盛っていく。バルバルも負けじとジャガイモを並べていっとるよ。

「煮込み時間を減らした、簡単なカレーにしようかの」

儂の呟きに反応したのは、オハナとメイドさんたちじゃ。水を張った鍋を火にかけ、その隣にはフライパンも置き始める。主食であり主菜であるカレーを儂が作るから、汁物や副菜を作ってくれるんじゃろう。

ほとんどの食材はオハナたちが刻んでくれたから、そちらを譲ってもらうとして……儂はホウレンソウを下茹でしてから刻んで、あたり鉢ですり潰していく。カレーを仕上げる間際にホウレンソウを入れてやれば、色が飛ぶこともないんじゃよ。

ただ、見た目がカレーらしくないから、受け入れられるか分からん。なので、普段のカレーと同じ色をしたキーマカレーも作っておいた。二種類用意しておけば、どちらかは食べられるじゃろうて。辛味も各々で調整してもらうと尚良《なお》しじゃな。

儂の作ったカレー二種類と、オハナたちが仕上げてくれたかき玉スープに白身魚のムニエル。あとは葉物野菜を主に盛ったサラダに、千切りダイコンだけの皿もあった。残す作業はよそうだけとなった頃、授業を終えた子たちと一緒に、家族も皆帰ってきたよ。

台所が人でごった返してしまっても、喧嘩などは起こらん。皆順番を守って食べたい料理をとり、好きな場所で食べ始める。さすがにこれだけの頭数がいると、揃って食べるなんて無理じゃからな。少人数の班みたいな感じになっとるわい。

大方の予想通り、子供も大人もキーマカレーばかりをよそっておった。さすがにサラダや炒め物以外で、一面が緑色の料理は見たことがないじゃろうて、当然の結果じゃよ。

大人組の幾人かが挑戦しとるのは……常日頃から『アサオさんの作る料理に大外れはない』と宣《のたま》

う子たちじゃな。それでも恐る恐る口へ運んどるから、多少の勇気は必要なんじゃろ。

料理を作った儂らも食事を始めたんじゃが、オハナとメイドさんはホウレンソウカレーに興味津々じゃ。

先に口にした者らの反応を見つつ、自身も手を出そうか悩んどる感じか……子供たちと一緒で、最初は敬遠しとったのに、ルーチェとナスティが美味しそうに食べたのも影響しとるんじゃろう。おかわりの際にどんどんよそわれて、予想以上の反響を見せとるわい。

「他にもパスタやパン生地に練り込むなんてこともできるぞ？」

「アサオ殿、うどんにも可能か？」

オハナたちへすり潰したホウレンソウの活用方法を教えていたら、窓の外からロッツァに聞かれた。

「もちろんじゃよ。見た目の涼《すず》しさも相まって、冷たいうどんなんかに合うんじゃないかの。サラダうどんなんてものも作れるはずじゃ」

ロッツァに答えたはずなのに、メイドさんの目が輝きよった。サラダを進化させるなんて目から鱗《うろこ》だったのかもしれん。この発想は魔改造が得意な日本人だからなのかもしれんが、儂は美味しく食べられるならどれだけ弄《いじ》ってもいいと思うんじゃよ。

早速、作ろうと席を立つメイドさんは、同僚の子に引き止められとる。まだ食事が終わっておらんからのぅ。慌ててやらんでもうどんは逃げんし、サラダも同じじゃ。

「気が向いたら作ってくれ」

そう頼むと、ロッツァはキーマカレーを食べるのに戻っていった。

皆の食事も終わり、儂が片付け、オハナたちはホウレンソウの応用料理作りにとりかかる。水場に残るは、儂とバルバルのみ。

「さて、儂に用があるんじゃろ？」

台所の隅へ目をやれば、黒髪になったイスリールが一人立っておった。

「急いでいませんから、のんびりやってください」

いつもの柔和な笑みを浮かべるイスリールの言葉に甘え、儂は洗い物を進めていく。バルバルも手伝ってくれるから、すすぎはおまかせじゃ。本人に急いでいないと言ってもらえても気にするもんじゃて。バルバルと手分けした洗い物は、そう時間をかけずに終えられた。

「こっちで話そう」

イスリールに席を勧めて、温かい緑茶と茶菓子を用意する。バルバルも欲しがったので、一緒に支度してやるぞ。料理研究をし始めたオハナたちとは離れとるし、聞き耳を立てられることもないじゃろう。それにイスリールのことじゃから、人避けなり防音なりの魔法を使うと思うしの。

ポテチにかりんとう、ひと口ドーナツなどを次々口へ運んでいくイスリールとバルバル。途中でイスリールだけは咽そうになって、慌てて緑茶を飲む始末じゃ。

「あのな、イスリール。お菓子もお茶も逃げんから本題に入ってくれんか？」

もぐもぐ食べて、口の周りに食べかすが付いとる神様なんて見たくなかったわい……

ごくんと口の中のものを飲み下したイスリールは、やっと儂のところに今日来た用件を伝え出す。

「あの子たちを助けてくれた場所が分かりました……いえ、分からないことが分かったと言ったほうが適切ですね」

なんとも微妙な表現じゃが、イスリールの言葉に嘘はないんじゃろう。しかし、まだ食べかすが残っておるから、イマイチ信用に足らん。儂がそっと綺麗な布を差し出せば、恥ずかしそうに受け取り、口を拭ってくれた。

「この世界にあるダンジョンは、それぞれ作成した者がいて管理もしています。なのに、あそこは誰が作ったのか、管理しているのか、そもそもどこにあるのかも分かりませんでした」

真顔に戻ったイスリールは、説明を続ける。

「多少の見落としはあっても大地、空、海、川……どこだろうと分かるのに、ですよ？　把握できていない場所はあそこくらいです」

そう言って指さした先は青空。天辺《てっぺん》から少しばかり下りてきたお天道様があった。

「太陽か？」

「ええ、それと月です。太陽も月も、ボクたちの管轄外なんですよ」

頷いたイスリールが別の場所を指し示すも、そこに月はありゃせん。いや、もしかしたらあるのかもしれんが、儂には見えんのぅ。

「入り口にあった樹木とキノコの仕掛けは、何かを模していたみたいなんじゃがな……」

「分かりません。三人に話を聞いてから、試しにボクが行ってみたんですけど、なかなか苦労しましたよ。なんですか？　あの吸引力が落ちない壁たち……外に出た頃にはヘロヘロでもの凄い疲労感でした」

主神様が最初に自ら足を運ぶのは、どうなんじゃろ？　危険があるかもしれん場所に配下を送らない優しさなのか、無鉄砲なだけなのか……評価に悩むところじゃが、前者ということにしておこう。

「儂は多少目減りしたかってくらいじゃったから、神族にはきつい場所なのかもしれんな」

眉尻を下げたイスリールは、非常に情けない顔をしとる。その表情からも分かる通り、相当厄介《やっかい》なんじゃろう。となるとあそこを調べるのも、儂らがやったほうが良さそうじゃ。

「誰かが迷い込むような、森の浅い場所ではなかったが、一応気を付けるように伝えておこう」

万が一を考えると、上の立場にいる者らには教えておかんとな。直接の面識があると、こういった時に便利なもんじゃ。食事に来る頻度もそれなりにあるから、近日中に連絡できるじゃろ。

「あぁ、それと、さっきから外で待ってるのはなんでじゃ？」

「まだ本調子じゃないのに、今一度感謝の言葉を伝えたいと言ってまして……」

歯切れが悪いイスリールとは珍しい。こりゃ、今言ったこと以外の理由も含まれていそうじゃ。

庭側にある窓へ儂が移動して、そこから外を覗けば、いたずらっ子が室内を窺うような中腰姿勢の三幻人がおった。突然近寄って来た儂に気付き、顔だけこちらへ向けて、貼り付けたような笑顔を三人揃って見せよったからの。

扉を開けて中へ入るよう促せば、申し訳なさそうに足を踏み入れる。

「もう少し待てなかったのですか？」

ため息混じりのイスリールに注意された三人は、委縮してしまい小さくなった。それでも儂は椅子に座らせ、茶と茶請けを用意していく。目線が茶菓子に向いたが、イスリールと目が合ったらまた下に行ってしまった。

全員が無言で、重苦しい空気が漂《ただよ》い始めた矢先、バルバルが打ち破ってくれたよ。茶請けの載った盆を三人の前まで押し進め、一つずつ手に取らせる。残ったものはバルバルが一度に食べてしまってな。盆の上は空になってしまったわい。

まさかの行動に、三人は吃驚していたが、その表情は悲しそうって感じじゃ。一つは確保しとるのに、おかわりでもしたかったんじゃろうか？

首を傾げた儂と視線がぶつかったコカイナンは、手に持つかりんとうを卓に置くと、

「先日はありがとうでした」

つっかえることなくそう言うのじゃった。先日のように語尾？文末？だけを口にするのではなく、ちゃんと一文として話してくれとる。短いながらも、しっかり自分の言葉で儂に伝えようとしてくれとるんじゃろう。

「大分元気になったな。もうちょっとで完全復活か？　無理せず休んで、いっぱい食べて、英気を養うんじゃぞ」

コクコク激しく頷くコカイナンには、先の一文が限界だったのかもしれん。

「「ありがとうございました！」」

チューチュとターも大きな声で感謝の言葉を述べると、ばっと音がするくらいの勢いで頭を下

げる。

儂が笑顔でそれに応じたら、三人揃って顔を上げる。何かを期待するその目は、儂の前にある茶菓子に移っていった。そちらを見た儂に気付いた彼らは、すかさず籠を差し出したよ。先日、土産を盛ってやったあれじゃ。

「……おかわり、欲しい……です」

さっきより控えめながら、儂にそう告げたコカイナンの目は輝いておったよ。

三人に触発されたのか、イスリールとバルバルも含めた全員が、おかわりを希望しよった。食べることは大事じゃし、好まれているのは嬉しいんじゃよ。そうは言っても、この子らだけにやるわけにはいかんじゃろ？　あとでバレた時が……考えるだけでも恐ろしいわい。

オハナたちへ休憩の提案をして、茶菓子の差し入れをしておいた。カブラたち畑組への輸送はメイドさんたちがやってくれるのでお任せじゃよ。他の家族へは念話を飛ばしておけば、そのうち顔を出すじゃろ。

諸々の手配を終えて台所へ戻ると、神様が四人増えていたよ……

「不公平だと言われそうでしたので」

小声でそうこぼすイスリールの顔は、困ったような呆れたような、なんとも言えん表情じゃった。三幻人も四神も、イスリールにすれば、部下じゃからな。依怙贔屓《えこひいき》と言われるのは、心外じゃろうて。一応、納得しておこう。

儂の前に籠が全部で九つ並ぶ。イスリール以外に菓子を渡してやれば、ほくほく顔で互いの籠を見せ合っとる。その様子はまるで、年端《としは》も行かない子供に駄賃をあげた後みたいじゃ。

「どうにも欲望に忠実になってしまいまして……どこで育て方を間違えたんでしょうか？」

苦笑いを隠しもしないイスリールに、儂も同じような表情で答える。

「今まで長いこと、人の暮らしに触れることなどなかったんじゃろ？　敬《うやま》ったり祀《まつ》ったりせん儂のせいかもしれんな。儂には神様ってより、甥《おい》っ子や姪《めい》っ子って感覚じゃから、それがまずかったかのぅ……」

儂とイスリールは顔を見合わせてから、少しばかり遠い目をしてしまったよ。そんな儂らの心を知ってか知らずか、バルバル以外が帰り支度をしておる。籠を落とさないよう大事そうに抱えて、それでも誘惑に負けたんじゃろ。一つだけドーナツを取り出して齧っておった。

チューチュたち三人を男神と女神で囲んだら、その姿が霞《かす》んでいく。どうやらチューチュたちだけで転移はできないらしい。赤黒く変質していた時はできていたんじゃが……あれも特異なことだったんじゃな。

イスリールにその辺りも話したが、驚いていたよ。本来なら不可能なことを可能にするのは、それこそ神の領域に踏み込んでいる業《わざ》なんじゃと。となると、彼らを捕らえて駒《こま》としていた者は相応の実力を有しとるぞ。総合的に強いのか、洗脳や催眠に特出した技能を見せとるかは分からんがの。

イスリールも同じことを思い付いたんじゃろう。険しい表情で、眉間に皺を寄せておる。

「相手がまったく分からんというのは、なかなか不気味なもんじゃよ」

「……そう、ですね。なんとか調べてみます――」

眉尻を下げたイスリールは、言葉を続けようとしたがそれは遮られた。

「難しい顔しても、どうしようもないよ？　なんとかなるって」

「そうですよ～。防衛策を整えるくらいで～、あとは流れに任せましょう～」

声の主は、おやつを食べに来たルーチェとナスティじゃったよ。食卓の上に置いてあるドーナツを頬張り、笑顔を見せ合う。

「それもそうじゃな。することは今までと何も変わらん。家族に手を出すなら、とっちめれば済むってもんじゃ」

「いや、セイタロウさんに迷惑をかけるわけには――」

「あの三人を使って、じいじに攻撃したんだよ？　どう転んでも、味方じゃない！」

またもイスリールに全てを言わせなかったルーチェは、ドーナツを胃に落としてから宣言した。

ナスティは、まだ焼いていないクレープ生地の入ったボウルを小脇に抱えとる。フライパンを火にかけてから口を開くと、

「来なきゃ来ないでいいんですから～。家に来る子供たちの安全の為にも～、準備をしませんとね～」

おたま一杯分の生地を流し入れる。神様相手だというのに、遠慮がない家族たちじゃ。あ、それは儂も同じか。これは注意できんな。

薄く延ばされた生地はすぐに火が入り、ひっくり返される。ナスティは手早くまな板に移したそれに、マーマレードジャムを塗ってくるくる巻いたら、イスリールへ手渡す。受け取ったことを確

認したら、また生地を焼き始めた。

「甘いの食べると、しょっぱいのが欲しくなるよね」

にかっと笑うルーチェは、どう見ても数人分の食材を並べとる。葉野菜に、刻まれたダイコンとニンジン、それに串焼き肉にマヨネーズとドレッシング。ロッツァが焼いた魚もあるのぅ。

ナスティからもらったクレープに口を付けたイスリールの表情が、少し和らいだようじゃ。無言のまま食べ切ると、ルーチェが巻いた食事クレープが差し出される。ナスティのものより不格好じゃが、具材が多いとどうしても厚みが出るからのぅ。受け取ったそれをひと口食《は》むと、

「……これは、どんどん食べたくなりますね」

目を見開いて勢い良く齧り付いていく。その様に満足したんじゃろう。ルーチェが大きく頷き、次の食事クレープを作り出した。誰の分かと思えば、儂の頭へ差し出しよった。にゅっと伸びた身体でそれを受け取ると、前後左右に揺らしながら喜ぶバルバル。相当ご機嫌じゃ。

クレープを焼くナスティと、巻いて仕上げるルーチェはどんどん作っていった。皿に十個ほど盛られた時、儂の左右から腕が伸びる。出先を見てみれば、さっき帰ったはずの神たちじゃったよ。

「姪っ子ならいいわよね？」

風の女神が頬をほんのり赤く染めながらそう告げる。他の者も同じようなもんじゃ。

「となると、ルーチェの姉や兄になるんじゃろか？」

「わぁ、急にいっぱい出来たよ」

なんともまぁ棒読みな感想を述べたルーチェは、いそいそとクレープ作りを続けていく。ナス

ティはいつもと変わらん柔らかな笑みを浮かべておったが、その手は止まらん。

さすがに妹たちに作らせて、それをもらうだけってのは、神たちにしたら気が引けたんじゃろ。バツの悪そうな顔をしとる。

「情報収集の仕事を頼むから、その報酬《ほうしゅう》ってことにしておこうかの」

「頑張るわ！」

「おう！」

風の女神と火の男神が元気良く即答したわい。クレープだけでは飽きてしまうかもしれんから、追加で惣菜や丼などを作って渡しておいたよ。料理一品につき十皿も渡しておけば、チューチュたち三人にも行き渡るじゃろ……少し不安じゃが、イスリールが頷いてくれとるで、きっと大丈夫……なはずじゃ。

## 《 14 平常運転 》

情報収集をイスリールたちに任せてしまえば、儂らの日常生活は変わらん。いつも通りの朝ごはんに、海での漁や森での狩猟と採取。あとは畑の世話に、授業を含めた趣味の時間を過ごしとる。儂らが焦ったところで何もできんからのぅ。逆に足を引っ張ってしまうこともあるでな。平穏な日々を過ごすに限るわい。

少しばかり変わったことと言えば、騎士団と警備隊の稽古の手伝いを頼まれたことか。

警備隊は一般人や冒険者相手に事へ当たることに慣れていたが、対魔法使いの捕り物劇をした経験が少ないらしくてな。

半月以上前の、我が家の近くで上級魔法をぶっ放す愚者が出たあの事件で、危機感を募《つの》らせたんじゃと。万が一、街中で騒動を起こされた時に対応不可能では困ると、冒険者ギルドに相談したら、儂を紹介されたそうなんじゃよ。

あの規模の魔法を使われたら仕方ないにしても、心構えのありなしには歴然《れきぜん》の差が出るじゃろうからな。以前別の街でも稽古に協力してやったことがあるから、手伝っとるってわけじゃ。

攻撃魔法は初級しか使えんと儂が言ったら、数人が鼻で笑いよったわい。そんな態度をした者は、直後の訓練で悲鳴を上げておったがの。初手で見せた火球の威力に頬を引き攣《つ》らせて、全力で逃げ惑《まど》っておったわい。

受け止めるのは悪手と判断したその後、回避一辺倒になったのに、全力で逃げてもずっと追いかけてくる火球……なかなかの恐怖心を抱いてくれたらしい。

ただ、仲間がいる方向に逃げるのはいかんよ。巻き込んでしまって大混乱に陥《おちい》り、隊列も作戦もあったもんじゃない状況になるからのぅ。

初級魔法による連射弾幕訓練で身体を温めたら、儂の本領を発揮して補助魔法をばんばん使ってやった。状態異常の恐ろしさが、骨身に沁《し》みたはずじゃて。

騎士団のほうはもっと面倒でのぅ……机上《きじょう》の空論ばかりになった頭でっかちを何とかしてほしいという依頼じゃったよ。

クーハクートと国王が雁首《がんくび》揃えて頼んできたんじゃ断れん。それに国王が『王妃さんたちの頼みは聞いたのに、自分たちの番は来ない……』なんていじけてしもうてな。国で一番偉い者が食卓にのの字をずっと描くなんて姿を見られたのは珍しいと思えたが、贔屓だズルだと言われるのは心外じゃから、仕方なしに協力してやっとるんじゃよ。

自身の地位や家格なんぞを鼻にかけるような馬鹿はいないと思っていたが、選民主義は自己を確立する際に、心根の底に結びついてしまっとるんじゃろう。幾人かはおったよ。だもんで、伸び切った鼻っ柱をばっきばきに折って、意味のない自尊心を粉々に砕いてやったわい。

「庶民の爺《じじい》に学ぶことなどない！」

と豪語しておったからな。自業自得ってやつじゃ。

団長さんや副長さんも扱いに悩んでいた輩らしいしのぅ。彼らから得た笑顔の後押しにより、心おきなくできたんじゃよ。ただし、これ以降は魔法を使っておらん。まぁ使ったのも《加速《クイック》》と《堅牢《スタウト》》の二つだけなんじゃがな。

「多数で一人を囲むなんて……」

などと漏らしておったが、戦になれば数の優位を利用するのは当然じゃろ？　相手が強かろうが弱かろうが、まずやるべきことだと思うしの。

「騎士の道に反するなんて……」

そんな綺麗事を口にする若者もおったが、最優先すべきは『誰かを守る』ことじゃて。自尊心を守ることに意識を割いちゃいかん。聞いてみれば、魔物と相対する時にも気にかけとるらしいし……理想に足を引っ張られとるな、こりゃ。

騎士たちの稽古の際、儂は体術のみで立ち回っておいた。城の中庭が会場だったこともあって、儂の想定以上の観客がおったわい。騎士の力や勢いを利用して転がしたり、投げたりしているのが面白いらしくてな。どんどんと人が集まり、中庭を覗ける窓や隙間は顔で埋まっていたよ。

「後《ご》の先《せん》を取られないように――」

小隊長さんに儂の手の内が見透《みす》かされたようじゃが、だったら先《せん》の先《せん》を狙えばいい話じゃ。

踏み込んだ一歩目の膝頭を正面から蹴ってやれば、脚甲のおかげで痛みはなくとも、勢いは止められる。何もこれは足だけに限らん。剣を振るうにも槍で突くにも、動きの出だしはあるからの。そこを見極めて抑えられれば、できることを減らせるんじゃよ。

数の優位にだけ頼って囲んでも、連携が緩いと隙が大きいしのぅ。連携の始まりを詰まらせれば、影響は後々まで絶大じゃて。

儂が口を開いて指摘せんでも、小隊長さんや中隊長さんが言ってくれてな。そちらを修正することばかりに騎士たちが気を揉んでいれば、また別の箇所を突いてやる。そんなことをしていれば、個人の技能も集団での立ち回りも、少しずつだろうと上達していくってもんじゃ。

騎士を数人ごとの班に分けて、小隊長さんたちが運用……波状攻撃もそれなりに見られるまでになった。ここまで指揮官を直接狙うことを儂はしておらん。

「ここらでちょいと手を変えようかの」

呟きと共に、包囲していた騎士たちをすり抜けて、指揮を執《と》る中隊長さんの目の前まで儂は迫る。まさか詰められるとは思っていなかったのか、周囲で待つ騎士と中隊長さんは驚愕の表情をするのみで動けんかったよ。

なんとか腰に佩いた剣を抜いた時に、儂はおらん。背後から首に腕を絡めてきゅっと頸動脈《けいどうみゃく》を絞《し》めてやれば、彼の意識を刈り取れた。ドサッと音を立てて崩れ落ちるその体躯《たいく》に視線が集まる頃には、そこにまた儂の影はない。

こんな感じで、時折狙いや目先を変えてやったら、指揮官たちの意識にも変化が起きてくれたんじゃよ。

「アサオ殿にいいように遊ばれているな」

からからと楽しそうに笑うクーハクートが、観客を代表してそんなことを言っておった。

## 《 15　家族の連携が上がっとる 》

警備隊と騎士団の稽古は、あれ以降も適度な間隔を空けて続けておる。あの子らにも、各々やるべき鍛錬があるからのぅ。儂による指導で一遍《いっぺん》に詰め込みすぎても、理解も難しいし慣れるのにも時間がかかるじゃろうて。都度、何かしらの課題を与えたほうが習得するのも早かろう。

先日行った集団戦の訓練は、騎士たちにしたら目から鱗だったようじゃ。騎士たちにとっては集団で一人、ないしは少数を相手にする訓練。儂としては、一対一に持ち込む為の訓練にしたんじゃがな。今度やる時は、体術以外に魔法や杖も使ってみるかのぅ。

警備隊と騎士団に共通して言えることの一つとして、基礎体力と戦闘知識を持っていたが故《ゆえ》の弊害があげられた。我が家で教えている生徒たちと違って、凝り固まった思考や固定観念があってな。

それが仇になって、足を引っ張る場面が何度も見受けられたわい。

代表的なのが、魔法使いは接近戦が苦手でも良いという思い込みか。剣も槍も届かない距離から一方的に攻撃するのは魔法使いとしては正しいが、近寄られたら何もできんなんて、そんな弱点を放置するのは愚《ぐ》の骨頂《こっちょう》じゃよ？

大剣を振り回せとまでは言わんが、ナイフの取り回しや体術の基礎くらい覚えておいて損はないぞ。儂の意見に家族も賛成で、学びに来ている生徒たちには体力作りをさせとる。石工や木工に、腕力を使う機会もあるからのぅ。ないよりはあったほうが断然良いものじゃて。

あぁ、体力作りを目的にしとるが、ただ筋肉を付けることや無闇に走らせることはしとらんよ。鬼ごっこや徒競走、ボール遊びに竹馬などを用いとる。楽しみながらやらんと続かんからの。

儂が自分の教室の生徒たちに近況を話したら、面白がってな。今まで戦術を話し合う機会なぞなかったのも影響したのかもしれん。騎士や警備隊の立ち回りから、こちら側の動き方を考えさせてみたら、思った以上に白熱した議論を交わしとったよ。目の付け所が新しいし、裏をかくまで届かんでも、虚《きょ》を突くことは十分できるほどじゃ。

これを次の稽古の時に警備隊と騎士団に聞かせたら、皆が面食らっておったよ。生徒たちの考えは妄想《もうそう》でしかないかもしれんのに、危機感を持ったんじゃろう。そのせいでか、騎士団対警備隊対アサオ一家の模擬戦なんてものが提案されてしまったよ。これを喜んだのがクーハクートとルーチェ。国王と王妃も賛成しとるし、もう案では終わらんじゃろうな……

「アサオ家で参加するにしても、全員が一度に参加したら過剰戦力にならぬか？」

儂と同じ懸念を抱いたのはロッツァじゃった。台所で昼ごはんを仕込む儂に、庭からそう告げてくる。隣で日向ぼっこをしとるナスティはにこにこ笑うだけでのぅ。

「何組かに分けて、回数をこなすようになるかもしれん。さすがに全員揃ったら、いかんじゃろ。広範囲を一度に相手する魔法なんて使えんが、儂らがバラバラに動いただけで終わるわい」

「少人数の組み分けでもいいんじゃないですか～？」

1メートルくらいの長さに切られた竹を投げるナスティ。その先にはクリムとカブラがおった。放られた竹をカブラが打ち上げ、クリムが跳び上がって追いかける。空中でそれを掴まえて、着地と同時に地面へ叩きつけた。竹は半分近く埋まっておったよ。

「強くなったところを見せたいみたいですから～」

ナスティがそう言うなり、赤い影が舞い降りる。そやつはルージュじゃった。地面に突き立てられた竹を爪で切り裂き、あっと言う間に模様を刻んでいく。出来上がったのは、穴や彫りで彩《いろど》られた竹の灯籠《とうろう》じゃ。削りカスはバルバルが食べてくれたんじゃろ。周囲は綺麗なもんじゃて。

最後の仕上げに、ルーチェが灯籠の中へ《照明《ライト》》を仕込む。ぼんやりと光っているようじゃが、まだ昼間なせいで綺麗に見えんぞ。しかし、ルーチェの魔法も随分と上手くなったのぅ。

微笑ましく見ていた儂にオハナが、

「いやいや、おかしいと思うよ？」

そう言いながら顔の前で手を横に振っていた。後ろにいるメイドさんも首肯しとる。

皆でやった一連の流れを見せられて、気持ちに火が付いたのはロッツァとモッチムッチじゃった。

あとは狩りを習っている子たちじゃな。庭から砂浜へ降りていき、海へ向かって各々何かしとるわい。詳細は分からんが、魔法が海面に着弾する音の他にも、様々な音が鳴っとる。

「そろそろ昼ごはんじゃから、戻ってくるんじゃぞー」

台所からかけた儂の声なんて、耳に届かんと思うが、一応言っておかんとな。それに腹が減ったら帰ってくる子たちじゃから、支度だけ進めておこう。

オハナとメイドさんは、ここ最近あんかけに嵌まっておってな。肉、魚、野菜を主菜に仕立てて、そこへいろんな味のあんをかけるんじゃよ。塩あんかけ、醤油あんかけ、あとはケチャップベースの甘酢あんかけ、変わったところでテリヤキ風のあんかけまで作っとった。それらを白飯の入った丼へ主菜と一緒にかけたら、昼ごはんの完成じゃ。

儂が見せて教えた料理なんて、もうとっくに覚え切っているのに、まだまだ習いたいそうじゃ。教えられることなんてあまりないんじゃ……そろそろ儂のメッキが剥がれそうじゃが、期待に応え続けるのも大変じゃな。

今日は儂が汁物の担当になったが、本当に簡単なものを用意した。薄く削った昆布と醤油を椀《わん》に入れて、お湯を注ぐだけ。子供騙しにもほどがあると思ったが、なかなかどうしてこんなのが大受けしたわい。

「足していく料理でなく、極限まで削ぎ落とした料理……奥が深いです」

真面目な顔でそんなことを言うオハナに、どう反応していいか困る儂……とりあえずできたのは、頭を掻いて逃げるくらいじゃったよ。

## 《16　観客多数の模擬戦》

あれよあれよという間に開催までこぎつけられた、模擬戦当日。

アサオ一家としての参加になったので、儂以外にルーチェ、ロッツァ、クリムにルージュ、ナスティにバルバル、カブラまでが会場に向かっとる。

狩りを手伝うモッチムッチと畑に手をかけてくれる小人さん、あと神官さんたちは『一家』の枠から外れとるので、遠慮してもらっとるぞ。イスリールたちも、もちろん家族枠から除外しとる。なんとか納得してもらう為に、見学だけは認めたんじゃよ。

そしたら、家族や親しい者が見学すると聞いたクーハクートが面白がってのぅ……模擬戦の会場に観客席まで作ると意気込んでおった。皆は、そちらから見学する予定じゃ。

騎士団と警備隊の者たちは、誰も彼もが参加したいと言い出したらしく、希望者は基本的に参加させたいんじゃと。

とはいえ、模擬戦の場所にも広さの限界があるでな。それに、あまり多いと連携も上手くいかんことが予想される。儂の知らないところで連携の修練を積んできた可能性は否定できんが、一朝《いっちょう》一夕《いっせき》でこなせるもんでもあるまい。となると自《おの》ずと頭数を絞るしか方法がないじゃろ。騎士団は実際そうするようじゃ。

逆に警備隊では、人数的な問題は起きとらんそうじゃ。普段から班を組んどるからの。それの延長で編成するみたいじゃよ。

朝ごはんを食べた後、皆が準備運動と支度をしている間に、儂はお弁当を仕込んでおいた。おにぎりとサンドイッチを主食に据えて、おかずに唐揚げと玉子焼きくらいじゃがな。あとは塩揉みした野菜やピクルスなども一緒に持っていく算段じゃ。

家族揃って会場に向かったが、道に迷うことはない。商業港と漁港の更に奥側、ここ数年めっきり使われなくなった旧港がその場所なんじゃよ。廃棄される予定だった船舶《せんぱく》を何艘《そう》か集めて、特設会場を拵えたそうでな。他にも処分する廃材などもまとめてあるらしい。

「剣も魔法も使うのだろう？　だったら土地に被害はないほうがいい。暴れても壊れても問題ないところを見つけてな。解体しても、燃えても利にしかならんのなら一石二鳥。誰も損をしない素敵な案ではないか」

にやにや笑うクーハクートじゃが、言ってることに問題はありゃせんからの。儂は頷くしかできんかったよ。騎士団と警備隊も、『海上戦の経験を積める』と乗り気だったしのぅ。

到着した旧港は、観客席が海に向かって半円形に作られとった。昔、日本で見た競馬場のスタンドみたいなもんが、ででんとじゃ。ほんの数日でこれだけのものを作るとは……相当、金と人を込めておらんか？

それより何より驚きなのは、観客の数じゃよ。なんでこんなに入っておるんじゃ？　鮨詰《すしづ》めとまでは呼べんが、あまり隙間がないくらい入っとるぞ。旗を振っての応援や、名前の書かれた幕なんてものもあるわい。

一応、騎士団、警備隊、アサオ家、一般と客席が区切られとった。あと王家や貴族たち用の貴賓《きひん》席《せき》もあったな。しかし、騎士団は貴族に含まれておらんのか？

「アサオ一家のお出ましだー！」

観客席から大きな声が上がる。儂らを見つけた誰かが声を立てたのかもしれんが……あの声の主は儂のよく知るあやつじゃろうな。その証拠に、こちらを振り向く群衆より早く、儂と目が合いよった。心底楽しくて仕方ない悪童顔のクーハクートじゃ。わざわざ貴賓席から離れて、アサオ家の応援席に交ざっとる。

「ルーチェせんせー、がんばってー！」

甲高《かんだか》い子供の声援に、ルーチェが手を振って応じる。他にもナスティやカブラにも黄色い声援が飛んでおるが、ロッツァへの応援が一際異彩《いさい》を放っとるよ。

「「師匠、格好いいところお願いします！」」

厳《いか》つい男たちが集団となり、揃って野太い声を上げとった。どこで作ったのか知らんが、客席最上段で大漁旗まで掲げとるわい。周囲への迷惑を顧《かえり》みず、振ったりたなびかせたりしたら注意しようかと思うが、一番後ろで掲げるだけならばいいじゃろ。ロッツァも黙認しとるようじゃし。

自分への声援がなくて面白くないのがルージュみたいで、儂の左腕にしがみつき、アピールを始めた。これが観客に好評だったらしく、拍手と温かい視線が浴びせられてな。そしたら、足元にいるクリムを反対側の右腕に組み付かせて、自分と同じようにやらせとった。

更に大きくなる拍手に気を良くしたルージュは、バルバルにも指示を出して、儂の頭へ座らせたよ。

ここまで来ると、笑い声が混じってな。観客席の者にしたら、本来見られる模擬戦の前に余興《よきょう》を披露してもらえた気分じゃろ。

「まるでチンドン屋じゃな、こりゃ」

歩くことと話すことしかできん儂が呟けば、ルーチェが振り返る。

「それってなに？」

「笛やラッパ、太鼓などを使って練り歩く人のことじゃ。お客さんの目を引けるじゃろ？　こんな風に賑やかしをすることもあるんじゃよ」

「ふーん」

返事をしたルーチェがにかっと笑い、儂の背後へ回ってくる。そのまま背中をよじ登り、肩車に落ち着いた。儂の頭の上にいたバルバルを抱えて持ち上げたら、自身の頭上へ置いたようじゃ。笑い声がまた大きくなると、

「私も～、何かしないとダメですかね～」

ナスティがそんなこと言いながら、儂の前を行ったり来たりし始めた。

「ならば我もだな」

首にカブラを乗せたロッツァまで、不敵な笑みを浮かべたまま近寄ってくる。

「いや、儂の身体はもう空いておら――」

ひと目で分かる答えなのに、言い切らせてもらえんかった。ロッツァが正面から寄せた顔を儂の腹に付けるのと同時に、ナスティが儂の背中に寄り添う。

「アサオ一家は仲が良いな！」

クーハクートの一声に、観客たちの笑い声がどっと大きくなるのじゃった。

入場……到着しただけで大賑わいになってしまったが、模擬戦はこれからじゃ。実際に戦う場所となる廃船などは、好きに見ていいようでな。今はロッツァが海中を確認しとる。

ルーチェとルージュは廃材や船を見て回り、足場や可動範囲を確かめている……いや、あれは何も考えとらんか。木材や骨などを積み上げて、崩さないように遊んどるわい。

その間にナスティと儂は、クーハクートや国王、それに騎士団と警備隊のお偉いさんと打ち合わせじゃ。対戦方式、人数、勝敗の決し方などいろいろあってのぅ。

「模擬戦は三回でお願いします」

「三回あれば、希望する者がほぼ出場できますね」

お偉いさん二人の言葉に儂は頷くだけ。回数はここへ来るまでにある程度話していたしのぅ。

「戦意のある者、行動可能な者がいなくなった集団が負けでどうでしょう？」

国王の傍らに控えていた大臣さんらしき人の提案には、ナスティを含めた全員が同意を示す。

「皆、実力はあれども、実地の経験不足が否めない。不幸な事故を防ぐ方法はないものか……」

畏《かしこ》まった物言いをする国王が、儂の目を見ながら問うてくる。さすがに周囲の視線がある場所で、我が家へ来る時と同じように砕けた話し方はできんからな。

「防具は使い慣れたもののままで、武器は模擬戦用に差し替えたんじゃろ？　物理面ではこれ以上手をかけられんと思うぞ」

儂の言葉にこくりと頷く、騎士団と警備隊の長《おさ》二人。

「使用魔法の制限はアサオ一家への枷《かせ》でしかありません。我らは投入できる魔法使いが少ないので……」

「同じく」

顰《しか》めっ面《つら》をする二人じゃが、それも仕方なかろう。上の者がいろいろ問題を起こしたせいで、宮《みや》仕《づか》えの魔法使いが再編されたらしいが、まだ配属されて日が浅い。それに魔法使いと言いつつ、どちらかと言えば研究者に近いそうじゃからな。現場に出てくるには、練度が足りんのじゃろう。

「制限される前から、儂らは初級くらいしか使えん。一応、回復魔法だけは敵味方関係なく、危なそうな時は飛ばすとしよう。おぉ、そうか。そしたら儂は見学に回ったほうが無難――」

「「なりません！」」

大臣さんと長二人が、儂の言葉を遮った。それを見ていたクーハクートが、笑いを堪《こら》えるのに必死でな。

「先生役を追い出すなんて、するはずないだろう」

なんとか笑いを噛み殺していたクーハクートも、我慢の限界が来たんじゃろう。ついには大声で笑い出したわい。それに釣られるように国王も儂から視線を外してそっぽを向き、肩を震わせておる。

「こんな機会、そうそう得られるものではありません」

大臣さんが目を血走らせながら、儂に迫る。長二人も激しく首を縦に振っておるから、同意なんじゃろな。

「んー、まぁ、それなら出るが……儂ら家族のほうも三班に分かれるから、誰と当たるかは運次第じゃぞ」

それだけ言うと、儂はその場を離れて家族のもとへと戻る。その際、観客席をよくよく見てみたら、皆が何かしら手に持っていてな。コップや皿じゃから、飲食物だと思うんじゃよ。

「誰か露店でもやっとるんか？」

首を傾げていれば、その正体が分かった。商業ギルドが主体となって、いろいろな料理を売っておる。ただ、この場で調理するのは難しいと判断したようで、出来合いのものばかりじゃった。

それでも、おにぎり、サンドイッチ、肉の煮込み、魚の切り身の焼き物、スティック状になったピクルスなど、種類も豊富でな。温かい汁物や麺類まであるとくれば、儂が商っていたバイキングとさして変わらん。

「じいじ、お腹減るね」

腹をさするルーチェの左右には、同じ仕草《しぐさ》をするクリムとルージュ。朝ごはんを食べてから、あまり経ってないが、これだけ食べとる姿を見せられると、仕方のないことじゃて。

【無限収納《インベントリ》】から軽く摘まめるかりんとうと、一服の用意をしてやる。茶と茶菓子で腹と気持ちを落ち着けながら、今後のことを相談じゃ。

「三班になることが決まったから、好きなように組んでみてくれるか？」

「ふぁーい」

湯呑みを持っていない左手を挙げて、ルーチェはナスティのそばへ移動していった。その後ろをカブラとバルバルも追いかける。大きく頷いたロッツァの背中にはルージュが仁王立《におうだ》ち。首にぶら下がるのはクリムじゃった。となると必然、儂は一人になる。

「四、三、一か」

「じいじ、一人じゃ寂しくない？」

儂の呟きにルーチェがこぼすと、バルバルが大きく跳び跳ねて、儂の頭上へぷにんと着地した。

「これで三、三、二になりますね〜」

「あとは順番だね」

「ならば、先手は我に任せてもらおう」

事前に打ち合わせでもしていたのかと疑いたくなるほど、ナスティ、ルーチェ、ロッツァがよどみなく会話を続けていく。

「いや、儂が最初に行って露払《つゆはら》いをするぞ。どうやら、儂を大将と思い込んでおるからな。その裏を掻いてやるのも一興《いっきょう》じゃろう」

にやりと笑う儂に、バルバルがぽよぽよと弾んで応えた。

「となると大将は〜、ロッツァさんですか〜？」

「我では務まらん。ナスティ殿が担ってくれ。我の役目は、前で走り回ることだからな」

三人の班ならば、戦術も戦略もないから、気にしなくていいと思うが……適材適所とロッツァも思っているんじゃろな。反対することもないし、この案を受け入れよう。儂の提案もすんなり通してもらえたしの。

『さぁさぁ、皆が気になるこの模擬戦。全部で三戦に決まったぞ』

以前、聞いたことのある、声を大きくする魔道具による場内案内。いや、解説か？　声の主であるクーハクートは楽しそうに話しとる。観客も突然の大声に期待値が跳ね上がったらしい。歓声で以《もっ》て答えておるわい。

『あと二十分後に第一戦が始まる。それまでに食べ物、飲み物を補給して、ちゃんと席に戻るのだ』

クーハクートによる扇動《せんどう》……もとい、盛り上げは抜群《ばつぐん》の効果を見せておる。

腹ごしらえと打ち合わせを終えた儂らは、実際に戦う船上に向けて移動した。アサオ一家以外の騎士団も警備隊もそれなりの人数がいるので、移動するのは一部だけのようじゃ。とはいえどちらの集団も二十人ずつはおるな。

ロッツァみたいに身体の大きな者も家族におるが、それでも儂らアサオ一家は全部で八人。装備品もバラバラじゃし、見劣りするじゃろう。なのに変な野次が少ないのは、儂らの実力を知っている者が多いからかもしれんな。

そういえば一戦目に参加する騎士団の中に、女性だけの一団があった。何番目の王妃さんか忘れたが、以前に教えてもらった、王族の女性を専門で守る組織『向日葵《ひまわり》』って子たちじゃと思う。

貴族の娘さんたちの中でも特にお転婆《てんば》……じゃじゃ馬……身体を動かすのが得意な子が集まっていると聞いていたが、なかなかどうして利発《りはつ》そうな顔立ちをしとるよ。

髪色も髪形もバラバラなのに、とても動きやすそうな恰好には統一されとるんじゃ。男性陣のように鎧一式お揃いではない。こちらは見栄えを捨てて、動きやすさを選び取った結果じゃろ、きっと。

冒険者たちも似たような出で立ちじゃが、あの子たちよりも装備品は高級じゃな。

客席から見て、左奥に警備隊が陣取り、正面に騎士団、右手前に儂とバルバル。これだけ聞くと騎士団が挟撃《きょうげき》されたように思えるが、実際のところは適度な距離を保っておる。

『おぉーっと！　初戦から予想外！　アサオ・セイタロウのお出ましだーっ！　人数としては一人だけ、いや、頭上にて揺れるはスライムか？　それでも二人、圧倒的な数の不利を覆《くつがえ》せるのか、期待して見ようではないか！』

実況もクーハクートが担当するようで、なかなか面白い呼び出し文句を披露しとる。観衆の期待が高まったところで、

『それでは、始め！』

開始の合図が打ち鳴らされた。比喩《ひゆ》でなく、国王の傍らに控える魔法使いが、破裂音を盛大に響かせよった。あれは音ばかりが大きくて、実戦では役に立たんらしい。魔物や獣相手ならば、十分威嚇になると思うんじゃが……今度教えてもらうとしよう。

「かかれー！」

キラキラ輝く金髪を靡《なび》かせ、細剣を掲げる女騎士の号令を聞いた一団は、一直線に警備隊を目指した。開幕早々の全力突撃は、さすがに予想外じゃろ。様子見してから動こうとしていたらしい警

備隊の横っ腹を食い破っとる。

ただ、これは『向日葵』の独断専行のようじゃ。残る騎士たちが、ぽかんと見守るだけじゃから。

「利発そうと思ったのに、ありゃ後先考えておらんのかもしれんな」

頭から飛び降りたバルバルにちょいと指示をしてから、儂は気配を消しつつ移動する。廃船の甲板《かんぱん》にはかなり隙間があるでな。そこから船の下部へバルバルが侵入する。ここからは別行動じゃ。

観客も含めて視線があちらに集まっておるので、難なくこなせたわい。

バルバルに頼んだのは連中の攪乱《かくらん》と足止め。三つ巴《みつどもえ》で争うはずなのに、儂らを意識から省いとるでのぅ。少数で多数を手玉にとる戦い方と、ちょっかいをかけられる腹立たしさ……これを経験してもらおう。

初手で大打撃を受けた警備隊も、壊滅にまでは至っておらん。その数を半分、いや三分の一まで減らしとるがの。

『向日葵』の行動に呆然としていた、残りの騎士たちも追撃に向かったので、船上はしっちゃかめっちゃかじゃよ。彼女らが、乱戦に持ち込む策として選んだのならば大成功と言える。

儂が今いるのは、観客からも見えん廃船の縁《へり》じゃ。海に落ちないように縁に掴まりつつ、『向日葵』の後背を突こうと思ってな。《浮遊《フロート》》で海上を進んでもいいが、魔力を感知されたら一発で露見《ろけん》するから、身体能力だけで向かっとる。

船の突端に顔を出して様子を窺えば、『向日葵』の子たちの真後ろじゃった。警備隊を円形に取り囲んで押し込んどるが、やはり誰一人として儂らを探しとらん。目の前の警備隊にしか注意が向いておらんわい。

『バルバル、幾人かの足を引っ張ってくれ』

儂の念話を皮切りに、船の下部に潜むバルバルによって、観客席側を向いていた女騎士が一人沈んでいく。両足が膝まで埋まると次はその隣、更に隣と波及していった。一人につき、かかる時間はほんの一秒。見る見るうちに攻撃側だった騎士団が減っていく。

『向日葵』の面々が縮むと、警備隊の一人と視線が交錯《こうさく》してな。そこでようやく儂の仕業と気付けたらしい。とはいえ、分かったところで対処方法はないじゃろう。

騎士と警備隊の意識が足元に向いたのを確認したので、儂は一息に距離を詰める。足音を立てないように進みたかったが、さすがに廃船の上では無理じゃった。音によって儂へ意識を戻した子がおれども時すでに遅し、もう目の前じゃ。

なんとか盾を構えて防御姿勢をとれども、それは死角を作るだけじゃよ。儂は盾と身体の間に腕を差し込み、足をかけて引き摺《ず》り倒す。

「身体の軸をズラしてやって、ちょいと力を込めるとこうなるんじゃ」

うつ伏せになった警備隊の子の腕を、板の隙間に挟んでおいた。『向日葵』は足を沈めたから、バランスを取る為にも警備隊は上半身狙いじゃな。そう思っていたのに、バルバルが止まらん。儂が一人を相手している間に、騎士たちがどんどん数を減らして、埋もれていきよった。

立っているのは、騎士が三人に警備隊が四人。バルバルに足を取られた者たちも、時間をかければ戦線復帰できるじゃろうが、両足が嵌まってしまっとるからな。なかなか苦労すると思うぞ。

ここに来て騎士団と警備隊は協力することにしたようで、七人が儂を半包囲し出した。ただ、見えないバルバルに対する最低限の抵抗で、一つところには留まらん。

「ふむ。臨機応変な対処は良いが、そのくらいじゃバルバルを止められんよ」

ついに甲板に姿を見せたバルバルがいるのは、七人の背後。儂に注視していた七人の膝裏を、左から時計回りでちょんと突いて駆けてきた。体勢を崩した彼らは膝から崩れ落ち、四つん這いになるのじゃった。

『アサオ一家以外が倒れたな。これで決ま――』

「まだです！」

儂らの成り行きを実況していたクーハクートが、決着を宣言しようとしたら止められた。声の主は『向日葵』に所属する一人。最初に突撃を宣言した子じゃろう。

その声をきっかけにして、甲板がばりばりと音を立てた。

足を抜くのに苦労していたが、我慢の限界が来たんじゃろうな。両足の周囲を『向日葵』の子たちが、それぞれの得物で壊して下に落ちていったよ。姿が見えなくなった直後に、階下から甲板へ飛んで戻って来たわい。

この子たち以外は、まだ嵌まったり倒れたりしたままじゃ。バルバルの膝カックンを喰らった者らは、まさかの事態に心が折れたようでな。立ち上がれず、顔も上げられん。

「私たちはまだやれます！」

そう宣言すると、女騎士五人で陣を組む。横並びになっただけかと思ったが、一応魚鱗《ぎょりん》風なのかのぅ。いや、縦棒をなくした鋒矢《ほうし》かもしれん。

「かかれー！」

初手と同じ突撃を指示したが、同じ手が通じると思っとるんじゃろうか……

「《束縛《バインド》》」

儂の手元から伸びる蔦《つた》が、彼女らの身体を狙う。それを切り払いながら進むが、もう遅い。

「「「「へぶっ！」」」」

全員がつんのめってすっ転んだ。儂の狙いは、彼女らの足元。甲板に罠を作ったんじゃよ。以前、森の中で練習したらできてな。ただ拘束するだけでなく、草を輪っかにしとる。森の中だと蔓草《つるくさ》や蔦を使い、今回はギバサやガゴメコンブ、ワカメなどの海藻じゃ。それらが草結びになっとるわい。

なんとか立ち上がろうとした子が、鼻の頭を擦りながら自身の足首を見る。金属製のブーツに絡みついた海藻に首を傾げとるが、今はまだ戦闘継続中なんじゃろ？　隙を作りすぎじゃて。

「《束縛《バインド》》」

儂の声で慌てて立とうとするも、足が滑ってどうにもならん。海藻のぬめりが付いた靴で立ち上がるなんて、玄人《くろうと》の漁師だって難しいじゃろうからな。未経験の騎士にできるはずがない。したまま顔面や顎を打ち付けた女騎士が四人。

草結びを切って脱出した一人だけが、ごろごろ甲板を転がって逃げたが、もう形振《なりふ》り構ってられんらしい。鎧や服、それに髪と肌が汚れるのも気にせず、一心不乱じゃて。必死に避けたまではいいが、その先も見ておかんと……つい先ほどのことをもう忘れたのか？

転がる女の子を止めたのは、儂の魔法でも、廃材や捨て置かれた樽などでもない。先回りしたバルバルじゃ。全身を丸っと包み込んで捕獲した。出ているのは顔くらいで、

「あわわわわわ」

目を泳がせて言葉にならん声を発している。状況確認しようとしていたが、まぁ分からんじゃろうな。

「た、たすけてー」

もう騎士とは思えん叫びじゃ。一市民の女の子と何も変わらん。スライムにその身の自由を奪われて、晒し者になっとる。この姿を見ている者から、儂とバルバルに対する評判はすこぶる悪そうじゃよ。

「汚《けが》されるー」

おでこをぺしと叩いてやれば、『あいた』と即座に反応する女の子。

「これ、人聞きが悪いぞ。バルバルに包まれると、綺麗にされるというに……」

以前にカブラとバルバルが組んでやっていた、マッサージ？エステ？まぁそれみたいなことを、捕獲した女の子に施しておる。

廃材からもらった黒ずみや汚れ、汗や埃などもひとまとめでバルバルが絡めとり、開戦前の状態まで持っていっとるぞ。いや、これはそれより綺麗になっとるはずじゃて。皮脂《ひし》や角質《かくしつ》などの老廃《ろうはい》物《ぶつ》も、バルバルにしたら一緒くたじゃからのぅ。

なのに、クーハクートによる実況が酷いもんじゃった。

『衆人環視《しゅうじんかんし》の前で、なんと非道《ひどう》な……』

わざとらしく言葉を途切れさせてから、声を詰まらせる。まるで二の句が継げないほどの状況だと言わんばかりじゃよ。観客も儂らを見て無言じゃ。あぁ違う、ひそひそ声で何か話しとるわい。

「《沈黙《サイレス》》」

儂の魔法で声を封じられたクーハクートが、にやりと笑ってから口を開いたが無音。手元のマイク風魔道具の故障かと思ったんじゃろう。振ったり叩いたりしとるが、ボンボンガンガンというその音は流れとるよ。しきりに首を振ってから儂と目が合う。今度は儂がにやりと笑ってやれば、苦虫を噛み潰したような顔になりよった。

十分お仕置きになったと思うので魔法を解くと、何事もなかったかのようにクーハクートが話し出す。

『アサオ一家の圧勝で、第一戦は終了だな』

クーハクートの宣言によって、観客の歓声が戻り、拍手をもらえた。

軽く手を振って応えてから、騎士団と警備隊を回復してやる。寝転んだままだったり、船の端に寄ったりしておったからのぅ。『向日葵』の突撃を浴びた子らも、気絶させられていただけじゃし、取り立てて大きな怪我をしている者もおらん。

ただ、想像以上に汚れが酷いわい。だもんで、回復した子らからバルバルに熱い視線が注がれとる。

「バルバルに包まれるのが怖くなくて、綺麗になりたい者だけ船から下りて並ぶんじゃぞ」

儂の一言に警備隊が逡巡《しゅんじゅん》しとる。従魔といえども、その身を全て預けるのに抵抗はあるんじゃろ。それとは対照的に、最初の体験者に話を聞いた『向日葵』の同僚は整然と列を作ったよ。他の男性騎士も追随しとる。

「ふぉぉぉぉぉーーーっ」

バルバルクリーニングを受ける女の子が、けったいな声を出しながら笑うのじゃった。

## 《 17 続いて第二試合 》

第一試合の参加者を綺麗にしていたら、ロッツァたちの入場となってしまった。観客席のほうが儂らのいる場所より上にあるから、観戦の邪魔にはならんと思うが、それでもいらんものが視界に入るのはのぅ……ちゃちゃちゃっと終わるものでもないでな、ちょいと避けておいたよ。

儂らと入れ替わりで入ったロッツァ、クリム、ルージュのアサオ一家と、模擬戦を行う騎士団が三十人。警備隊に至っては五十人近くおるわい。初戦の状況を見て増やしたのか、最初から予定していたのかは分からんが、人数だけかけても無駄だと思うぞ。それでも甲板にまだ余裕がある廃船はすごいのぅ。

ロッツァが廃船に乗り込んだだけで、観客からどよめきが上がった。まぁ、普通なら壊れるか沈むと思うわな。

そこは参加者に無駄な心配を掛けん為に、儂が《堅牢《スタウト》》を付与したからじゃ。このことを参加者へは事前通達しておいたので、誰も不安を抱かなかったらしい。知らされていない観客は、これだけで吃驚ってわけか……知らせなかったのはクーハクートの策略じゃろう。

「場を盛り上げる細工は、いくつあっても困らんか……」

呟きつつ目線をそちらにやれば、大きく頷いておった。まだ何か隠しているのかもしれん。

中央に陣取るロッツァの背中にクリムとルージュが仁王立ち。左手前に騎士団が陣を構え、右手奥に警備隊が列を組む。

『第二試合、始め！』

クーハクートの声が響くと同時に、ロッツァ目掛けて人が殺到《さっとう》する。騎士団も警備隊も、まず最大級の障害を排除することで一致したようじゃ。

その巨大な身体に臆することない者らに、観客の視線も釘付けじゃ。気合の籠《こも》った声で押し寄せて、そのままロッツァを船の縁まで運んでいく。回避なり、正面衝突なりがあると予想したのに、あれよあれよと寄り切られて、ロッツァたちは客席側の海へ落とされたよ。

一気呵成《いっきかせい》に事を進められた結果と、騎士団と警備隊は喜んでおる。しかし、無抵抗で為されるがままのロッツァに疑念を抱かんのか？

大きな音と共に着水したロッツァは、水面に浮かんでおる。特に怪我を負った様子もなく、今まで乗っていた廃船に向けて前足をひとかき。勢いを殺さずにぶちかますと、船が大きく傾いた。側面でなく船尾へのひと当てだったせいで、随分と上に舵《かじ》が見えるわい。

船上にいる者たちは、振り落とされないよう、どこかにしがみつくので精いっぱい。そこへ追い打ちをかけるのがクリムとルージュじゃ。

斜めのままの甲板上から船底に向けて、クリムが《穴掘《ディグ》》を放ち、ルージュは激しく爪を打ち付ける。見る見る穴が広がり、船が水平に戻る頃には、そこに船底と呼べる場所はほとんど見当たらんかったよ。バランスを崩した船が、今度は船首を天に向けて斜めになる。

船底ががらんどうになってしまっては危険じゃからな。儂は追加で《浮遊《フロート》》を弱めにかけておいた。沈むまでの時間を稼ぐというよりも、場所を安定させることに重きを置いたでな。ちょっとやそっとではびくともせんじゃろう。

とはいえ、盛大に上下した廃船にずっといるような命知らずはおらん。甲板や縁にしがみついていた者たちは移動しておるよ。

騎士団が右の船へ、警備隊が左の船じゃ。最初の立ち位置が逆になった感じじゃが、中央に座すロッツァは海の上。そこから船上を見上げておるのに、一番余裕を感じさせる。

儂を振り返ったロッツァは、不敵な笑みを浮かべてから海へ潜った。その背中に乗っていたクリムとルージュは、《浮遊《フロート》》がかけられた廃船に移動しとる。

そこから仁王立ちして左右に睨《にら》みを利かせたら、騎士団と警備隊のどちらも動けんくなった。自然界で熊と出会った時、視線を外すのは危険と聞いたことがあるが、それはこちらでも同じなんじゃろか。

本能で悟ったのか、圧倒的な実力差で目線を逸らせせんのかは分からんが、この場を支配しているのは子熊二頭で間違いないぞ。

クリムが甲板をぽむっと踏んだら、板が軋《きし》む。抉《えぐ》れたり大きく割れたりはしとらんが、あとほんの少し力を込めたらどうなるか分からんくらいな音じゃよ。ルージュのほうは軽く弾んでおる。その都度、ギッギッと鳴っとるから、あっという間に壊れそう――

『バギッ！』

と思った矢先にルージュの姿が消えていく。徐々に高く跳んでいたと思っていたが、力を込めすぎたみたいじゃ。表情豊かなルージュの『あっ』と戸惑う顔に、儂を含めた全員が呆気に取られたわい。

注目を集めたまま、ルージュが階下へ消えていくのを見送ったクリムが動く。軽く踏んだだけで家鳴《やな》りのような音をさせていたのに、今はまったくの無音じゃ。ロッツァを手本にしていたクリムのことじゃから、騎士団を轢《ひ》いて弾き飛ばすとばかり予想していたが、大外れじゃったよ。

距離を詰めたクリムは、一人の騎士の背後を取り、足払いを決める。跪《ひざまず》きうつ伏せになった彼の両足を抱え込み、その場でぐるぐる回っておる……これはジャイアントスウィングじゃな。騎士を道具にして、周囲を巻き込み、次々薙ぎ倒しとるよ。

構えていた騎士三十人が残り六人になったところで、クリムの大回転も限界を迎えたらしい。掴んでいた騎士を手放し、ふらふらしとるわい。捨て置かれた騎士は、ぴくりともせん。

「勝機を掴むのだ！」

一斉にクリムに集《たか》る騎士たちじゃが、考えが素直で甘すぎる。

ふらふら状態のクリムが、先ほどとは逆に回転して両前足を広げた。爪は仕舞っているようじゃから、切り裂く効果はなさそうじゃ。それでもクリムの膂力《りょりょく》に回転が加われば脅威じゃよ。

クリムが二足で立った時の高さが奇跡的にドンピシャで、騎士たちの急所が打ち抜かれた。クリムに弾かれ、受け身を取る余裕もない状況で、脂汗が滲むような一撃をもらう……観客の男性陣が身を正して、騎士たちを憐《あわ》れむのじゃった。

騎士団がクリムによって無力化されると、次は我が身と思ったんじゃろう。警備隊の面々が身構える。陣形を組み直し、クリムへ武器の切っ先を向けた。しかし、最前列の子が一歩踏み出した途端、大空へ舞い上がっていたよ。何が起きたか分からないのは、観客含めたほとんどじゃろうな。

高々と空へ舞い、重力に逆らうことなく落ちていった先は海。武器と防具を身に着けていては危険と、一抹《いちまつ》の不安が頭を過《よぎ》ったがそれもほんの一瞬じゃった。海で待ち受けるはロッツァじゃからな。溺れさせることもなかろう。

海へ落ちた子が立っていた場所には、ぽっかりと穴が開いておった。穴の中を覗こうと一人が近付いたら、引き摺り込まれて姿を消す。ほんの数秒でまた現れたが、姿が違っとったよ。覗き込んだ穴とは別の場所から弾け飛び、上に立っていた者を巻き込み、上空へと消えていく。

ほどなくして海面に落ちる『ぼちゃん』って音で、皆我に返るが、警戒が疎《おろそ》かすぎるぞ。一応、穴を観察しようとする者は出てこんが、一度切れた緊張の糸を再度張り直すのは至難の業じゃて……それに、見えない敵には対応できんじゃろう。

「足元注意！」

隊長のかけた号令に、隊員は盾を甲板に向けて構える。ある者は斜め下に、ある者は真下に盾を置いてその上に立っとる。

注意が足元へ向いたのを確認すると、クリムがわざと音を立てる。それに釣られた数人の視線が動くと、またまた空への旅に案内されとったよ。

クリムがするのは、音を立てて注意を引くことのみ。それ以外は動かん。最初から、三人それぞれの役割分担をしていたんじゃろな。もしくは相手を決めていたか……

それでも警備隊にしたら、やりにくいことこの上ないはずじゃ。動かないでいようと思いつつも、クリムを相手して無警戒にはなれん。ロッツァに対しても警戒しようとしとるが、警備隊の面々の視界にはおらんからのぅ。

「まずは見える相手を倒す！」

警備隊の敷いた陣の両翼最先端に構えていた二人が、クリムに向かって走り出す。一人が三歩目で甲板へ沈み、もう一人は十歩目で宙を舞っていたよ。宙を舞う者と共に、犯人も姿を現した。周囲に飛び散る木片に紛れて、右前足を垂直に立てたルージュが、旋回《せんかい》しながら飛び跳ねておった。

『しゅたっ！』

クーハクートが口にした効果音と共に着地。即座に駆け出すと、先に甲板へ沈めておいた警備隊員に正面から抱き付いた。高速タックルをかましたのだと思っていたのに、現実は違ったよ。

「はぁぁぁぁぁぁ〜〜〜」

気の抜けた声を上げると、ルージュに抱き付かれた彼は恍惚《こうこつ》の表情で倒れたわい。

『もふもふ固めが決まったー！』

事前に技名まで知らされていたらしい。クーハクートの実況で、空へ飛ばす一撃より観客が盛り上がっておる。

気を良くしたルージュは、立て続けに近場の警備隊員へ抱き付いていく。先ほどまで音を立てていたクリムも無音で近付き、二匹が協力して『もふもふ固め』執行じゃ。

一人、また一人と犠牲者が増えても、その誰もが嬉しそうでな……なんとか抵抗しようと身構える者はもふられて、背中を見せて逃げる者は突き上げる前足の餌食《えじき》になっとる。腰砕けになって倒れるか、空を経由して海までの旅路を行くか……

徐々に数を減らした警備隊は、遂に三人になってしまった。陣の奥にいた隊長とその両隣にいる二人。

観戦していた者らも、固唾を呑むほどの緊張感はなくとも、事の顛末《てんまつ》を見守っておる。

「そんな技に屈する私では――」

口髭《くちひげ》の男性が言い切る前に、駆け寄ったルージュが顔を抱く。向けられていた槍が突き出される前に、ひらりと躱《かわ》しての速攻劇じゃ。ゼロ距離に入られては、槍などの長柄は対処が難しいからのう。それに顔を覆われては、見ることも叶わん。

「なっ！　隙を見せては――」

そちらを見てしまった左に立つ警備隊員は、その一瞬が命取りじゃった。時間にして一秒もありゃせんが、クリムには十分じゃよ。左手に構えた盾の死角に入り、すっと現れたかと思えば右手に持つ短剣を叩き落とす。力が抜けた彼の右手を引き込み、くるりと前転させたら、上四方もふもふ固めに移行した。

これで残るは指揮を執っていた隊長さんのみ。両隣で無防備な姿を晒しとる二匹、そのどちらかに狙いを定めて動き出していれば、結果は違ったはずじゃ。しかし、隊長さんは動けんかった。迷いの時間は僅《わず》かでも、敵の前でしちゃいかん。

一瞬遅れて双剣を抜き放ち、クリムに襲い掛かろうとしたところで船が傾いた。大きく後方へ傾《かし》いだのを受けて姿勢を崩した彼は、ロッツァに首根っこを掴まれた。

海上で本来の大きさに身体を戻したロッツァが、伸ばした首を近付けよってな。その際、上手いこと前足をかけたので船を沈ませられたみたいじゃよ。

奥襟《おくえり》を咥えられているので、隊長さんはとても苦しそうじゃ。

ロッツァの拘束からなんとか抜け出そうとじたばたしとるが、余計に首が締まるのみ。隊長さんの顔色が赤から青くなり、終《しま》いには白くなって泡を吹き始めたわい。

「ロッツァ、隊長さんが死んでしまうぞ」

「おぉ、いかんいかん」

儂の指摘にロッツァが慌てて口を離す。水平に戻っていく甲板にどさりと落ちて横たわった隊長さん。そこへルージュが近寄り、腹の辺りをどすんと叩いた。

「うぐぅっ」

くぐもった声を伴《ともな》って隊長さんが息を吐くと、土気色《つちけいろ》になっていた顔も大分ましになったよ。

『騎士団、警備隊共に残存戦力がなくなった！　よって、アサオ一家の勝ちとする！』

クーハクートの大音声《だいおんじょう》で、第二戦の決着が告げられるのじゃった。

## 《 18　第三戦までにお昼ごはん 》

『第一戦、第二戦、ともにアサオ一家の勝ちで終わった。騎士団、警備隊は一矢報《いっしむく》いることができるのだろうか……続く第三戦に期待しよう。と、その前に少しばかり休憩を取ろうか。ずっと同じ姿勢では疲れるし、手洗いにも行きたかろう？　それに小腹も空く。そんな時には――』

「商業ギルド主催の屋台でお腹を満たしましょう！」

クーハクートの言葉を継ぐ形で、屋台から大きな声が響いた。声と匂いに惹かれた観客は、招かれるままに屋台へ足を運ぶ。儂らはそちらに行かずともお弁当持参じゃからな。食べるのに苦労はせんよ。

「腹いっぱいになるまで食べたらいかんぞ。これから動くんじゃから、ほどほどで我慢じゃ」

「はーい」

儂に言われた通り、おにぎりとサンドイッチを各二個だけ取ったルーチェが、おかずをよそっておる。食事量で考えたら、普段は軽くこの三倍は食べるからのぅ。ナスティは漬物とおにぎり、カブラは果実水と葉野菜の和え物を選んどったよ。

「アサオ殿、今日は汁物がないのだな」

残念そうに表情を曇らせるロッツァが、儂の並べた料理を眺めていた。

「すまんのぅ。儂らだけ温かい汁物を食べてたら、他の子らが可哀そうだと思ってな。今日は作って来なかったんじゃよ」

「そうか。見せびらかす気はないが、目聡い者には見つかるから仕方ない。では白和えをもらおう」

希望された白和えをロッツァの皿へ盛り、他にも海藻の酢の物、ヌイソンバの串焼きをよそっておく。まずは軽めにしておいたが、クリムとルージュ同様、ロッツァもこれだけじゃ足りんはずじゃて。おにぎりとサンドイッチを思う存分食べてもらおう。

そう思って、追加の品々を出していたら、儂らの鼻腔《びこう》をくすぐるダシの香りが漂ってきた。匂いの発生源を探して顔を動かせば、すぐに見つかったよ。

「あれは、うどんではないか?」

「そうじゃな。そして扱っているのが、オハナを中心に据《す》えたメイドさんたちじゃ……」

会場に到着した時は見かけんかった屋台が建っており、その中にも外にもメイドさんが溢れておる。それ以上に観客が集まっておった。

『昼間とはいえ、身体を動かさないと肌寒いだろう。こんなこともあろうかと準備していたのだ! うどんをちゅるりと滑らせつつ、温かいダシツユを胃へ落とし込む……くぅぅぅっ我慢ならん! 私にも一杯くれ!』

クーハクートは、うどんを啜る真似をしながら話しとる。その後、本意気で欲しがったのも相まって、観客たちは笑いに包まれたわい。笑いながらも今知った情報をもとに、まだ並んでいなかった者たちが続々と列を作る。

隠居したとはいえ、クーハクートは名家の者。それに対して『笑う』などしたら、どう転んでも良い結果を見せてはくれんじゃろ。しかしそれが、この場では許される。『蔑《さげす》みや侮《あなど》りでないならば構わん』とクーハクート自身が公言しよったからな。言葉を違《たが》えるやつでないのはよく知っとるが、それでも思い切ったことをするもんじゃ。感心していたら、

「アサオ様の影響ですよ。以前より私たちに気を許してくださっていましたが、ここ最近はその傾向が顕著《けんちょ》です。カタシオラでアサオ様と出会ってから、随分とお変わりになられました」

と、カタシオラからクーハクートに同行してきたメイドさんが、うどんを差し出しながら言ってきた。昆布ダシを存分に効かせて、少しばかりの醤油で味を調《ととの》えたらしいうどんは、儂の胃袋を盛大に刺激する。

それよりも、汁物を求めていたロッツァの我慢が限界を来《きた》したようでな。溢れまくる涎《よだれ》を必死に吸い込んで、透き通るダシ汁をたたえる椀を覗き込んでおるよ。

「良いほうに変化したならば、これからも見守ればええ」

受け取ったうどんを譲ると、ロッツァはずぞぞぞっと勢い良く啜る。行儀《ぎょうぎ》は悪いのかもしれんが、音を立てて食べるとなんでか美味いんじゃよ。儂らを見ていた観客の一部も試しとるが、上手に啜れとるのはほんの一握りのみ。それでも楽しいんじゃろう。皆、笑みを浮かべとるわい。

メイドさんの一人がクーハクートへ椀を差し入れたのが見えた。するとどうじゃ、一瞬怪訝《けげん》な表情を見せたのに、にんまり笑い出した。

『これはいいな！』

マイクの魔道具を切り忘れたのか、わざとなのかは分からんが、しっかり会場中に声が届く。

「何を持って行ったんじゃ？」

「こちらです」

メイドさんが儂に差し出した二杯目の椀には、削り昆布と刻みネギが入っておったよ。先日家で作った即席スープを、こんなところで披露されるとは思わんかったわい。

これを作ったのは、どうやら神官さんと小人さんたちらしい。汁物を扱う店をオハナたちと出すから、一緒に参加しようとメイドさんが誘ったんじゃと。

そうなると、さすがに人数が多くなるので、別の店をとなって、簡単な即席スープの店を出したそうじゃ。だもんで、あの人集《ひとだか》りはその二店合わせてのものみたいじゃよ。

除《の》け者にしたつもりはなかったが、そう思われてしまったのなら儂の落ち度じゃな。次回以降があるならば注意しておこう。

当然ながら、出された料理を全員が全員、好きになることもない。それでも多数の興味を惹くことになったようでな。料理に使われた材料の当てっこをする観客がちらほらおったよ。とはいえ、即席スープのレシピはまだギルドに登録しとらんからな。まったく正解が出てこんかった。

皆が味や素材に興味を持ってくれたことを、儂は微笑ましく見ていたんじゃが、ロッツァはやきもきしたようじゃ。食べ終えた椀と皿を片したら、海へと行ってしまった。

水柱を上げることもなく、すっと潜っていくこと数分。

大ぶりな昆布を何枚も咥えてロッツァが浮上してきた。しかし、咥えるだけでなく、身体中に巻き付いておるから、ロッツァでない別の魔物にしか見えんわい。そのせいでどよめきが起こる。

「これが昆布だ。天日《てんぴ》でカラカラに干してから使うことで、旨味が強くなる」

声を聞いても、ロッツァかどうか分かる観客は僅かしかおらん。芳しくない反応にロッツァが首を捻れば、やれやれといった感じのクリムとルージュが動いた。

ロッツァの身体に巻き付いた昆布などを取り除き、その姿を露《あら》わにすれば、観客たちはやっと胸を撫で下ろす。

「ぬ？　何かあったのか？」

そんな観客たちに疑問符を浮かべたロッツァが、首をしきりに左右へ振るのじゃった。

## 《 19　第三試合始まり 》

「負けないように頑張ってくるよ」

ルーチェは、準備体操しながらそう宣言する。カブラとナスティも似たような運動をしとるが、微妙に違うのぅ。あぁそうか。種族による筋肉の付き方の差じゃな……ん？　カブラに筋肉があったか？

身体を解《ほぐ》しつつ打ち合わせをしとるが、その内容までは聞きとれんかった。

最終戦となる三戦目は、アサオ一家の三人に対して、騎士団が五十人、警備隊も五十人の大所帯になっとる。

食事休憩を挟んだおかげで、廃船の並びを少しばかり変更できたようでな。移動に付随して高低差まで付けたようじゃ。一番高い船で横陣に構えるのが警備隊、高くも低くもないが広くて頑丈そうな船に騎士団が陣取り、ナスティたちは小舟で横並びじゃった。

先ほどロッツァたちが沈めかけた廃船はそのまま残っておるが、今のところ誰も乗っておらん。今回何よりも違うのは、廃船が繋がれていないことじゃな。

得物から判断できる範囲だと、騎士団は半数以上が前衛職《ぜんえいしょく》で、中衛《ちゅうえい》が数人、残りが後衛《こうえい》と随分偏った編成をしとる。後方に待機している騎士なんて短い槍を複数本持ち込んどるから、あれはきっと投げるんじゃろう。短剣、長剣、斧《おの》にハンマー、鎖に槍とここまで物理職が集まると、威圧感が凄いわい。

騎士団と比べて警備隊の陣容は、前衛、中衛、後衛がおおよそ三等分になっとるようじゃ。後衛には魔法使いもちらほらおるし、長弓を携えている者も二人ほど見える。力量にもよるが、後方から一方的に狙い打たれたら、相当きつそうじゃ。ただし、平均的な編成をしているせいで、決め手を欠く可能性が高い。

アサオ一家は魔法を扱う者が多い。その情報を得た騎士団の選択は間違っとらんが、決め打ちはどうかと思うぞ？　初戦に儂が出たからこその尖った戦略かもしれんがのぅ。

『アサオ一家に一泡吹かせられるか。騎士団も警備隊も気張れ！　それでは、始め！』

「「うぉぉぉぉぉぉ!!」」

騎士団と警備隊が、野太い声で威嚇する。ルーチェたちは観客に手を振るのみ。

微笑ましい姿にほっこりしていたら、警備隊が高低差を有効利用し始めたよ。弓使いが、誰もいない船に矢を飛ばし、ロープを結《ゆ》いつける。騎士団の待ち構える船や、ナスティたちのいる小舟を狙わんのは、少しずつでも足場を増やしておこうって魂胆《こんたん》じゃろ。

騎士団は船上で戦った経験があったのかもしれん。廃船を漁って資材を集め、はしごを作っておった。造りは荒いが即席としたら十分じゃろう。はしごを隣の船にかけ、装備品が少なく身軽そうな者が率先して渡っていく。

太めのロープを引っ張っているのは……あぁ、丸木橋を引く為か。しかし、マストを使うとは思い切った選択じゃな。

ただ、儂としては、無理して足場を増やさんでもと思うんじゃよ。はしごが壊れたり、足を踏み外して海に落ちたりする危険を考えたら、しっかり陣組みして待ち受けるのも手じゃろう。

ナスティたちは観客への対応が終わったようで、やっとこ動き出した。小舟から身を乗り出して海中を覗いたルーチェが、右手を上げる。

それと同時にナスティが魔法を使うと、廃船が動き出したわい。どうやら錨《いかり》で停めていたわけではないらしい。ある程度距離を詰めたら、今度はカブラの出番みたいじゃ。

「おとんだけの魔法やないでー、《束縛《バインド》》」

カブラの手元から近くの船へ蔦が伸びていく。儂と違って海藻類ではないぞ。蔦は船の下部に絡まり、小舟との間にぴんと張る。

ナスティは難しいかもしれんが、カブラとルーチェならば歩いて渡ることも可能なくらいに頑《がん》丈《じょう》だと思うぞ。というより、わざわざ《束縛《バインド》》を使わんでも、ナスティたちは飛び移れるはずじゃて。しかし、ルーチェが蔦を手繰《たぐ》り寄せて、小舟を横付けした。

小舟から乗り移って十数秒の後、上部の甲板から三人がひょこっと顔を出す。周囲を窺っても敵さんはおらん。

「さてさて～、やりますよ～」

「はーい」

カブラが幾度も使った魔法で、近場の小舟は既に連結が済んでおる。手に柔らかモーニングスターを構えたナスティが、カブラを背負って騎士団の乗る船へ向けて進み出す。となると二正面作戦をとり、ルーチェが警備隊の相手をするのかと思ったが違った。ルーチェは移動せずに、ナスティたちを見送っておるわい。

どうやら前に出る役目をナスティとカブラが担い、後方支援をルーチェがやるようじゃ。普段の立ち回りと逆のことをするとは、思い切った策じゃよ。対人戦の経験を増やしつつ、戦術戦略の幅も広げる……家族の安全領域を広めたがっていたナスティらしい案ではあるか。

「しかし、投げられるものがあまりないじゃろうに……」

儂の独り言が聞こえたかどうかは分からんが、対策はしっかりしていたみたいじゃよ。

自分たちが乗ってきた小舟を、ルーチェが蔦を使って引き上げる。船上で解体して、弾丸にするようじゃ。拾える石礫《いしつぶて》がない時は儂が作ってやっていたが、ここでも現地調達するとは……

自力で用意できるのは凄いもんじゃ。ルーチェの成長が見られて嬉しいわい。

ナスティとカブラが近付いてきたのを確認した騎士団は、二正面作戦を実行するらしく、後衛を中心に据えて部隊を展開させた。しかしながら、手勢を船二艘に分けるのはいかんじゃろ。

「行～きま～すよ～」

いくつかの舟を乗り継ぎ、普段より間延びした声で近寄るナスティは、まだゆったりしたもんじゃ。背負われて準備していたカブラが、

「《鈍足《スロウ》》」

ひょっこり顔を出してにやりと笑い、補助魔法を炸裂させるのじゃった。

身構えるより早く、魔法を使われると想定していなかったらしい騎士たちは大慌てじゃ。しかし、喰らってしまってからでは後の祭り。近場にいたおよそ半数が、餌食となったようじゃ。足の遅くなった彼らがなんとか防御陣を形成した頃、眼前にナスティの姿はなし。

ナスティの狙いは、あくまでカブラによるちょっかいなんじゃろう。そして自分たちへ目を向けさせる……しかし、目の前の敵に釣られて隊列を崩す者や、憤慨《ふんがい》して冷静さを欠く者は現れんかった。短慮な騎士は一人もおらんわい。ただ、意識をナスティへ向けすぎれば――

『ごい～ん』

こうなるわな。ルーチェが部隊後方を投擲で狙っとる。鎧や兜《かぶと》に当たったせいで、あんな音が出たらしい。

ただ、廃船の木材じゃから、さしたる威力はありゃせん。大きさも投げやすさを重視して小さいし、石礫のように鋭い軌跡《きせき》を描けてもおらんしの。それでも当たりどころが悪ければ、怪我くらいには至るじゃろ。その為、無視するわけにもいかんはずじゃて。

気の抜けるなんとも不思議な音が、その後もたびたび鳴り続ける。

ルーチェとはまだまだ離れているとはいえ、警備隊として音の出所へ無警戒にはなれん。近寄ってくるナスティと騎士団へも視線を配らんといかんし……集中力を保てるかが勝負のカギじゃな。

先に《鈍足《スロウ》》を喰らった者たちと同じ轍は踏むまいと、騎士団は大盾持ちが前に出て、カブラの魔法を防いだ。隣の船にいるナスティたちへの警戒を疎かにしなかったのは、評価できるところだと思うぞ。

大盾には状態異常に対抗できる何かが付与されていたようじゃ。足を止めて、がっちり完全防御の姿勢は素晴らしいが、中衛以降が身動きを取れておらん。カブラの魔法で足止めするナスティの策が、ここでも嵌まったみたいじゃよ。

「ふ～ん、ふん、ふ～ん♪」

騎士団のかけた橋を、鼻歌混じりで過ぎていくナスティ。ついに彼らの船に降り立った。盾を構えたまま前進する騎士団に、カブラが《石弾《ストーンバレット》》を飛ばしても防がれる。《火球《ファイアーボール》》に変えても、《氷針《アイスニードル》》にしても、騎士団の誰も痛手を負った感はない。

彼らにしたら、これが崩壊の第一歩だったんじゃろうな。カブラの使う魔法は防げると思い込んだせいで、不用意に距離を詰め出した。その矢先、大盾持ちがふいに姿を消す。騎士の足元が掬《すく》われた……いや、あって当然の甲板が消えとった。

「にっしっしっ。ウチも穴掘りできるんやで」

してやったりと悪戯小僧の笑みを見せるカブラは、穴の底へそう告げておったよ。重装備のまま落とし穴に嵌まったら、無傷とはいかんじゃろう。動ける程度の怪我で抑えられたとしても、戦列へ復帰するのはどれくらいあとか。

嫌がらせで出鼻《でばな》を挫《くじ》き、ついでに頭数まで減らすとは、なんともまぁいい性格に育ったもんじゃよ。

自分たちにほど近い騎士団が半壊したのを見学していた警備隊長は、先にかけたロープの足場を崩すかどうかを悩んでいるらしい。

完全に孤立して、遠距離攻撃のみに頼るのも手じゃが、そうなると前衛中衛は何も仕事ができんじゃろう。部隊を分けて前線へ放り込んでしまえば、また別の運用方法も見出せるが……仲間を捨て駒のように使う戦術は選べんじゃろうな。

指揮官が悩んでいる間にも、ナスティたちは近付いてくる。判断の遅さにやきもきしていたのは、観客の一部にもいたようじゃ。固唾を呑んで、瞬き一つしない者がちらほらおったからな。

きっと仕事で班を任されたり、現場で決断を迫られたりする立場なんじゃろ。男性女性問わず、胃の辺りを押さえとったのは、管理する役職におる者の職業病かもしれん。

ふと国王へ視線を向けたら、やはり似たような顔をしておる。面白いのは、王妃さんたちもそっくりな仕草と表情をしていたことか。国を預かる身なのは、旦那《だんな》もカミさんも変わらんてことかのぅ。一方で、子供らは変わらん。らんらんと輝く瞳で、戦況の移り変わりを楽しんでおるようじゃ。クーハクートも熱の籠った実況を続けてくれとるわい。

「「「おおぉぉぉぉ！」」」

観客のどよめきに、船上へ視線を戻す。目を離した隙に何が起きたのか、ざっと見渡してみれば分かったよ。投擲を続けていたルーチェが、船を離れて、足の遅くなった騎士団の中央で暴れとる。それでも直接攻撃をしとらんのは、投擲で戦うのが、ナスティから出された今日の課題だからか？

わざわざ敵陣中央で何かしらを投げるルーチェは、笑顔じゃった。手近な騎士から身に着けている兜や盾を引っぺがして、後方の騎士へ命中させとる。現地で弾を調達するのは良いことじゃが、装備品を強奪される側としたらたまったもんじゃないのぅ。

剣や槍は危険と分かっているから、ルーチェは奪っても投げつけん。

そして、距離を詰めてくるのは略奪の為、その後の投擲の為と騎士団に思い込ませる作戦でもあったようじゃ。ルーチェは、奪い取った鎖を持つと、今度は盾を握りしめる騎士たちをふん縛《じば》っていった。身を固めていたら、こんなことまでされる……予想外のことへの対処は、正規の兵たちには難儀じゃろう。

ルーチェによる蹂躙《じゅうりん》はその後も続き、残り二人になってやっと手が止まった。羽根付きの兜の隊長さんと、その副官さんかのぅ。二人共槍を構えて微動《びどう》だにせん。震えや怯えを見せておらんから、肝《きも》っ玉《たま》も据わっているはずじゃ。

「せやっ！」

気合の声と共に駆け出した副官さんは、鋭い突きを繰り出――せなかった。ルーチェが横向きに投げた槍を撃ち落とすまではできたが、同じ軌道で三本も投げられるとは読めなかったらしい。二本目までは対処したが、三本目に足を取られてしまって蹴躓《けつまず》く。

つんのめる彼にルーチェが最後のひと押し。頭をぽんと叩けば、くるりと一回転じゃったよ。そこから、両手両足をロープで縛られ万事休《ばんじきゅう》す。

その様を見ていた隊長さんは、ルーチェの体勢が整う前に距離を詰めた。普通ならば十分な勝機を掴めたじゃろうが、相手がルーチェじゃ意味は薄いのぅ。

ルーチェは副官さんの脇を転がりながら近寄り、付近に落ちていた木っ端《こぱ》などを投げつけた。近寄られることも想定していたのか、隊長さんは木っ端を避けもせずに走り続ける。

その速度を殺さずに出されたひと突きは、実に鋭いもんじゃった。しかし、ルーチェのほうが上手だったらしい。彼の槍を引っ掴み、勢いを殺さず利用して、『崩し』から『倒し』までいけば、もうルーチェの時間になってしまったわい。

寝技を用いることもなく、副官さんと同じように隊長さんの手足を縛って、その辺りに捨て置いた。

騎士団の半数が、幼子一人に熨《の》される……その戦況に、観客は一層沸き立った。

ルーチェが半壊させた騎士団と、カブラに弱体化された残り半分。ナスティとカブラが素通りしてから振り返るだけで、生き残りの騎士たちに緊張感が走っとるわい。それでもここで見せるのは、『攻撃しようとする』演技のみ。カブラを背負ったままナスティが再度反転して急加速じゃ。

さっきまで見せていた緩慢な移動と比べれば、月とすっぽんほどの差がある。ある程度の覚悟をしていようとも、数倍以上の速度に対処するのは至難の業じゃろう。

警備隊の面々も、なんとか足止めしようと弓矢を構えたり、魔法を唱えたりしたがもう遅い。ナスティは船と船を繋いだ橋の目前まで迫っておる。

後衛より一瞬早く動けた中衛の子が投げた槍は、ナスティの左横を通り過ぎる。適当に投げたようで、実は狙いがしっかりしていたようじゃよ。それでも速度を緩めないナスティは、するすると橋を渡り、次の目標である警備隊の前線へ肉薄した。

ナスティの背から降りたカブラが、座布団を取り出して宙へ浮く。槍や剣の届かん距離から一方的な魔法戦が始まるんじゃろうな……そんな儂の予想は脆《もろ》くも覆されたわい。いや、魔法は使っているんじゃよ。儂と同じ、状態異常を起こす補助魔法を主体でな。

「《鈍足《スロウ》》、《暗闇《ダスク》》、《虚弱《フィーブル》》、《喪失《ロスト》》」

カブラはにっしっしと笑いながら、魔法を乱発しとる。ただし、毒や麻痺は使っとらん。前衛と中衛を飛び越えつつ嫌がらせしたカブラの本命は、後衛のようじゃった。そこにおった幾人かの魔法使いと弓使いは、魔法に抵抗する何かしらを用意していたらしく、まだ動けておる。とはいえ周囲の者が全員無事ってわけじゃないからの。満足な移動や、反攻に打って出るなんてことまでは無理みたいじゃ。

彼らの頭上まで近付いたカブラが、そこを見逃すはずもなく悪さをしよる。

「ほれほれー。まだまだやでー」

伸ばした右手に持つは羽箒《はねぼうき》。左手にはネコジャラシっぽい何かを持っとる。なんとか攻勢に移ろうとした弓使いのうなじ辺りを、羽箒でさわさわー。詠唱を始めた魔法使いの鼻先にネコジャラシをふりふりー。緊張感の欠片もない嫌がらせが、集団を襲っておった。

羽箒やネコジャラシから逃げても、カブラの腕は伸びるから、どこまでも追いかけてくる。気に

せず攻撃に出ようとすれば、頭上におらん。

　魔法使いの腰や弓使いの尻付近など、死角へ隠れるカブラを見つけられんみたいじゃ。どうにか発見しても、攻撃したら同士討ちになるからのぅ。手玉に取られておるよ。

　怪我もさせないし、状態異常に陥らせたわけでもない。なのに攻撃できん子らは、苛《いら》つき具合がもう頂点じゃろうな。『邪魔をする』ってことに狙いを絞ったカブラを相手どるのは、面倒臭そうじゃ……

　そしてあまりカブラばかりに注意を向けると、もう一人が迫るぞ？

「お腹も背中も～、がら空きですよ～」

　ナスティはすれ違いざまに、前衛と中衛をぼかすか殴って這《は》い蹲《つくば》らせる。それでも柔らかモーニングスターじゃから、肉体的ダメージは皆無じゃろう。ただ、受ける衝撃と精神的ダメージは相当なもんじゃて。頭に血が上って冷静な判断を下せんと思うぞ。そうなれば二人の思う壺《つぼ》じゃ。

「まだまだやれ――」

　立ち上がってナスティに掴みかかろうとした子が、味方を数人巻き込んで転がっていく。走ってきたルーチェが、飛んだ子の首に足を絡めて、旋回する力を使って投げ飛ばしたようじゃ。

「遅かったですね～」

「皆を縛るのに時間がかかったの」

　ルーチェを見ることもなく話すナスティは、徐々に右へと身体を開いていった。そちらではカブラが後衛の子らと戯《たわむ》れておる。ルーチェに顔を向ける子もいくらかおったが、大半はナスティに釣られとるな。

ルーチェは自身へ顔を向けた者を一人ずつ足払いで倒してから、卵のようにその身を丸めさせて、うつ伏せにした。自身の両足で両手を挟ませるあの技は、抜け出すのが非常に困難でな。まともに動かせるのは首から上だけだし、防具を身に着けていたんじゃ、引っかかって余計に大変じゃろう。

船上で丸まる警備隊は、どんどん数を増やしていった。その間にカブラだけを見ていた魔法使いたちの背中を、ナスティが殴打しとるわい。するとどうじゃ、ほとんどの警備隊がナスティに注目を浴びせた。

こうなると自由に動けるのが二人に増える。

カブラが、

「《束縛《バインド》》」

と唱えて縛り上げた。そこから漏れた者をルーチェが投げ飛ばす。更に逃れられた者は、カブラに向けて攻撃の姿勢を取ったが、最後まで辿り着けん。ルーチェが木っ端を投げて、邪魔しとるでな。

相手を変えてルーチェを目指せば、その隙を突いてナスティが再び殴る。そんなことの繰り返しで、警備隊の誰一人として残れる者はおらんかったよ。

先に壊滅していた騎士団と合わせて、アサオ家の勝ちで幕を閉じようとしたその時、座布団に座るカブラのもとへ小さな礫《つぶて》が降ってくる。

どこかから落ちてきたというよりは、丁度カブラの座布団に乗るように投げられたと言ったほうが適当かもしれん。カブラを狙った攻撃にしては弱々しいもんじゃ。弾の出所を探ったら、背丈の小さな騎士が一人だけ立っていたよ。たぶん彼が犯人じゃろう。

「ふはははは！　全員倒したと思い込んで油断したな！　甘いわ！」

男性にしては高めの声が響いとる。声質からしてまだまだ幼い男の子か、そういった種族の者のどちらかだと思われる。

「倒れたフリをしていた私を見落としてからに――」

威勢良く一歩踏み出した途端、派手にすっ転んだ。持ち物や装備品が乱雑に散らかった足元を、まったく確認せずに歩き出すのはどうかと思うぞ？　『ごいん』とかなり大きな音がしたから、中への振動はなかなかのもんじゃろうな。兜と鎧に傷が付いたようには見えん。

頭を抱えてじたばた転げ回る彼は、少しすると動かなくなる。いや、動けなくなった。

「危ないやろー」

座布団の上で身体を揺らすカブラが、縛り上げた模様でな。雁字搦《がんじがら》めにした彼に、猿轡《さるぐつわ》まで噛ませとる。《束縛《バインド》》のみで器用にこなすもんじゃて。

『今度こそ、アサオ一家の勝ちだな』

マイクを通して流れるクーハクートの宣言で、やっと決着となったらしい。観客から拍手と歓声がルーチェたちへ浴びせられる。

## 《 20　乱入者による延長戦 》

万雷《ばんらい》の拍手を浴びるルーチェたちを見るクーハクートが、不敵な笑みを浮かべた。

『ふっふっふ。アサオ家の一人勝ちで終われると思うかね？　ここで、特別参加者の紹介だ！』

開会の時にも鳴った炸裂音の魔法が耳を劈《つんざ》き、紙吹雪《ふぶき》が舞った。すると、ペンさんが中央廃船へ降り立つ。いつぞや儂が提案したペンギンカラーの鎧を身に着けて、顔はすっぽり兜で隠してな。手に持つ得物は大振りな金属槍。大きい刺突《しとつ》専門の槍で、たしかランスとか呼ばれていたはずじゃ。それを片手で軽々持っとるから、異様な様《さま》になっておる。

ただ、儂の目を引いたのは、両腕に一つずつ嵌められた金属製の小型丸盾のほうじゃ。剣士や短槍使いなら分かるが、ランス持ちが身に着けるものかのぅ。なにより、普通、盾は左右どちらかに一つだと思うんじゃが……

ランスを脇に突き立てたペンさんは、準備運動を始める。前屈《ぜんくつ》に上体反らし、屈伸《くっしん》、腰をぐるぐる回すなど、入念にやっとるよ。それらの動きの邪魔になっとるようには見えんから、両腕に盾を装着していてもきっと扱えるんじゃろう。

『王国の英雄、ペン＝グィン男爵が特別演習に参加となる！　その相手は……』

言葉を切って溜めるクーハクートは、観衆の視線が自身に集まったのを確認してから、儂を指さした。その途端、また音の魔法が轟《とどろ》く。

『アサオ・セイタロウ、その人だ！』

「「「うおぉぉぉぉぉ！」」」

歓声が地鳴りのように辺りを揺らした。諸手《もろて》を挙げて賛成の意を示しとるわい。

「いや、やらんぞ？」

顔の前で手を横に振る儂の答えに、全ての音がぴたりとやむ。暫くの無音の後、重低音の『えぇぇぇぇぇぇ』がこだましてのぅ……それと準備運動の最中のペンさんも、動きを止めたぞ。骨だけの身体になり、筋もないのに伸ばしていた左腕を抱えてな。徐々に力が抜けて、しょぼんとした雰囲気を醸《かも》し出すペンさん。観客も声には出さんが、残念そうな顔をしとる。

『……やらない？』

マイク越しに聞いてくるクーハクートに追随する形で、王家の面々、観客、騎士団、警備隊が儂を見た。視線を外す為に船上へ残るルーチェたちを見れば、同じような表情を向けてきとったわい。くいくいっと服の裾を引かれたのでそちらへ目をやる。クリムが儂を見上げており、その後ろではルージュが演武《えんぶ》の如く動き回っておった。

「じいじとペンさんの試合、見たいなー」

船から下りてきたルーチェがそう呟くと、

「ウチも見取り稽古したいなー」

カブラまで追撃を浴びせて来よる。少し後ろを歩いて来たナスティは、いつもの笑みを浮かべてから、儂に柔らかモーニングスターを手渡した。代わりにこちらの頭に乗っていたバルバルを連れていかれてな。

ペンさんを再び見たら、しゃがみ込んで板材を指で穿《うが》っとる。儂からの返答でいじけてしまったようじゃ。

「クリムとルージュも一緒に遊びたいんじゃと。だから、儂らが三人になるでな。ペンさんにも援軍を頼めるか？」

『希望者はおらぬか⁉』

儂が大声で返事をしてやったら、クーハクートは素早く希望を募る。即座に挙がった手が数本。先ほど、初手突撃以外の見せ場がなかった『向日葵』の子たちじゃった。

「ペン＝グィン公《こう》と共に戦う誉《ほま》れを！」

待機組に回っていた子も含めた、十人ほどの腕が真っ直ぐ立っておるよ。国王、王妃、クーハクートも頷いとるので、そのままペンさん陣営に加わることに決まった。受け入れる立場であるペンさんも、腕を組んで頷いとったわい。

「即席のパーティでは、連携の不利があるじゃろう？」

「問題ありません！　『向日葵』の全力で当たらせてもらう所存です！」

掲げていた右腕を下げて自身の左胸を叩いた子は、そう宣言すると駆けていく。ペンさんの待つ廃船に『向日葵』が揃って乗り移り、鋒矢陣を組み上げた。

最後尾に位置するのがペンさんというのが、普段を知る儂としては不思議じゃが、何かしらの思《おも》惑《わく》があるんじゃろうて。

クリムとルージュに胴体を前後から挟まれた儂は、船に乗り込んだ後に二匹と戯れる。これが準備運動じゃよ。

いいや、そんなつもりはなかったんじゃが、降ろそうとしても離れてくれなくてな。仕方なしに一匹ずつ降ろしたんじゃよ。そしたら、先に甲板へ置いたルージュが、クリムを降ろす間にまた背中に上ってのぅ……それを交互に延々繰り返されたわい。おかげで、観客から生温かい視線と笑い声をかけられたぞ。

これから固唾を呑む戦いを見られるかもしれないと思っていたところで、微笑ましくも気の抜ける儂らの行動を見て頬が緩んだらしい。

二匹を何度も上げ下げしていたら、身体が温まったよ。儂の身体を繰り返し上る二匹も、身体と心が適度に解《ほぐ》れたんじゃろ……最初から緊張なんてもんはしとらんか。

ペンさんたちは、儂らの支度が済むまで待ってくれた。開始の合図もクーハクート待ち。それだって、急遽《きゅうきょ》再登場となった儂らを気に掛けてのこと。観衆も、誰一人として文句一つ言わずにいてくれたよ。まぁその間に相手方も戦略を練っていたんじゃろう。言葉を発しないペンさんは、足元に絵や記号を描いて説明したんだと思うぞ。カリカリガリガリ、音がしとったからな。

儂の左右をクリムとルージュが固めて、ペンさんたちと向き合う。

「さて、クリムたちはどちらを狙う？」

儂の問いにすっと右前足を上げるクリム。ルージュは左前足を上げた。その先は『向日葵』の子たちじゃが、指し示した先は、隙間を縫《ぬ》って微《かす》かに見える鎧の騎士。

「ふむ。ペンさんと稽古をしたいのか。だったら、儂はまたお嬢ちゃんたちの相手じゃな」

簡単な打ち合わせを終えて、クーハクートへ視線を送って両腕で大きな○《まる》を作って見せる。ペンさんも左腕を高々と掲げた。

『……それでは、特別試合の開始だ！』

こくりと頷いたクーハクートが一呼吸置き、マイクを通してそう宣言するのじゃった。

「突撃！」

鋒矢陣が今回も勢い良く突っ込んでくる。クリムとルージュもそれに応じるように前へ出た。

「《加速《クイック》》、《堅牢《スタウト》》」

二匹は儂の魔法を受けて更に加速していく。そして、首から下げている指輪に付与された力を使って、各々の身体を大きくさせると、駆け寄る『向日葵』の上を取り、ペンさんまでひとっ跳びしてしまったよ。

目の前の敵が上方へ動いたのに動揺したのかもしれんが、彼女らはほんの少し揺らいだ。それでも構えた槍を激しく上下させることなく、儂へ向かって速度を上げておるわい。狙いを絞ったんじゃろうて。

「《束縛《バインド》》」

陣を崩さず、儂の放った海藻を切り裂いて彼女らは突き進む。さすがに同じような手を喰らうことはないらしい。

「こりゃいかん、《穴掘《ディグ》》」

儂が甲板に大穴を開けると、左右に素早く分隊した。ただ今回の穴は、彼女らを落とす為に開けたのではなくてな。儂が身を隠そうと思ってのものなんじゃ。

穴を取り囲むように円陣を組む『向日葵』の子らは、先の一戦が頭に残っているせいで、板張りの隙間からなるべく足を外しておる。これでは、バルバルの戦法を真似て、足を引っ張って固定させることもできんわい。

「下がダメなら、上へ行かせればいいってもんじゃよ。《水柱《ウォーターピラー》》」

船の下部から真っ直ぐ空へ向かって伸びる《水柱《ウォーターピラー》》に乗って、儂は観客たちと同じ目線くらいの高さまで上がった。これだけなら儂自身の身動きを封じたのみじゃが、これをそっくりそのままあの子らの足元に立ててやれば、

「《水柱《ウォーターピラー》》」

不安定な水の柱に持ち上げられた女騎士たちの出来上がりじゃ。構えていた槍を儂に投げつけようとしても、足場が固まらんから力も入らんじゃろう。他の得物に持ち直すなんてことも難しく、二人ばかりは水の柱の上で蹲っておるよ。

甲板へ飛び降りれば抜け出せそうでも、数メートル上からではなかなか勇気がいることじゃて。

「《束縛《バインド》》」

先ほどは正面から迫ったのでなんとか切れたが、今度は水の中を通しておるからのぅ。真下から来られては、防ぎ切るのが大変なはずじゃ。儂の目論見《もくろみ》通り、どんどんと簀《す》巻《ま》き騎士が仕上がっていく。

先に蹲っていた子のほうが対処できたようで、迫る海藻を槍で切ったり巻き取ったりしとったよ。

その子らには次の手を講《こう》じねばならん。

「《氷壁《アイスウォール》》」

水柱を消して、同じところへ氷壁を出してやる。衣服や鎧が濡れている状態で、外側に向けて傾斜の付いた氷の坂道に乗っていたらどうなる？　答えは簡単、滑り落ちるじゃろ。彼女たちは途中で止まることも叶わず、船の外まで滑り落ち、海へと一直線じゃった。バシャンと水音がするのと同時に、

「回収しておいたぞ」

とロッツァの声が聞こえてくる。

事故が起きないよう、事前に頼んでおいた甲斐《かい》があったわい。

海へ消えていった二人の仲間が、多少は海水を飲んだ程度で助けられる——それを確認したからか、縛り上げられた残りの子たちは、抵抗することなく負けを受け入れてくれたよ。

儂が『向日葵』の相手をしている間に、クリムたちにも動きがあったようじゃ。幾度かペンさんとやり合うも優劣が付かず、今も一進一退の攻防を繰り返しとるよ。ただ変化はあってな。ペンさんが左腕に着けていた盾が剥がれとる。あとは、クリムとルージュが本来の大きさに戻っておった。二匹は上手いこと連携をしとってな。上下、前後、左右と互いの位置を変えつつの立ち回りじゃ。付かず離れずの絶妙な間をとり、常にペンさんを真ん中に挟んどる。あの距離だとランスを突き出すのが難しいはずじゃて。

素早く重い攻撃をほぼ同時に喰らうのは、捌くのに骨が折れるようで、ペンさんも余裕のなさそ

うな動きになっておる。とはいえ、そろそろ攻撃方法を変えんと見抜かれるぞ。

ペンさんの真後ろからクリムが殴りかかった。するとどうじゃ。唐突にしゃがんだペンさんに対応できずに、ルージュとぶち当たってしまったよ。ただし、しゃがんだペンさんも追撃までは無理だったらしいので、距離を取られるだけで済む。あぁ、違うな。本当の狙いは、ランスを振り回せる間合いを取ることか。

『ペン＝グィンが腰を落とし、力を溜めたぞ！』

クーハクートの実況を聞いた儂らが息を呑むと、ペンさんが最高速で二匹に近付いた。右脇腹辺りに固定されたランスが迫る。振り返りかけたクリムを素早く押し退け、ルージュはペンさんと向かい合う。一切速度を落とさずブレずに迫ったランスが、ルージュを捕らえた。ペンさんとランスが止まる。

観客席からは、ルージュの身体を穂先が突き抜けたように見える。その為、全ての音が消えたかのような静寂に包まれた。儂の位置からは、無事なのが即座に確認できたでな。慌てず騒がず次への準備じゃ。

半身《はんみ》に捻られたルージュの脇を通過したランスは、しっかりと抱えられとる。ルージュが両前足で締めた上、爪を立てて絞り上げるもんじゃから、ペンさんとて引き抜けないらしい。動きが止まれば、自由に動けるもう一匹が黙っておらん。

ランスを引くペンさんの右後方から、クリムが跳び上がりつつ前足を振り上げる。正面で捉えていれば、腹や顎を打ち抜くほどの激しいアッパーを、ペンさんは辛《かろ》うじて逃れた。咄嗟にランスを足場にして飛び退っとったからな。それでも掠めたクリムの一撃は、彼の右腕の盾を弾いたよ。

ペンさんとクリムの間にカランカランと音を立てて落ちる盾。ランスを抱えたルージュは、持ち手を掴もうとしとるが上手くいかん。ペンさんのように構えたかったんじゃろうが、身体の寸法や構造的に難しいはずじゃて。何度か試した後に諦めたようじゃ。そのせいで興味を失《な》くされたランスは、適当に甲板へ刺されたわい。

武器なしになったペンさんと、爪や牙が主武器のクリムとルージュ。数の不利に状況的なものまで加わったら、ペンさんの勝ち目が減ったように見えるじゃろ。とはいえ、その程度のことを覆せんほど、弱い人じゃないからのぅ。まだ何かしら隠し球を持っておるはずじゃ。現にクリムは警戒を緩めん。逆にルージュのほうは飽きたようで、船倉を見ておった。

「何か来るぞ」

海に落ちたり陸地に戻りたがったりした『向日葵』の子らを運んでいたロッツァが、海面から顔を出して儂らに告げた。《索敵《レコナ》》に反応はありゃせんから魔物ではないと思うが、それ相応の脅威になり得る生き物だと分からん。

延長戦で顔を突き合わせている儂らの乗る船に、衝撃が走る。廃船のほぼ中央から鈍い音が鳴ると、形がひしゃげていった。船尾と船首が持ち上がり、中央が沈んでいく。

「海の藻屑《もくず》になるのは勘弁じゃ」

儂はクリムとルージュを小脇に抱えて隣の船へ飛び移る。ペンさんも儂らとは違う船へ移動しとったよ。沈没していく船を見たら、犯人が顔と得物を出していたわい。赤く縁取られた黒い甲羅《こうら》に、大人の胴体を超える太さのサンゴを生やした蟹じゃった。

黒光りする巨大なハサミで、沈み切る寸前の船尾を握って持ち上げる。それを儂らへ向けて振り下ろす。船首部分はペンさんの乗る船へ振るっとった。ミシミシ鳴る廃船は切れておらんから、先ほどの一撃も、切ったのではなく握り潰したのかもしれんな。

蟹の振り下ろす船尾付きハサミを受け止める為に、クリムとルージュを下ろした儂は、

「《結界《バリア》》」

と即座に展開。これだけで耐えられた。ついでに今乗る船にもかけておいたから、きっと大丈夫なはずじゃ。ペンさんも無事じゃが、儂のように受け止めてはおらん。僅かに身体を動かして避けとるよ。

ただし、足場がどんどん減っていく。だもんで、次々船を乗り移っておってな。まるで曲芸を見ているようじゃ。そんなペンさんが、少しずつこちらへ近寄ってくる。

頭の上にある船尾をそのままに、ペンさんの様子を窺っていたら、視界の隅でルージュが、突き刺さっていたランスを引っこ抜きよった。

近寄るペンさんと蟹のハサミ。得物を持たない状態では、ペンさんでも相手しにくいと見える。最終的には、儂の《結界《バリア》》に左右のハサミが乗りおってな。ペンさんを追いかけていたほうのハサミには、もう廃船が握られておらんかった。

ひとまずこの蟹をどうにかしないと、ペンさんとの模擬戦に戻れんわい。ハサミを儂に任せて、ペンさん自身は、船の下部へ潜っていった。

「ルージュ、そのランスをペンさんに――」

『返して』と言うより早く、ルージュは蟹の左目をランスでぶっ叩いた。腰に抱えて大振りしただけじゃが、的がでかいからのぅ。上手いこと当てたようじゃ。

左半分の視覚を失ったのは、影響が大きいじゃろう。ハサミの付け根を狙って繰り出されたクリムの爪が見えておらんぞ。爪は関節に深々と突き刺さり、抉り取られたハサミが海面へ落ちる。

戻って来たクリムが爪をひと舐めしたら、目を輝かせよったよ。どうやら相当旨味が強いらしい。波間に漂うハサミを指し示して、ロッツァに回収を頼むほどじゃからな。『向日葵』の輸送を終えたロッツァも、頼まれるままにハサミをどかした。その際、ひと口齧ったようで、

「美味い！」

と叫んでいたよ。それから蟹の右ハサミをじっくり見て、距離を測っておる。

自慢のハサミを押し付けても潰れない老人、片方の目を潰した子熊に、ハサミを奪ったもう一匹の子熊。そこへ大ぶりな亀が加わり、自身を狙ってくる……苛立っているところに、そんなことをされたら、四方八方《しほうはっぽう》に気が散って仕方ないはずじゃ。

蟹のハサミが《結界《バリア》》から離れて、儂らから遠ざかっていく。これ以上の攻撃は、自身を危険に晒すと判断したのかもしれんが、少しばかり遅かったな。後退した蟹は、ほんの数メートル先で止まったよ。一瞬の間の後、がばっと大きく仰《の》け反《ぞ》る蟹は、初めてその腹部を儂らの前に晒したが、そこにはペンさんが取り付いておった。

廃船の下部を移動していたんじゃろう。そこから蟹へ上手く飛び移り、ふんどし部分にしがみ付

いたみたいじゃて。そして今は、全力で掴んでめりめりと殻を剥がしとる最中ってわけじゃ。

初体験の痛みに対して、蟹はハサミを用いて必死に排除しようと動くが、儂がさせん。剥き出しになった箇所へ、ルージュがランスを抱えて飛び降りる。さりとて重さが足りんから、深くまでは刺さらんでな。トドメはペンさんがランスを押し込んでいたよ。

巨大な蟹が仰向けに倒れたまま動かなくなり、ランスが小さな墓標《ぼひょう》のようになるのじゃった。

ペンさんが、持ち手付近まで深々と埋めたランスを引き抜くと、カニは周囲へ体液をまき散らす。

模擬戦観覧だったはずが、カニ相手とは言え実戦を生で見られた……その事実に声を出せなかった観客たちが、やっとこ我に返ったようで、拍手と歓声を浴びせてくれたよ。

このままの流れで、更に刺激的な模擬戦を見続けられると思った者も大勢いたことじゃろう。じゃが、その予想は脆くも崩れ去るぞ。

儂らが最優先でやることは、カニの下処理じゃ。もう食材になっとるでな。少しでも早く処理してやらんと味を損なうからのぅ。全員で陸地に戻り、すぐさまカニと格闘し始める。

儂はカニごと海水を《結界《バリア》》で包んで宙へ持ち上げ、《加熱《ヒート》》で一気に熱湯まで持っていく。持ち上げてやっと分かった全長は、船一艘分を超えておったわい。

ロッツァが先に確保しておいたハサミも、ルージュとクリムが上手に海水球に投げ入れたので、一緒に茹でていく。味見をできなかったルージュは、つまみ食いをしたらしい。ロッツァの甲羅の上で、不思議な舞を披露するほど上機嫌になったわい。

ペンさんの身に着ける手甲も鎧もカニ汁まみれで、生臭くなっとる。《清浄《クリーン》》をかけてやれば、シミ一つ残さず元通りになった。

カニへ戻ろうとしたら、服の端を引かれたよ。見れば、長大なランスがカニミソやカニ汁、他にも汚物に塗《まみ》れとる。再度の《清浄《クリーン》》で、今度こそ本当に元通りじゃ。

『延長戦は？』

クーハクートが皆の声を代表して、マイク越しに聞いてきた。

儂が答えるより早く、クリムとルージュが前足を使ってバツを示す。ただし二匹の身体の大きさでは、全員から一目瞭然《いちもくりょうぜん》となるには少しばかり心許《こころもと》ない。だからかロッツァが助け舟を出してな。

「カニを食べられるようにするほうが大事だ。まだまだ小さいのが船の裏に隠れているぞ。あれを捕らえれば、皆で食べても余ることだろうな」

茹だっていくカニは、徐々に赤く染まっていく。観客席のどこからも見られる縞模様のそれは、儂から見れば非常に美味そうじゃ。

とはいえ王都に住まう者たちが、このカニを食べるかは分からん。無理強《むりじ》いして食べさせるものでもないが、儂らが嬉々として茹でているのを見ているからのぅ……興味は示すじゃろうな。

儂がカニを相手にしていたら、ルーチェとナスティが船へと乗り込んできた。先にロッツァが言った、小さい蟹を捕獲するみたいじゃよ。

ルーチェたちに遅れること十数秒、観客席にいた冒険者の幾人かも近くまで来とる。口々に『水辺での活動が得意』と言っており、『試食したい』ともお願いされてな。

「タダ飯は美味いけど、あとが怖い」

と笑いながら海に入ってく冒険者は、皆笑顔じゃったよ。ロッツァの言葉通り、廃船の裏には随分と多くのカニが貼り付いておった。そのどれもが足を広げると1メートル近くの、儂の知る大きさのカニだったから良かったわい。ロッツァの言う『小さい』だったから、少しだけ心配だったのはここだけの内緒じゃよ。

儂が茹でカニを作っている最中に、小振りのカニがわんさか集まった。水際の立ち回りが得意な冒険者に交じって、警備隊や騎士団の子も参加してな。そのせいで大漁じゃよ。

汁物を配っていたオハナが、儂と同じように茹でカニを作り、商業ギルドの屋台では焼きガニを拵えておった。教えていないのに焼きガニを作り始めて驚きはしたが、カブラの姿が見えたので納得じゃ。解体が得意な者がカニからハサミと足を外して、じゃんじゃん焼き網へ載せとる。

さっきまでなかった火をいつの間に用意したのかと思ったら、クーハクートがメイドさんに指示していたみたいじゃ。奴は、儂と出会ってから食事に重きを置くようになったそうで、いつ料理を求められても応えられるべきと考えて、メイドさんが何かしらの手段を持ち合わせとるそうじゃよ。その為、温かい汁物を扱っていたオハナの屋台以外でも、この現場で調理を行えるのか。先を見越したというか、用意が良いと褒めるべきか……まぁ、観客たちに配れるならば、悪いことではないな。

『そのカニはどうやって食べるのだ？』

実況席から降りてきたクーハクートが、わざわざマイクを通して聞いてきた。てっとり早く全員に知らせる手段として、実に理に適《かな》った使い方じゃ。そして儂へマイクを向ける。

「火を通したカニの殻を剥いて、そのままかぶりつくだけじゃよ。海水の塩気があるからのぅ。もうひと味欲しければ、好みで醤油や酢、溶かしバターなんかを付けてもいいかもしれん。あとは……儂の手持ちになるが、トウガラシやマヨネーズも合うな」

メイドさんが茹でカニの足を一本もいで、殻を外そうとしたが、彼女の力では難しいらしい。そこで取り出したのは、以前儂があげた《風刃《ウィンドエッジ》》が付与された包丁じゃった。

硬い殻の一部がスパッと切られて、中から出てきた身は、弾けんばかりに溢れ出す。殻が外された足は白と赤が綺麗で、美味そうな雫《しずく》を滴《したた》らせてての……儂が思わず生唾を呑んだところで、カブラがジャンプして齧りつく。離れている商業ギルドの屋台から猛然と走ってきたらしく、メイドさんがカブラの重さと勢いでよろめいておるよ。

手元で大きく揺れるカニ足とカブラ。重力に引かれるまま降りたカブラは無言じゃ。メイドさんの持つカニ足は、中央を通っていた半透明な骨だけが残り、食べ残しの身もありゃせん。

「美味いやんかー！」

両の頬を押さえて、しきりに身体を揺らしながらカブラが吠《ほ》えた。

「ぷりぷりなのに歯切れが良くて、噛んだらじゅわっと美味しいお汁が……」

力を溜め込むように身体を屈め、

「控えめに言って最高やんかー！」

再び吠えた。

このカブラの説明が効いたんじゃろう。観客たちはオハナのところと商業ギルドの屋台に列を成す。儂が見ている熱々の海水球は、まだ大カニを湯がいとるからな。

騎士団と警備隊が毒見《どくみ》と称して先に味わうが、並んでいる者たちから反対の声は上がらん。王族や市民を危険に晒さない為という大義名分《たいぎめいぶん》があるからのぅ。それでも、漂ってくる香りが強いせいで、腹と喉を鳴らす者が続出じゃ。

美味そうなところが国王や王妃さんたちに献上《けんじょう》され、その後やっとこ一般の観衆へも配られた。

茹でカニ、焼きガニは好評を博《はく》したよ。

「これが定期的に食べられるといいのにな……」

誰かのそんな声に反応したのは、商業ギルドの面々じゃったよ。客の要望を聞き漏らさず、商機を逃さない。商人の鑑《かがみ》みたいな者たちじゃて。しかし、その表情は険しい。耳を欹《そばだ》ててみれば、

「時期……数量……担当……」とこぼしておった。

定期的に一定数の獲物を確保するというのは、この世界ではなかなか大変なんじゃろう。魔物でないカニが相手じゃから、漁師の領分だとは思うが、どこにどれだけ生息しているのかは分からん。

「こんな美味い食材の安定供給が見込めたら、素晴らしいことだぞ」

マイクを通さず呟いたクーハクートは、手がないものかと思案顔じゃ。

「一つ聞きたいんじゃが、ここは今回の模擬戦の為だけに用意したのか？　それとも普段から廃船置き場にされとるのか？」

「いらん船をかき集めてきたが、いつもこんなものだ」

クーハクートの答えに、商業ギルドの一人も頷く。あれはギルドマスターのチエブクロじゃな。

顔を突き合わせての相談から、一人離れてこちらへと近付いてきた。

人間が寄りつかない旧《ふる》い港に大量の廃船……そりゃ、海洋生物の繁殖地になるのも道理《どうり》じゃ。しかも大カニが親分のように居座っていたなら、小カニにとっては安住の地だったことじゃろう。

「儂に縁のある土地の話になるんじゃがな……」

今回のような廃船を沈めて、漁場となる棲《す》み処《か》を人工的に作ってやる。そうすれば周囲へ悪影響を及ぼさない。そして、一定以上の大きさに満たない獲物は海へと帰す。

昔に聞きかじったそんなことを提案してやると、クーハクートもチエブクロも目を丸くしていたよ。陸地で行われる畜産《ちくさん》の海版ってだけなんじゃが、どうやら目から鱗状態だったらしい。獲れる場所も量もこちらで把握できれば、楽じゃからのぅ。

「この土地に合うか分からんし、上手くいく保証もない。老い先短い者の戯言《ざれごと》と思ってくれ」

にこりと笑ってこの話を終わらせたが、クーハクートたちは動かんかったよ。いや、幾人か更に追加されて相談し始めたわい。

そうこうするうちに大カニが茹で上がり、皆で盛大な試食となった。大カニは味自体は悪くなかったが、少しばかり大味でな。適度な大きさのものが一番と知れる結果じゃったよ。

## 《 21 増える茶飲み友達 》

模擬戦が終わり、戦績自体はアサオ家の一人勝ち状態になったが、それぞれに得られるものがあったみたいじゃから、有意義と言って良いじゃろう。何よりも観客、参加者どちらの頭にもカニのことが鮮明に残ったわい。

その記憶が薄れる前に一手打ちたいのが、商業ギルドと王家の面々。前者は商機を、後者は食料事情を鑑みてらしい。あとは、使われていない無駄な土地や港湾《こうわん》を減らしたいそうじゃよ。それに付随して、仕事が増える可能性に淡い期待を込めとるのかもしれん。

そこで儂の家まで相談に来たのが、チエブクロやクーハクートでな。何かしら知恵を貸してほしいと乞《こ》われたよ。

養殖《ようしょく》産業を確立できるほどの本格的な知識を、儂は持ち合わせとらん。教えられるのは、海洋生物の棲み処をいくらか整えてやり、繁殖しやすいようにしたり、生きやすいようにしたりするくらいじゃ。ついでに自分たちが獲りに行きやすい環境へ整えればいいじゃろ。彼らはこの説明にも首を捻ったので、

「畑で野菜を、牧場で家畜を飼うのと変わらんよ。たまたまその場所が海だったってだけじゃ」

と説明したら、ある程度まで理解してくれたみたいじゃった。

模擬戦のせいでなのか判別付かんが、騎士団、警備隊、冒険者の連携話が持ち上がっとるんじゃと。各々自分たち以外を若干敵視していたらしいが、得意分野が違うと改めて知れたのが大きいそうじゃよ。その上で『市民の生活を守る為に協力しよう』となった、と聞けたよ。

誰だっていがみ合うより仲良くしたほうが得じゃからな。どうしても苦手な相手がいるのは否定せんし、そりが合わないこともあると思うが、対処できるならそれに越したことはないわい。

今日の授業を受けている生徒の中だっていろいろじゃ。同族だって喧嘩する。犬猿《けんえん》の仲と思われ

ていた種族の二人が、肩を組んで笑うことだってある。

そんなことを考えていたら、以前にカタシオラで出会った人物が訪ねてきてな。土壌《どじょう》改良をしてくれるスライムっぽい生き物――マディーと戦っとった鳥耳のベテラン冒険者じゃった。どうやらあの時のパーティで仲違いをしたそうじゃ。

新天地を探して王都に来たら、ロッツァの姿を船の上から見つけたんじゃと。冒険者ギルドと商業ギルドで情報を集めて我が家へ辿り着いたと、一服しながら教えてくれた。

年齢も近そうで、すぐに茶飲み友達になれたよ。その際、簡単に仲違いした内情も口にしてくれた。

「慎重に周囲の状況などを観察することの大事さを説《と》いてきたが、『今の時代に合わない』と言われてな……必要ないと言われ、それが皆の総意ならばもう教えることもないだろう。そう思い、一人離れたのだよ」

腕っぷしも確かで、安全に立ち回れるベテランさん相手に、青二才《あおにさい》が放つ一言かのぅ……自信過剰で身を滅ぼさなきゃいいんじゃがな。儂の心配もあの子らには煙たがられるかもしれんか。

「そしたら、我が家で先生を頼もうかの。生き残る術《すべ》を知っているのと知らんのでは、万が一の時の生存率が相当違うはずじゃて。わけも分からず意味のない死は、誰も迎えたくないじゃろう」

ベテランさんにこう話す間も、クーハクートたちの相談は続いておる。儂らの会話も気になるし、相談の中身も大事……どちらかに絞って進めていき、その後もう一度始めればいいと思うのに、子供みたいじゃな。

「あ、老骨《ろうこつ》などと言ってくれるなよ。そなたが言い出したら、私ら全員がそうなってしまう」

不敵な笑みを浮かべたクーハクートは、ベテランさんへ忠告した。チエブクロも同意を示しとる。ギルドマスターに就けるほどじゃから、チエブクロもそれなりの年齢なんじゃろな。『史上最年少の○○才で就任』などでなければ順当に、能力と年齢が上の者に任されるじゃろうし。

「身のこなしや間合いの取り方、何より得物が特殊だが……」

懐《ふところ》に忍ばせた右手が握るのは、以前に音だけ聞こえてきた金属の何か。たぶん刃物だとは思うが、今もその姿が見えん。すっと現れたのは、光沢《こうたく》のない黒塗りの持ち手。服の内側へ仕舞えるだけに、やはり短いもんじゃった。

「ほほぅ。ナイフ……いや匕首《あいくち》じゃな。しかし、なんで金属音が鳴るんじゃ？」

「あの時は、こちらを持っていた」

腰裏へ回された左腕が取り出したのは、二本の棒。先が鋭く、こちらも鈍い黒になっとる。

「どちらを使うのか、それとも逃げるのかと惑《まど》わせる為だ」

敵対する相手に攻撃手段を絞らせないのも、確かに生き抜く術じゃな。

「ルーチェも投擲を覚えとるから、教えてもらおうかのぅ。一本気な家族ばかりで、フリや騙しなどを苦手にしとるし、そちらの指導もお願いしよう」

「搦め手攻めはアサオ殿が教えられるだろ？」

茶を啜る儂に、クーハクートが告げてくる。

「いや、儂のは搦め手攻めとも呼べんよ。魔法を使って邪魔する程度じゃから」

試しに極々弱めに《束縛《バインド》》を使えば、窓辺に飾っていたポトスの鉢から蔓《つる》が伸びる。ほんの一本伸びたそれは、クーハクートの左手首へ巻き付いた。そこから縛り上げることもせんし、引き倒すなんてこともできん。ただ、注意をそこへ向けさせて、その間に儂が移動するくらいじゃて。

「……これでも十分だと思うぞ」

クーハクートの言葉に、ベテランの鳥耳冒険者さんも苦笑いじゃったよ。

## 《 22 バルバルとお出掛け 》

今日は頼まれ事をこなす為に、儂とバルバルは街中へ出掛ける予定じゃ。

先日、儂が提案した『漁場の整備』について、現地を見ながら話し合いたいんじゃと。今回は漁師の組合長と港湾施設を管理する者も参加するようで、随分と大掛かりになってしまったのぅ。まぁ、資金や土地を確保する都合もあるから、国を始めとしたいろんな部署が絡むんじゃろうて。

朝ごはんを食べて今日の予定をそれぞれに把握したら、儂はバルバルをお供《とも》に家を出た。街中まで行くついでに、新たな食材や食器なども見つけられるといいんじゃがな。もしくはそれらの情報か……いや情報だけなら今日来た面子《メンツ》に聞くって手もあるな。

廃港でない場所でもできないか、というのが今日の一番の議題なので、着いた先は現在も使用されとる港じゃよ。儂が最後の到着だったようで、参加者は既に揃っていた。それぞれの集団から数名ずつ来とるでな、かなりの頭数になっとる。

顔見知りはクーハクートと王家の宰相《さいしょう》さんくらいで、他は初めて見る顔ばかりじゃ。役職と名前を教えてもらって軽く挨拶をすれば、早速打ち合わせが始まった。

宰相さんが取り出した地形図を中心に、雁首揃えたにらめっこが始まる。折角港に来とるのに、現地を見ようともせんよ。そんな時、儂と組合長の目が合った。彼女は小難しい話が苦手らしくてな。儂と同じように一歩引いてこの場を眺めておったよ。

なんでも現役漁師が組合長になって、事務方担当が副長になるそうでな。書類や打ち合わせなどを副長に一任しているから、今も暇そうにしとるわい。

やることが少ない儂は、彼女と一緒に海へ出て漁のことを聞いてみた。この辺りは刺し網漁法が基本で、素潜りと併用しとるんじゃと。主力の漁師は魚人《ぎょじん》ばかりで、一部の者は潜って網を仕掛けるとも教えてもらえた。

その一部に当たるのが彼女のようで、海中の地形をよく知っていたよ。さすが魚人さんじゃ。レーカスにいた鮫魚人《さめぎょじん》ハイルカンや、カタシオラの魚人漁師ベタクラウともまた違う見た目でな。額が腫《は》れとるような感じになっていて、聞けばモチウオと言っておった。青みがかった肌色じゃし、儂の知る名前だとナポレオンフィッシュかのぅ。

二人いる副長さんは、シャコ人とグソク人と呼ばれる種族とも聞けた。魚人さんも種類が豊富なんじゃな。陸に住む獣人さんも様々な動物がおるし、おかしなことではないが初めて目にするので、儂としては興味津々じゃった。

世間話の延長で、目の前の港の中の状況を彼女に教えてもらう。漁船や定期連絡船などの座礁《ざしょう》の危険を取り払う為に、港に関連する者たち総出《そうで》で大ぶりな岩は取り除いたんじゃと。

海底はなだらかな砂地が続いており、定期的な掃除もしているから綺麗だとのこと。ただしそれは港の中に限られて、少しでも沖へ向かうと岩場のほうが多くなるそうじゃ。

どうやら我が家の前の浜と大差ない環境みたいじゃな。岩場と砂地が混在しとるなら、ある程度環境を整えてやるだけで、狙った獲物が居着いてくれるかもしれん。

「沖はダメかい？」

彼女の指さす先に見えるのは、黒い岩が聳《そび》える島じゃった。たぶん岩だけの島だと思うが、大きさを判別できん。ここからじゃ小さすぎるし、比較対象がなくてのぅ。

「ダメとは言わん。ただ管理が大変じゃぞ？」

「あの岩島周りは、こんくらいの貝がごろごろいてね。そのついでに何かを獲って帰れるなら、楽だと思ってさ」

彼女は直径30センチくらいの球体を、自身の両手で表した。

「通い慣れているならば、候補地の一つに入れてもいいんじゃないかの？　すぐに結果が出るもんじゃないし、何ヶ所も試して何度も失敗して、そこから正解を見つければいいじゃろ」

潜った先の環境を聞いたら、岩場が主体となっておるようでな。そこへいくつも大小様々な貝が貼り付いとるそうじゃ。貝が多くいるってことは蛸《たこ》も棲み処にしとるじゃろうから、蛸壺《たこつぼ》みたいなものも沈めてみよう。そうしたら定期的に食べられそうじゃしな。

どれか一種類の生き物に狙いを絞ると失敗するかもしれん。だもんで、これは藻場《もば》の整備じゃと、大きな括《くく》りで考えるとしよう。

貝の主な餌となる海藻はこれで用意できる。ついでに小魚が棲んだり隠れたりできるから、上手いこと食物連鎖《しょくもつれんさ》を作ってくれるじゃろうて。

儂らの話が盛り上がる頃、クーハクートたちの話し合いも形を成してきたようじゃ。いくつか候補地を絞れており、その相談をされた。その際、儂らの会話の内容も教えたら、候補に組み込んでくれたよ。

廃船の再利用に拘《こだわ》らず、陶器《とうき》や家具なども使えると教えたら、驚いていたわい。ただし、際限なく使えるわけでないから、その辺りの線引きは必要じゃ。でないと単なるゴミ捨て場になってしまうからの。できることなら《清浄《クリーン》》をかけた上で、沈めてほしいわい。

そんなことを伝えれば、在野《ざいや》の魔法使いや冒険者の一部へ仕事を振ることも吝《やぶさ》かでないと言っておったよ。これは、思った以上に仕事を斡旋《あっせん》できるやもしれんな……

助言を終えた儂は、また手すきの者と一服しながら雑談じゃ。新たな食材や珍しい素材、他にも値段の上限と下限を設けずに、美味しい店を教えてもらうのじゃった。高級店も庶民派な店も知っておいて損はないでな。

儂が気にした食材などは、商業ギルドから来た者がメモらしきものに記していたよ。ついでにクーハクートもじゃった。

## 《 23　イスリールからの相談事 》

朝ごはんを終えた儂は、洗い物と片付けをしておる。この後で一服をしようと思い、湯呑みなどを先に庭へ準備していたんじゃが、いつの間にやら客が来ておった。儂から見て、卓の向こう側に三人で立っていたよ。

髪だけを黒く変色させて、姿はそのままのイスリールじゃ。一応これでも変装のつもりらしい。実際、髪色や瞳の色を変えると、がらりと印象が違ってくるもんじゃて。この世界では、簡単に変えられるもんでもないし、今のところ誰にもバレとらん。

そのイスリールが、今日はそこそこ高齢な男女を一人ずつ伴《ともな》って来とった。佇《たたず》まいから神官さんだと予想できる。ただ、今まで見かけたどの神官さんより簡素な衣服なんじゃよ。とはいえ、素材はそれなりに良さそうでな。汚れや解《ほつ》れは見受けられん。

「セイタロウさんにご相談があります」

庭に出てくる儂を待ち切れなかったのか、湯呑みの置かれた卓に着く前に話しかけられたわい。イスリールに席を勧め、会釈《えしゃく》をしてくる二人にも同じく着席を促す。三人とも深刻な顔をしとらんから、差し迫った案件ではないんじゃろう。

「何を飲む？　緑茶、コーヒー、紅茶、果実水あたりなら――」

指折り数えて伝える儂の言葉を遮る勢いで、イスリールが湯呑みを差し出してきたよ。

「ボクは温かい緑茶をお願いします」

この湯呑みじゃが、アサオ一家の面々が自分専用のものを持っているのを、イスリールが羨ましがってのぅ。イスリールは茶飲み友達なんじゃから、湯呑みを贈ってもいいと思ってな。儂が〈朝尾茶園〉で取り寄せた湯呑みをあげたんじゃよ。日本ではさして珍しくもない相馬焼《そうまや》きなんじゃが、大層喜んでおったわい。

最初は、ナスティが作った石の湯呑みにしようとも思ったが重たくてな。クリムたちが仕上げた木製湯呑みでは、匂いや色が移るかもしれん。それで、儂が用意したってわけじゃ。

イスリールだけにやると、後々他の女神たち《こ ら》が喧《やかま》しくする可能性を否定できん。なのでそちらの準備もしたよ。取り立てて目新しい素材でも図柄《ずがら》でもないんじゃがな。無病息災《むびょうそくさい》を願ったひょうたん柄が思った以上の人気じゃった。

来客用は九谷《くたにや》焼きの湯呑みにしとる。こちらも当たり障《さわ》りない、中が白地の一般的な器じゃ。それでもこちらの住人には珍しいんじゃろう。時折、目を留められたからの。

飲み物の希望を聞こうと二人を見たが、勝手が分からん様子じゃ。

「飲みたいものを言ってくれれば、それを出すつもりじゃよ。先に伝えたものならばすぐに用意できるし、他の希望があればなるたけそれを叶えてやろうとは思うぞ？　あ、無理難題はやめてくれると助かる」

女性のほうが、品の良さそうな柔和な笑みを浮かべてから、

「そうですか。では白湯《さゆ》をください」

と告げてきた。男性はまだ悩んでおる。それを横目に白湯を注いでやり、女性の前へと湯呑みを差し出す。儂の分とイスリールの分の緑茶も淹れたから、残るは男性の希望のみとなった。

じっくり時間をかけた男性も、ようやく決まったようで目を細めてからこう言ってきた。

「酒はありませんか？」

言い終わった途端に、左隣に座る女性に殴られとったよ。

「朝から飲もうとするな！　何よりも神官が堂々と酒を要求するんじゃない！」

般若《はんにゃ》の形相《ぎょうそう》になった女性は手加減を忘れているのか、ぼかすか絶えず殴っとる。儂が第一印象で彼女に持った『品の良さそうなご婦人』像は、ほんの数秒で瓦解《がかい》しよったよ。男性は為されるがまじゃが、特にこれといって見た目に変化は現れん。

「叶えてくれるって言われたから、希望しただけじゃないか」

悪びれる様子も、拳を躱す素振りも見せない男性は、当然の要望とばかりの態度じゃ。意志が強いと見える。

「般若湯《はんにゃとう》で我慢せい」

ため息混じりに白いぐい呑みを差し出せば、男性がそれを覗き込む。

「儂の故郷に住まう僧侶《そうりょ》や神職《しんしょく》の飲み物じゃからな。これ以上は問うたらいかん」

ふわりと鼻腔を擽《くすぐ》る甘くも強い香りに、男性は笑顔じゃった。やはり一切頬は腫れておらんし、傷付いたようにも見えん。

「さて、セイタロウさんへの相談なんですが――」

「イスリール様も流すんですか？」

喉を潤したイスリールが湯呑みを下げて話し出すと、女性が思わず顔を向ける。気に留めないイスリールは尚も話を続けた。

「先日のあのダンジョンのことです」

この一言で、同伴してきた二人も真面目な顔に戻る。緊張感が場を支配しようとしたのも束の間、イスリールがまたも湯呑みを儂へ差し出したせいで、霧のように散ってしまうのじゃった。

「その前におかわりもらえませんか？」

イスリールの湯呑みを茶で満たしとる間に、女性も気を落ち着けようと白湯を飲む。男性はちびちび器を舐めて唇を濡らしとるよ。

二人の表情や態度とは裏腹に、イスリールからは張り詰めたような雰囲気は感じ取れん。となると、やはり最初の印象通りなんじゃろな。茶請けのかりんとうを摘まみながら聞くとしよう。

それらの準備を終えた頃、ようやく話の本題が始まった。

イスリールを筆頭に四大の神々もダンジョンを探索したが、非常に困難を極めたんじゃと。どうやら神とそれに類する者に、逆補正をかける何かが仕込まれているそうじゃ。どうにかこうにか通り抜けるので精いっぱいだったと、苦虫を噛み潰したような顔で報告してくれた。

調べたくても、自分たちでは遅々《ちち》として進まんし、恐ろしいほどの弱体化を浴びせられては危険な臭いしかせん。だもんで、儂らアサオ一家に調査依頼をしに来たってわけじゃよ。

「分かったよ！　明日にでも行こうね、じいじ！」

かりんとうを食べに来ていたルーチェが、元気良く答えるのじゃった。

即断即決したルーチェじゃが、準備もせずにダンジョンへ乗り込もうと言わんかったのは成長かのぅ。イスリールたちが苦労した場所となれば、どれほどの時間と手を掛けても十分な支度にはならんかもしれんからな。

「明日は無理じゃろ。ごはんやおかず、飲み物にお菓子などの調達が間に合わん」

「そっか。じゃぁ明後日！」

いや、さして変わらん。儂が首を横に振れば、ルーチェは一応分かってくれたみたいじゃ。指を一本ずつ増やして必要な日数を聞いてくる。最終的に両手を広げたところで儂が頷いたので、そこまでは我慢してくれそうじゃよ。

「あの……武器や防具、それに消耗品《しょうもうひん》のほうが大事では？」

女性の神官さんが、申し訳なさそうに小さく手を挙げて声をかけてきた。

「一般的にはそうでしょうが、セイタロウさんたちは良質な装備品を持っていますからね」

「これとかかな？」

イスリールが神官さんへ説明すると、ルーチェが言葉を継いだ。無造作に現物を取り出して、足りない説明を補足しようとしとるんじゃろう。今、手に持って見せているのは、普段使いでも大活躍しとる鞄じゃ。あれはイスリールからもらったアイテムバッグじゃな。一般市場に出回る品と比べても数段上の、最高品質と言って差し支えないはずじゃて。

「そ、それは！」

この女性には、鞄の質が分かったらしい。驚愕の表情のまま鞄から目線を逸らさんよ。

数秒の後に女性がイスリールへ目配せしたら、頷かれた。これで出所も判明したことじゃろう。

「直接下賜されるなんて……」

女性の呟きが聞こえても、ルーチェの鞄に対する扱いは変わらん。乱暴な取り回しはしとらんが、敬うような壊れ物を扱うような繊細な手つきでもない。儂らにしたら、嵩張《かさば》る荷物も難なく運べる優秀な鞄ってだけじゃ。

神からもらった物を普段使いするなんて……と考える者もいるかもしれん。いや、実際は多いんじゃろうな。だが、どんなに高価な品物だろうと、有効利用してこそと儂は思っとるからの。美術品や芸術に類する物でないならば、実用しないで飾るだけなんて勿体ないわい。

儂の鞄や旅装束《たびしょうぞく》、杖なども見せたら、女性はわなわなと震え出してしまった。男性のほうはまだ、酒を楽しんでおるようで、気の抜けた態度のままじゃよ。

「セイタロウさんの作る料理は、どれも美味しいですよね」

「じいじのごはんはすごいんだよ！　私も頑張ってるけど、全然追い付かないもん！」

イスリールの言葉に、ルーチェがふんすと鼻息荒く賛同してくれた。

「このかりんとうもじいじの手作りだし、食べてみて！」

ルーチェに勧められるまま、女性が一つ摘まむと口へ運ぶ。ぱきっと小気味よい音を立てて割れると、半分ほどが口の中へ消えていった。何度か噛むうちに甘さとほろ苦さが広がったんじゃろう。白湯で洗い流した後、残り半分を口へ放り込んだ。

「ね。美味しいでしょ」

にひっと笑うルーチェに、女性も笑みをこぼす。

般若湯を舐めていた男性もかりんとうを摘まんだが、アテには向かんかったようじゃ。隣に置かれたポテチへ手を出すも、いまいち合わんかったらしい……三度目の正直と手を伸ばした小魚の佃煮は、男性的に外れでなかったみたいじゃよ。今度、神殿を通らせてもらう際には、惣菜を代金とするのもありかもしれんな。

「うちの子たちもそうですが、神官たちもセイタロウさんの料理を気に入ってますからね。王都《ここ》では、貴方たちにまで届いていませんか？」

イスリールの指摘に首を傾げる二人。しかし、思うところがあったんじゃろう。何秒か後に、大きく頷いた。畑に顔を出す神官さんに振る舞っとるのもそうじゃが、神殿の通行料としていくらか料理を置いてってているからのぅ。

小耳に挟んだり、料理を目にしたりする機会もどこかであったんだと思われる。それと今目の前にあるものが、やっと繋がったってとこじゃろな。

無心で食べ始める二人を置いて、イスリールが口を開いた。

「それで、ダンジョンなんですが……」

「ルーチェが行く気満々じゃから、都合を付けて向かうよ。お前さんたちが把握していなかったというのも気になるし、相性の悪さも問題じゃのぅ。あの場に捨て置かれていた三幻人のこともある。どう低く見積もっても、良からぬことを仕込んでそうじゃ」

「どーんと任せといて！」

胸を張るルーチェは、神官さんたちへ追加の料理を出していた。女性にはきんつばと煎餅《せんべい》を、男性には串焼きとモツ煮を提供しとる。

ルーチェの言葉はイスリールへ向けたものだと思うが、二人は自分たちへのものだと勘違いしたんじゃろう。白湯と般若湯のおかわりを頼んでおったわい。

視線を寄越したルーチェに代わり、儂が二人へ出してやる。ただし、般若湯はこれ以上は出さんぞ。念押ししたから男性は分かってくれたと思うが、女性からの視線は突き刺さりまくりじゃった。それは儂にも流れ弾のように来てな……どうにも居心地が悪かったよ。

五人での会話と一服がお開きとなり、イスリールたち三人が帰ると、今度は四大の神が顔を出す。儂やルーチェと催《もよお》された茶の席が羨ましかったんじゃと。それでイスリールへ相談したら、『邪魔にならず、迷惑をかけないなら』って条件で認めてもらえたそうじゃ。

「それなりにここへは来とるじゃろ？」

「それとこれとは別！」

儂の問いに、両腕で大きくバツを示した風の女神は、いつもの偽装――マンドラゴラに変身しとらん。本来の姿のまま、ホットケーキや紅茶を楽しんどるよ。他の三神もそれぞれにお菓子や惣菜を堪能しとった。

四人の相手をルーチェに任せて、儂は近々向かうダンジョンの為に、料理を補充していたよ。その間も別に無言ってわけじゃなく、適当に会話をしとったが、神を相手に世間話をするもんじゃないの。各々の部下の愚痴《ぐち》を聞く羽目になったわい……

四大の神の帰りがけ、今日の代金とばかりにいろいろ置いていかれた。中には貴重な薬草や食材もあってな、たぶん儂のほうがもらいすぎじゃ。今度来た時にでも、また何か作ってやるとしよう。

## 《 24　新ダンジョン攻略開始 》

ルーチェと約束した準備期間は、特筆することが何もないくらい順調じゃった。食事を充実させるのが一番の目的じゃから、家族の協力も大きくてな。儂が料理していたら味見と称して近付いてきたり、手伝いといいながらつまみ食いしたり……と。いや、実際かなり助力してくれたんじゃ。

元々、儂が受け持つ授業の日以外は、ほとんど家族だけで回してくれたからな。授業に関しても儂のは料理じゃて、手数が多くないのに見栄えするものや、日持ちするものを優先させてもらった。仕上がった料理は、彩りを意識させてみたので、参考になったと言ってもらえたわい。

そして今日は、ダンジョン踏破《とうは》に向けてアサオ一家でお出掛けじゃ。イスリールたちですら困難を極めたダンジョンと聞いて、ルーチェとロッツァのやる気が漲《みなぎ》っておってのぅ。空回りせんように注意してやらんと、無用な怪我をしそうじゃよ。

王都の郊外を進み、森の中へ分け入る。以前にダンジョンに入り込んだ場所が、今回の目的地じゃ。先日儂一人で来た時と変わらず、五色のキノコが生えておった。

イスリールと四大の神の話だと、どうやら入れる順番があるらしくてな。一色のダンジョンを最後まで通り抜けたら、次の色に進めるそうじゃよ。全てに共通して言えたのが、神族に対して非常に強力な弱体化効果を現したことか。その点は、儂と家族の誰一人『神族とそれに類する者』の種族に含まれんからの。安心じゃろう。

「このキノコは食べられないの？」

立派に育ったマツタケに興味を示したルーチェの問いに、家族なんだと実感したよ。儂も同じことを考えて収穫しようとしたところを、ダンジョンに飛ばされたでな。事前に儂の体験を話していたから、今はかなり手前で止まってくれとる。

「食べる以前に収穫できん……もしかしたら、全部を踏破した時にできるかもしれんが、まだ分からん。以前と同じ色のマツタケを選んで始めようか」

「はーい」

手を挙げたルーチェはロッツァの甲羅に跨《また》がる。それを中心に、周囲を家族で囲み、先頭に立つのが儂じゃ。

儂らから数歩下がったところには、先日我が家を訪ねてきた神官長さん二人が待機していた。それぞれに数人の神官さんが付き従う感じで、二班になっとるわい。

「儂らが戻るまで怪我なく無事でいるんじゃぞ」

「「アサオ様もお気を付けて、いってらっしゃいませ」」

神官さんたちへ振り返り忠告すると、声をかけられ見送られた。皆の顔からは、気を引き締めつつも、肩に力を入れすぎない良い緊張感を感じ取れたよ。これなら無謀なこともせんじゃろ。

ここに何かしらの悪さをしてくる輩がいるかもしれん。万全を期す為に、この場所を守ってもらうこととなったんじゃよ。その役目を担うのが神官さんたちで、事前の顔合わせが目的で先日家まで来たってわけじゃ。

儂がマツタケの近くまで手を伸ばすと、足元に魔法陣が描かれて、周囲の景色が白く包まれた。

気付けば、以前来た時と変わらんがらんどうな暗い部屋。その真ん中に、アサオ一家で立っていたよ。

「さて、ここは魔法を使いにくくてな。物理攻撃主体で進んでいこう」

言いながら《照明《ライト》》を使うが、やはり効きが悪い。込める魔力が少なかったらしく、球切れ寸前の蛍光灯《けいこうとう》みたいなチカチカ不定期点滅になっとるわい。一度消して、再度多めに魔力を使って出した《照明《ライト》》は、ぼんやり薄明かり程度にまで育ってくれたよ。

儂の言葉が嘘偽りない状態なのだと、家族の皆が納得してくれたようで、無言で頷いとる。

「前に来た時と道も敵も同じなら、時間はかかるが苦労は少ないぞ。真っ直ぐ歩いて曲がるのを繰り返すだけじゃからな。思った以上に距離はあっても、罠を見かけなかったのは大きかったわい。今日も同じか分からんので、用心しながら歩くとしよう。慌てて危険な目に遭うわけにもいかん。ああ、敵は――」

先に経験したことを言い含めとる最中に、敵さんが数匹現れる。ルーチェがその全てを投石で仕留めてしまったよ。クリムとルージュも動こうとしたが、一歩踏み出す前に終わったのぅ。

「美味しそうじゃないね」

ルーチェが撃ち抜いた甲虫《こうちゅう》は、ハサミや翅をドロップしとった。あれは食材でなく素材じゃな。

「今見たように虫ばかりじゃよ。蜂などがいれば蜂蜜《はちみつ》を期待できたんじゃが、前来た時は見かけんかったからな……過度の期待はせんでおこう」

何かしら美味しいものを拾えるかもと願っていたのかもしれんルージュは、輝いていた表情が儂の言葉にみるみる萎《しぼ》んでいき、目に見えるほどしょげとったよ。

相棒であるクリムに頭をぽむぽむされ、慰められてなんとか気を持ち直したようじゃが、そこからのルージュは鬼じゃった。

誰より早く駆けていき、叩《はた》きまくる。目の前の虫が、飛んでいようが突進して来ようがお構いなし。丸まって防御を固めようとしても叩き、逃げても追いかけて弾き飛ばしとった。その状況はもう、八つ当たり以外適当な表現が見つからんほどじゃった。

一本道なマツタケダンジョンで、三度角を曲がったらルージュが落ち着いてくれた。

先行するルージュにクリムが補助についたから、危険な目に遭うことはなかったわい。しかし、暴れて気分爽快《そうかい》なルージュと違って、クリムがなかなかの疲労を顔に滲ませとる。仕留め切れずに死角を狙おうとしてきた魔物も幾匹かいたようでな。それの対処に疲れたんじゃろうて。

それより随分と遅れた儂らは、仕留めたまま捨て置かれた魔物たちの成れの果てを拾い集めて、合流じゃ。予想通りの翅やハサミ、顎や触角《しょっかく》などがわんさか収穫できたよ。

「ダメですよ～。倒してしまったのなら～、ちゃんと素材を拾ってあげなくちゃ～。無駄な討伐《とうばつ》になっちゃいますからね～」

ナスティに叱られたルージュは、素直にぺこりと頭を下げる。

拾いがてらに鑑定してみたら、どうにも使い道を思い付かん素材もあってな。一部はバルバルが食べたがったのであげたが、それでもたんまり残ったよ。街に戻ってから売りに出さんと、このまま忘れてずっと【無限収納《インベントリ》】に死蔵《しぞう》することになってしまうわい。

ルージュたちの相手した虫の数が多くて少し気になったが、どうやら見間違いや勘違いの類《たぐい》ではなさそうじゃ。儂一人で来た時より、格段に多く出現しとる。

このダンジョンの主が調整を加えたのか、それとも入る人数によって変わるのか……真実は定かにならんが、先日入ったダンジョンと全部一緒と考えるのは、危険じゃからよしておこう。

「おとん、蜂がおるで！」

食事の真っ最中なバルバルを抱えていたカブラが、先を指していた。その右手には中途半端な長さになった、虫のカマ部分が握られておるよ。バルバルの食べたがる品を、手に持って与えておったからのぅ。きっとその食べかけじゃろう。

そのせいでか、カブラはバルバルに包まれよった。目の前から食べ物を遠ざけられたバルバルにしてみれば、おあずけをされた状態か。そりゃ抗議の一つもしたくなって当然じゃな。

第一発見者のカブラがバルバルと戯れている間に、ルージュとクリムが蜂に近寄る。すれ違いざまに爪で切り裂き、牙でばらしておった。狙いを定めてちゃんと仕留めようとすれば、蜂如きでは相手にもならんか。危険性は皆無じゃった。

近くに巣があるのか、魔物が湧く場所があるのか分からんが、ほんのひと呼吸ほどの間を空けて、絶えず蜂が現れる。

そのせいで、クリムとルージュが蜂狩りに勤《いそ》しむ始末じゃ。その分戦利品は多くなれども、本命としている美味しい戦利品は一向に落ちん。翅や針、他に花粉団子も出たのにのぅ。

倒した数が各々三十匹を超えたくらいで、ようやく一瓶だけ蜂蜜がドロップした。これがいけなかったらしい。美味しいものも落ちると知った二匹は、益々《ますます》やる気を見せてしまってな。蜂が湧く場所を離れようとせなんだよ。

クリムとルージュが狙う蜂以外の魔物も、儂ら目掛けて迫って来る。ただ、そちらはナスティとルーチェが始末しとった。なんでも、魔法を使いにくくなる状況での魔法練習なんじゃと。

そんな時は普通に物理攻撃をすればいいと思うが、物理攻撃が効かず、魔法攻撃のみでダメージを負わせられるような魔物もいるそうじゃからな。

「圧倒的不利な状況を作られてからより～、今のような安全な時に～、経験しておいたほうがいいですから～」

とはナスティの言《げん》じゃ。確かに一理あるのぅ。

儂が《照明《ライト》》で見せた通り、多量の魔力を消費すれば魔法を使えなくはない。しかし、どの魔法を使うにしても、儂の体感でだいたい二倍は必要でな……想像を絶するほどの非効率じゃ。

「消費魔力が増大するのが～、このダンジョンの特性なのかもしれませんね～」

ナスティが飛ばした《火球《ファイアーボール》》が、カミキリムシを燃やしとる。隣に立つルーチェは、巨大なカマドウマを《風刃《ウィンドエッジ》》で切り裂いた。初級魔法でも、二人が使えば一撃で絶命させるに十分な威力のはずなんじゃが、虫たちは瀕死《ひんし》といえどもまだ動いとる。

日々の魔法の授業で、かなりの腕前になっとったのにのぅ。今飛んだ魔法は揺らいでおり、安定性も欠いておるよ。平時の二人からかけ離れた結果に、儂を含めた家族全員が驚いとるわい。

「神族は歩いたり走ったりがいいとこだったらしいから、これでもまだマシなのかもしれん」

イスリールたちに聞いた話では、それすらかなり苦労したそうじゃしの。そのせいで、儂に話を振る前段階の調査が進まなかった、と愚痴るほどじゃからな……命を脅《おびや》かすような敵もいなければ、ボスらしき魔物すら現れなかったそうじゃ。創造主にも会えずじまいで、本当に無駄足だったと四大の神も肩を落としとったわい。

数発魔法を放ったところで、ナスティたちは攻撃手段を切り替えた。近付いてくる虫をナスティが短剣でいなして、ルーチェが棍棒《こんぼう》でぶん殴る。手に嵌めたグラブで殴ろうとしていたが、虫汁が付くのを嫌がったらしい。

その後は、距離を取った虫に向けて、ドロップしたハサミや脚を投げつけとった。

ルージュたちも拾った蜂蜜が十瓶になったところで、儂らのところへ戻ってくる。ひとまず満足したようじゃ。

「美味しそうなの一個も落ちないし、虫ばっかでもう嫌ー！」

見える範囲の虫を片付け終わったルーチェが騒いどる。そのままロッツァの首に跨り、前方を指し示した。もう先を目指すみたいじゃな。

ナスティがクリムとルージュを抱えて甲羅に乗り、カブラとバルバルをルーチェの後ろに座らせる。皆を乗せたロッツァが、急ぎながらも注意を払ってくれとるよ。ルーチェの勘と目視、ナスティの経験が罠を見つける役目じゃ。儂は後ろを追いかけてくる魔物への警戒と対処を担う。

案《あん》の定《じょう》、足の速そうな虫たちが群れをなして来とるわい。

「どれ、もらったものを試すか」

風の女神に渡された緑色の石を一つ、虫の集団へ放り投げてみた。ハサミムシに似た魔物に当たったら石が砕けてな。中に封じられていたらしい旋風《つむじかぜ》が暴れたよ。周囲を吸い込み巻き上げながら足止めして、黒い竜巻みたいになっとる。風自体には、手傷を負わせるほど威力がないようで、妨害の一種のようじゃった。

半時も進めば、最奥《さいおう》の部屋へとたどり着く。いつかと同じで、不細工な神像と五色のキノコが待っておったわい。

マツタケに触れようと手を伸ばせば足元に魔法陣が現れて、儂らの周囲が真っ白くなる。ほんの二、三秒で輝きが消えると、儂らの周囲には神官さんたちが待機していた。

皆が手に手に杖や槍などを持っておるが、誰かと争っていた形跡はなし。周囲の警戒と監視の最中だったようじゃ。

「おかえりなさいませ」

「こっちも無事みたいじゃな。少しばかり休憩したら、次へ行くからの」

女性神官長さんと会話しながら、儂は【無限収納《インベントリ》】を漁る。神官さんたちの分の果実水とかりんとうを渡したら、家族の分も取り出していく。サンドイッチと緑茶で小腹を満たし、大きなキノコを観察したら、先ほどと違うことが起きておったよ。

どれもこれもがマツタケ型をしていたのに、今は一本だけ笠《かさ》の大きな青いキノコが生えておる。他は相変わらずマツタケのままじゃから、次はこれに行けるんじゃろう。

しかし、青いキノコは美味しそうと思えんな。きっと食用に向かんのじゃろ。そう思いつつ鑑定してみたら、驚きの結果じゃった。かなり美味しいキノコで、ルリハツタケと呼ばれるものらしい。見た目だけで判断しちゃ損をしてしまうわい。

イスリールたちから聞いた話では、出戻った場所で別の魔法陣が出来ていたと言っておったが、キノコのことは口にしていなかったのぅ。

儂にしてみれば魔法陣よりも分かりやすい目印だと思うが……普通は休憩など挟まずに連続して向かうんじゃろか？　だから気付かなかったのか？　だとしても、キノコに目もくれないイスリールたちの余裕のなさはいかんな……

この場での待機と、何かあった時の対処を頼んだ神官さんたちに、適宜《てきぎ》休みを取ってくれるよう注意したら、儂らはルリハツタケの前へ移動する。渡したお菓子なども食べてくれとるから、言いつけは守ってくれるじゃろう。

足元に現れた魔法陣が、地面に融《と》けるかの如く消えるのと同時に、儂らの身体も沈み込んだ。意識を失うようなこともなかったが、今は何も見えん。このダンジョンは真っ暗にするのが基本なんじゃな。

「《照明《ライト》》」

周囲に家族以外の気配がなかったので、明かりを灯せば普通に点いてくれた。ここは魔法を使いにくいようなことはなさそうじゃ。となると、どんな悪影響を仕込んどるものか……

「じいじ、足が沈むよ」

考えていた儂の袖を引くルーチェが、片足を上げて靴底を見せてきた。儂の立つ場所は下草が生えとるんじゃが、ルーチェたちの下は泥濘《ぬかるみ》になっとったよ。ロッツァなんぞは、自重があるからかなり足をとられてしまっとるわい。

「《浮遊《フロート》》」

家族を全員少しだけ浮かべてやり、

「《岩壁《ストーンウォール》》」

足場を拵えてみた。足元の影響を受けなくなるありがたい魔法でも、攻撃には不向きでな……やはりしっかり地面を踏まんと、力が出んのじゃよ。

作り出した岩壁を順番に倒してやると、見える範囲の泥地はなくなった。折り重ならないように注意したから、石畳のようになってくれたな。ロッツァが乗っても沈まんところを見るに、点でなく面で踏めば問題なさそうじゃ。

「おとん、上にも泥があるで。なんで垂れてこないんやろな？」

愛用の座布団で宙に浮いていたカブラが指さしていた天井は、灰色の石壁のようになっとる。儂から見える分には石みたいな模様なんじゃが、近くまで寄って観察したカブラには、半固形状態の泥だと分かったみたいじゃよ。

逆さまになっておるのにどうやって天井に貼り付いておるのやら……考えても答えが出るわけでもなし、とりあえずこのまま先を目指すか。

石の道へ一歩踏み出したら、天井が震え出す。慌てたカブラが戻ってくるが、身体のどこも汚れとらんでな。触っていないはずじゃて。これは、無視して先に進もうとしたのが、引き金だったやもしれん。いくつも泥の塊が垂れ下がってきた。

「にゅとーん」

気色悪い光景にもルーチェが笑っとる。バルバルも対抗意識を燃やしたのか、ナスティの腕から泥と似たような色と姿になって伸びておった。

ルージュとクリムは、以前に披露した半月状の刃《やいば》を飛ばす。直接触れたら汚れると思ったんじゃろう。間接攻撃を選んだのはきっと正解じゃ。しかし、選択自体は正解だと思ったのに、効果的かどうかは別だったらしい。

半月状の空飛ぶ刃が触れた泥は、すぱすぱ切れていく。ただし切れるだけで、倒せておらん。伸ばした餅《もち》や飴《あめ》を切るようなものかもしれんな。

ルーチェと同じくらいの長さに切られた泥が、落ちてまとまり、形をとっていく。いくつもの泥団子スライムが出来上がったよ。

姿が決まれば、攻撃が通る可能性がある。ルーチェは、そう踏んだんじゃろう。鞄から取り出した石を、即座にいくつも投げつけた。礫《つぶて》の当たったあるスライムは身体の真ん中に穴を開けて、別の個体は四散《しさん》してしまったよ。

「ダメかな？」

「どうかのぅ。普通のスライムだったら核を狙えばいいはずなんじゃが、あれのどこにあるかルーチェに分かったか？」

「分かんない」

首を傾げたルーチェがにひっと笑う。

「ダメっぽいですね～」

のんびりした口調のナスティが指さす先には、穴開き状態から元通りになったスライムと、四散した先で大きく膨れていくスライムがおったわい。これは分裂して増殖《ぞうしょく》しとるな。

「だとしたら魔法でいこう、《火球《ファイアーボール》》」

儂の飛ばした火球が近付くだけで、泥団子スライムの表面が乾いていく。

「《石弾《ストーンバレット》》」

ルーチェの放った魔法がスライムに当たる。すると先ほどと同じように四散して、また増えていった。

「火属性だけを使うのが良さそうじゃ」

「でしたら～、私がやりますね～。アサオさんは～、足場を作ってください～。先へ進んじゃいましょう～」

ナスティがロッツァの甲羅に腰掛けて主戦力となり、ルーチェたちは牽制と時間稼ぎ。その中心で、儂が倒した《岩壁《ストーンウォール》》が道を作っていき、ロッツァが走る。

何度も角を曲がって進めども、出てくる魔物は泥スライムのみでその数も増えとるよ。徐々に道幅も狭まってきとって、敵さんの数以上に圧迫感が嫌な感じじゃな。

天井から垂れ下がるだけだった泥スライムが、石道の端から這い上がってくるようにもなると、いよいよロッツァも嫌気が差したんじゃろう。愚痴の一つもこぼしたくなるもんじゃて。

「面白みのない景色に、変わらぬ敵……美味そうでもないし、難敵と呼べるでもない……」

ちらりと振り返って眺めれば、ロッツァはげんなりとした表情じゃった。家族を乗せて走ることは楽しそうじゃが、それ以外の役目がないからのぅ。

最初のうちは泥スライムを避けて走っていたロッツァが、今じゃもう踏み潰しとるよ。何度か触れたスライムの粘液《ねんえき》で、状態異常にならなかったのがいかんかったな。慢心が小さな隙を呼び込んでしまった。

「うぉっ！」

ぷちぷち潰しながら駆けていたロッツァが短い叫びを上げる。見れば左右の前足を同時に滑らせたようで、大きく前につんのめっていた。崩れた体勢をなんとか立て直そうと右足を戻せども、石道を踏みしめられん。

必死に踏み留まろうとしたが横滑り。後ろ足も同じ状態で踏ん張りが利かんのじゃろう。ロッツァは、盛大に横回転を始めよった。

「うわぁー」

悲鳴……いや、歓声に近い声を上げたのはルーチェ。ナスティは甲羅から落ちないように、這い蹲る。クリムとルージュは、ナスティの脇腹にぶら下がって左右へ分かれとるよ。前足で爪を立てているのかもしれんが、あれ、服は大丈夫か？　何より宙に浮く後ろ足に、儂は気が気でないぞ。

「間一髪《かんいっぱつ》やったな」

振り飛ばされる反動を利用して、上手いこと避難したカブラが儂の頭へ着地。背中にはバルバルが貼り付いた。

「いや、危険なのは変わらん。ほれ、弾丸ロッツァが迫ってくる」

前を行く儂は、石道を作り続けて走る。強烈なスピンを続けたまま止まれんロッツァが、楽しげな声のルーチェを乗せて寄ってきた。

避けるとロッツァが怪我するかもしれんし、かといって受け止めるのは儂らが危ない。儂にできるのは、回転速度と前進速度のどちらもが落ちるのを待ちつつ、先へ向かうのみじゃな。

ルーチェのように楽しむ余裕がナスティにはありゃせん。長い人生でも、こんな経験をしとらんじゃろう。その顔を見れば、甲羅へしがみ付くのがやっと、といった表情じゃった。

ロッツァも四肢《しし》に力が入らんらしく、ぶん回る身体に逆らえん。首も流れに逆行できんところを見るに、これは目を回している可能性もあるぞ。

「少しばかり傾斜を付けて誘導するしかないか」

背後のロッツァたちを気にしつつ進むも、儂の目は二つだけで前にしか付いておらん。なので、ちょいちょいカブラに先を見てもらっとる。その案内に従って左右への曲がり角をやり過ごし、上り坂を拵えていった。

距離にして数100メートルは進んだか……やっとこ大回転ロッツァの速さが落ち着いてくる。

狭い通路が急に開けて、広間のような場所へ着いた。そこにも石道と傾斜を作る。儂を追いかけてロッツァも入って来たので、緩やかな傾斜でぐるりと大きく回れるように囲ってやったよ。ロッツァはすんなり進んでくれたから、入り口まで塞ぐ。大きなすり鉢状の形……バンクとか呼ばれる、自動車や自転車のレースで使うあれじゃな。

幾度も回った後、止まったロッツァはぐったりしとる。甲羅にしがみ付いていたナスティも、ずるりと落ちて動かん。クリムとルージュは、ナスティからなんとか離れたが覚束《おぼつか》ん足取りじゃな。数秒ふらふら歩いたら蹲った。ルーチェだけは元気なもんで、

「じいじ、くるくる凄かったよ」

と満面の笑みで儂を見上げるのじゃった。ルーチェにしたら、今の大回転すらも一種の遊びにしか思えんのかもしれんな。

「おとん、泥スラが来《き》いひんで？」

走ってきた通路を確認していたカブラから、そんな報告が上がってくる。今だって足元にも天井にも、泥スライムを見つけられん。よく探せば、10メートルほど離れた場所で泥スライムたちは集まっていたよ。そこで重なり合うと個の境界が曖昧になっていき、ついには一匹のスライムに変《へん》じた。ただ、こちらに近付いてくる素振りは見えないぞ。

「あれは、儂らの退路を塞いだってことかの？」

「そうじゃないかな？」

いつの間にか傾斜をよじ登ってきたルーチェが、儂の隣に立っていた。その後ろをクリムがついてこようとしとるが、まだふらふらじゃ。ルージュは歩くのを諦めたのか、這って進んどるよ。ロッツァとナスティは、ぴくぴく痙攣《けいれん》しとるから生存の確認だけは可能じゃな。

「前にだけ行けって意味だと思うよ、ほら」

泥スライムとは逆方向、ルーチェの指し示した先には、狭い隙間が見える。儂くらいの大人が通り抜けられるギリギリの間口《まぐち》になっとるわい。

そこを通れって意味だと思うが、なかなか勇気がいるじゃろ。その隙間を形作るのが、巨大な泥スライムじゃからな。背後におるのとはまた別の個体が、その身体全部を使って通路を塞ぎ、一部だけ穴を開けた状態じゃ。

「こりゃ、乾燥させるだけでも骨が折れそうじゃ……」

「あ、大丈夫だよ。バルバルがやるみたい」

眉尻を下げた儂へ、ルーチェがにひっと笑う。

「バルバルは魔法を使えんじゃろ？」

ルーチェに促された儂が顔を上げれば、カブラに放り投げられたバルバルが宙を舞っていた。時間にして二秒かそこら。

ぴとっと貼り付いたバルバルが、泥スライムに取り込まれる……かに見えたが、逆じゃった。泥スライムは心太《ところてん》のようにバルバルに啜られとるよ。

「美味しくなさそうやのに、よう食べられるな、バルバルはんは」

その姿を見ていたカブラが一言漏らした。

「だねー」

賛同したルーチェは鞄を漁り、果実水で作ったゼリーを取り出した。両手を差し出すカブラにも渡してやり、二人でバルバルの戦いを観覧しつつの間食になるのじゃった。

狭い隙間を作っていた巨大泥スライムが、バルバルに食べ尽くされて現れた本来の道幅は、最初の地点と変わらないほどだったみたいでな。

ここへ来るまで徐々に狭まっていった通路からして、そういうものと思わせる罠だったんじゃないかのぅ。その上で『ここを通り抜けるしかない』と信じ込ませて、通るそばからぱくりと行く手筈《はず》じゃろう。

「普通ならば攻撃が通りにくい相手であるスライム……更に弱点であるはずの核を見つけられないとなると、まず難敵になるじゃろな。ダンジョンを作った者の誤算は、倒さず逃げ切れるロッツァと、強くなったバルバルか」

まだぐったりしているロッツァと、スライムを食べ終えて上機嫌なバルバル。悪食《あくじき》と呼んでも遜《そん》色《しょく》ないくらい何でも食べるバルバルは、身体が少しばかり濃い茶色に変わっておった。かなりたくさん食べたはずなのに、体積に変化は見受けられん。

儂がバルバルを観察していたら、身体を震わせる。一瞬の間を空けてから、限りなく白に近い灰色の塊を自身の真下へ吐き出した。それも大量に。

「食べたら出す……自然の摂理じゃが、早すぎんか？」

儂の見ている前でどんどん嵩を増していく塊は、普段のクリムと同じくらいの高さでやっと止まる。一つひとつの塊は手のひら大の岩に見えるが、これはなんじゃろな？　食べ尽くした巨大泥スライムを原料にしたことは確かだと思うが……

「《鑑定《エヴァルア》》」

一つを手に取り見てみれば、それは石灰石《せっかいせき》と出る。となるとあの泥スライムの正体は、貝やサンゴと同質ってことかのぅ。建築資材に使えるから、これはかなりの拾い物じゃな。

「おとんが嬉しそうに見とるんやから、ええもんに違いはないやろ」

「美味しそうじゃないよ？」

ほくほく笑顔になっていた儂をカブラが指さしていた。ルーチェは首を捻りつつも、石灰石の山をしゃがみながら眺めとる。

「ドロップアイテムはなかったのに、バルバルが仲介したから使えるものに変じたのかもしれんな。イェルクたちが喜びそうなものじゃが、食べちゃいかんぞ」

「はーい」

食べられないと言われた途端に興味を失ったルーチェは、倒れたままのナスティたちの介抱《かいほう》へ向かったよ。カブラは尖った白い石ってだけでも面白いらしく、触れて掲げて遊んでおるわい。

意識はあってもまともに動けない家族の為、ここで小休止を入れておく。どうも今いる場所が最奥だったようでな。マツタケダンジョンと同じように、不細工な石像が五体並んどる。

しかもバルバルが食べ尽くした巨大スライムがボスだったらしく、あれ以来、魔物一匹現れんし、誰も出てこんよ。

走って喉が渇いた儂の分を用意しがてら、麦茶や果実水、緑茶は温かいのと冷たいのを準備する。さすがに気持ち悪くてぐったりしている状態で、何かしら食べ物を腹に入れる余裕はなさそうでな。

あ、いや、梅干しくらいはいけるかもしれん。昔、気持ち悪い時に食べたら、心なしか楽になった気がしたからのぅ。

「じいじ、美味しそうなの出なかったね」

「そうじゃな。次のところで出てくれるのを期待しようか」

果実水片手に後ろを見ていたルーチェは、《岩壁《ストーンウォール》》で作った道からもぎ取った石を投げておる。何匹かスライムが近寄って来たのかと思ったが、違うようじゃ。手持無沙汰だっただけなのかもしれん。

適度に時間も過ぎて、ナスティもロッツァも回復した。クリムとルージュは、とっくの昔に元気になってな。ルーチェと一緒になって、後ろを塞ぐ泥スライムの壁へちょっかいを出しとるよ。石を投げても、あの半月状の刃を出しても震えるだけなのが楽しいらしい。

単独の泥スライムの時は四散したり、切れたりしていたのにのぅ。壁になると破壊不可や、攻撃無効にでもなるのか？　気になってそちらも鑑定したら、物理攻撃無効になっとったよ……このダンジョンは、魔法に抵抗があるマツタケダンジョンの逆なんじゃな。物理攻撃への耐性持ちとは、面倒な場所じゃて。

万全とは言えんが、家族全員揃って不細工な石像の前にまで進み、青いルリハツタケを探すが見つからん。石像はあるのにないんじゃよ。他のキノコも、赤いの以外一本も生えておらんかった。

「これは、戻らず先へ進めってことじゃな？」

「……だと思いますよ〜」

儂の問いかけに、ナスティが青白い顔で返事をくれた。

「私もあんまり入った経験がないですけど～、踏破するか～、諦めて帰るまで外へ出られないのが～、ダンジョンの普通ですから～」

……それもそうじゃな。階層をずんずん進んで一番上か下を目指すのが、儂の今まで体験したダンジョンじゃった。振り出しに戻れるここが特殊なんじゃろ。でなければ、ダンジョン全体に何かしらの負荷をかけるなんてできんはずじゃて。

得心がいった儂は、赤いキノコへ顔を向ける。するとどうじゃ。キノコが形を変えていき、炎が揺らめくような姿になった。一本だったキノコが幾本も生えてきて、石像が埋もれるほどの群生《ぐんせい》となる。

暫く待つと生え揃って落ち着いたんじゃろう……かと思えば、そこからまたぐにぐに揺れて一本の特大カエンタケになりよった。ただし、儂の知るそれと違い、ベニテングタケのような白い斑点《はんてん》を持っておるがのぅ。

「さて、行ってみるか」

儂が手で触れようとした途端、魔法陣が正面から出現して儂らを包むのじゃった。

魔法陣が消えて儂らの目の前に現れたのは、人型魔物の集団じゃ。それも十や二十ではきかん。一面……いや儂らの周囲をぐるりとびっしり埋め尽くすほどじゃ。広間のようなこの場所からの行き先が見えんわい。マップがあるから知ってしまったが、そちらも無数に犇《ひしめ》きあっとる。頼んでもいないし、嬉しくもない千客万来《せんきゃくばんらい》じゃて……

目に入る魔物が全員、手に手に得物を持っていてな。ナイフを始めとした刀剣類、槍などの長柄物、他にも鈍器や弓矢、あとは投擲に使う鞭《むち》のような紐《ひも》を持っている者もいた。あれは石や弾を飛ばすスリングとかって名じゃったか？　全方位をこう囲まれては、逃げ場などありゃせん。

「なんともまぁ、盛大な歓迎を受けたもんじゃて」

「この状況でも、アサオ殿は余裕だな」

カブラとバルバルを背に乗せたロッツァが、視線を周囲へ巡らせながら話してきた。先ほどの酔いも醒《さ》めたようで、儂の右隣に立っておるよ。

儂らの背後を守るのは、こちらも気持ち悪い状態から解放されたナスティ。右手に小刀を持ち、左手には柔らかかモーニングスターを装備しとる。若干左右に身体を揺らしとるのは、いつでも行動に移せるようにってことかのぅ。

微動だにせず、正面を見据えるのはクリムとルージュじゃ。二足歩行で仁王立ち。自分らが熊だと忘れとらんか？　最近は、あまり四足で戦っとるのを見とらんぞ。

「さてさて、こやつらの得物は……《鑑定《エヴァルア》》」

誰も彼もが、刃先や穂先、先端部を怪しげな色に染めとってな……見るからに怪しいんじゃよ。

視界に収めた武器と魔物を一遍に見たが、予想通りの結果じゃった。

「掠《かす》っただけでも命が危ない猛毒ばかりじゃ。こりゃ、気を引き締めてかからんとまずいわい」

杖を構えて、家族全員に支援魔法をかけていく。この動作が嚆矢《こうし》になったんじゃろう。魔物たちが儂らへ押し寄せてきた。

儂のいる左側から迫るのはトロール。以前に治癒能力を暴走させて倒したあの魔物じゃ。

右を見れば、ロッツァに向かってオーガが複数体で襲い掛かる。額に生やした角の本数がマチマチで、服装もいろいろじゃったよ。ほとんど裸なんじゃが、腰巻だけを身に着ける者や、片方の肩から尻まで隠す衣の者、ワンピースのような毛皮を羽織《はお》る者までおったよ。

しかし、どれも足が遅い。でかい図体でこうも遅くては、後続を閊《つか》えさせるだけじゃろうに……

儂らの背後を守るナスティのもとへは、ゴブリンが幾匹も殺到していた。こちらは、小柄な体躯《たいく》を活かした速度重視の戦略なのかもしれん。背丈や肌の色が違っても、ゴブリンに相違ないんじゃろう。

ただ、変化や進化をした者は、扱える武器が変わるらしい。棍棒がナイフになり、剣を経て槍となるのか……腰巻だけだった防具も、上下の衣服や帽子、鎧や兜などと実に多彩じゃ。その変遷《へんせん》に興味はあるが、じっくり観察する時間はなさそうじゃよ。

素早い移動を繰り返すゴブリンは、ナスティを翻弄《ほんろう》するまでには至っておらんかった。最小の手数で、最大の効率を叩き出すナスティの、良い獲物になっとるからの。一直線に並んだり横一線に結ばれたりしたら、儂だって狙いたくなるぞ。

正面から近付いてくるのは、鳥と人を掛け合わせたような魔物——ハーピーとか言ったかのぅ。数がいて喧《やかま》しく騒ぎ立てるから、耳が痛いんじゃ。たぶんクリムとルージュも儂と同じ感想を得たんだと思う。あの半月状の軌跡を飛ばしまくっとる。誰も近付くことができずに手や足、それに翼を切り落とされとるよ。威力も精度も申し分ないほどじゃて。

さてさて、儂に周囲を見る余裕があるのは、トロールの足が遅い以外にも理由があってな。ルーチェが非常に気張っとるんじゃよ。

以前に吸収したトロールで、かなりステータスが上がったそうじゃからな。今回もそれを見越しとるんじゃろう。一匹たりとて逃がすまいと、ものすごい速さで撃破を繰り返しとるわい。

急加速で近寄って毒付き鈍器を叩き落とした後に、口と鼻を塞ぎつつ首を絞めて落とす。腕を振り回して自分の頭ごと叩こうとするトロールも一体だけおったが、頸動脈に狙いを絞ったルーチェの前では、何もできとらんのが現状じゃて。

高い治癒力を以《もっ》てしても、呼吸を阻まれて窒息《ちっそく》したら、意識も命も失うからの……あれをやれば、以前のような気分の悪い様子を見なくて済んだんじゃな……

一通り広間の魔物を退治して終わりが見えてきた頃に、不思議な光景を目にした。

ロッツアたちが相手していたオーガの一体が、得物の石斧を足に落としてな。その際に、毒にやられて倒れたんじゃよ。即効性があり、死に至る危険な毒に塗れた武器を使うのに、毒抵抗も解毒《げどく》手段も持たないとはの。敵さんが持ち込んだ毒で倒せるなんて、儂は予想しとらんかったよ。

これに味を占めたのが、カブラとバルバルじゃ。カブラは《石弾《ストーンバレット》》で、バルバルは身体から射出する礫《つぶて》で得物を叩き落とす。運良く身体のどこかに刃先などを掠らせることができれば、それだけで討伐となるんじゃからのぅ。しかし、バルバルはまた新しい攻撃手段を見つけよったか。近距離も遠距離もこなせて、裏方にも回れるとは、万能さんに育ったもんじゃ。

現れる魔物をドロップ品に変えていくこと一時間ほど、徐々に出てくる数も減り出した。敵が疎《まば》らになってきたおかげで、今いる広間の壁が見えて来てな。壁に描かれた模様が輝くと魔物が湧き出す仕組みのようじゃった。

「あれが元凶なら、消さんとダメじゃろ」

魔物の隙間を縫って壁へ《水砲《ウォーターガン》》を放ってみたら、模様の一部が滲んで歪む。それだけで出現が止まってくれてのぅ。ひとまずこの広間での新たな出現を抑えられそうじゃ。壁に向けて《水砲《ウォーターガン》》を乱射したら、上手いこと魔物を巻き込んだ上で模様の消去もできたわい。

その後も家族の誰一人として、数を減らしていく魔物から毒を浴びることなく、不細工な石像とキノコが待つ最奥までまたサクサク進めた。

「さてさて、今度はどっちかのぅ」

マツタケダンジョンからは一度離脱できた。ルリハツタケのところからはできんかった。ここを作った主が順番を付けているならば、次は補給に戻れるはずなんじゃが……

「じいじ、緑色のキノコが光ってるよ」

ルーチェが指さす石像の足元に生えるは、仄《ほの》かに緑色の光を放つキノコじゃった。他のキノコは見当たらん。

「また連続で行くしかないみたいじゃな」

「おとん、少し休んでいかんと、疲れてまうー」

状況を見て呟いた儂の一言に、カブラがそう漏らす。

カブラが言う通り、今回はずっと戦い続けとったからのぅ。万が一にも毒を喰らわないように注意しながらの戦闘は、気力と体力を消費して、心身共に疲労を蓄積しとるに違いない。

体調が万全でないなら、ここらで調えるのも大事じゃな。アサオ家の家訓『いのちだいじに』を疎かにしちゃいかん。

不細工な石像群の少し手前で、食卓や椅子を【無限収納《インベントリ》】から取り出して並べていく。

「この先に何が待ち構えとるか分からんからな。準備万端で進もう」

言いながら準備していった料理は、各々の欲したものじゃよ。肉に魚、白飯にパン、うどんと実に様々でな。飲み物もいろいろ用意したが、酒だけは出しておらん。

ナスティやロッツァも酒自体を好むというより、料理に合わせたり雰囲気を楽しんだりしとるからな。まだまだ戦闘が控えておるかもしれん現状で、前後不覚になるような隙は見せんじゃろ。酒は帰ってから、祝いの席でのんびりと飲むべきじゃて。

## 《 25 小休憩と再開と 》

食事と休憩でしっかり時間を費《つい》やした儂らは、改めて不細工な石像の前へ並んだ。そして石像へ視線を移したら、思わず唖然《あぜん》としたよ。

石像だと思っていたのは、単なる石の寄せ集めだったんじゃ。神々の姿を模することすら放棄して、ただなんとなくヒト型に重ねてあるだけじゃった。なんぞ、イスリールたちへ嫌な感情でも持っておるんかのぅ？

首を捻る儂なんぞお構いなしに、手前にあるキノコは相変わらず仄かな光を放っとる。この色合いと形は、たしかヤコウタケと呼ばれる品種だったような気がするわい。地球《あちら》では毒にも薬にも使えんが、光るって現象だけで十分観賞する価値があるキノコだったはずじゃ。

「美味しそうじゃないね」

残念そうな顔をするルーチェがつんつんキノコを突《つつ》いたら、粘液が滴る。それが徐々に増えていき、儂らの足元にまで到達した。円や線を描いたそれらは、魔法陣となり光り出す。

少しだけ地面から離れた場所に出たらしく、すとんと落ちる感覚が伝わってきた。高さにしたら階段一段分もないじゃろう。それでも一瞬の浮遊は、儂らに緊張感を齎《もたら》した。

身構えつつ目を開けると、薄暗い通路や広間ではなかった。壁にも床にも先ほど見たヤコウタケがびっしり生え揃い、光っとってな。これほどの群生を初めて見られて、儂は少しばかり感動しとる。家族は誰も驚かず、ただ淡々《たんたん》と周囲を観察していた。

うにょーんと上へ伸びるバルバルが天井に触れると、光が揺らめいた。そこにヤコウタケはなく、あるのは磨《みが》かれた鏡のような天井じゃ。いや、正確に表現するならば、そのように見える何かじゃな。

鏡みたいに光を反射する面が角度を変えていく。起き上がり、本当の姿を見せたそれは、植物型の魔物じゃった。そして空いた隙間からは、また別の魔物が姿を現す。そちらは儂も知っとるキノコの魔族、マッシュマシュじゃ。いや、話さんし愛嬌《あいきょう》のある動きも見せんから、別物か？

「マタンゴですね～」

「あれの胞子《ほうし》は危険だぞ。吸い込むと、自分が何者かさえ分からなくなるそうだからな」

天井に逆さで生える色とりどりのキノコを見上げるナスティが、口元を布で覆う。身体の造りが違うロッツァには無理じゃから、代わりにルーチェがやっとるよ。布をロッツァの口に巻き付けて、顎下で結んでおる。ルーチェ自身は自分の上着を引き上げて口を隠しとるな。

ただ、どれもキノコの胞子を相手にしたら、目が粗《あら》いと思うぞ。

「《結界《バリア》》」

家族全員を包む。それからじっくり天井のマタンゴを確認すると、微かに胞子が降り注がれているようじゃった。足元のヤコウタケは粘液を漏らし、天井のマタンゴが胞子を撒《ま》く。一つ前のダンジョンで体験した『滑り』を二度もしないように慎重を期せば、それだけ胞子を浴びる時間が増える……上も下も下手に刺激できん。

取り除けないキノコでないし、倒せない魔物でないのが、また憎い演出じゃ。こりゃ、かなり考えられた嫌がらせだと思うぞ。

「走れなくはないが、被害が計り知れないな」

生唾を呑んで喉を鳴らすロッツァが、眉間に皺を寄せる。

「無理せずのんびり進めばいいんじゃよ、《浮遊《フロート》》」

儂の声に振り返ったロッツァは、間抜けな顔をしとった。

「走るよりかは数段遅くなるが、これで足元の心配もないし、胞子を浴びる心配もない」

「安心安全ですね～」

ロッツァの甲羅へ乗り込むナスティは、ルージュとクリムを小脇に抱える。儂はその前、首に腰かけた。いつも通りの座布団を使ってカブラが浮いとるし、バルバルに至ってはそこへ上手にぶら下がっとるわい。ルーチェがロッツァの顎下で似たような体勢をしとるな。

空中を漂うように進み、時折《結界《バリア》》の上部に溜まった胞子を、儂が【無限収納《インベントリ》】へ回収する。一応、鑑定してから仕舞い込んだが、なかなかに危険な代物じゃったよ。このまま死蔵することになるかもしれん。いや、薬師のギルドになら卸しても構わんか。カタシオラにあったんじゃから、王都にもきっとあるじゃろうて。

天井に貼り付くマタンゴの胞子を鑑定したら、どの状態異常が現れるか分からん複合毒じゃったよ。一般的な下痢《げり》に嘔吐《おうと》、倦怠感《けんたいかん》や麻痺などの症状が出るそうじゃ。他にも猛烈な眠気に襲われたり、ずっと笑ったりなども書かれとる。

局所的な激しい痛みが出ることもあるらしく、吸い込んだ胞子の量によって、どの症例が表に出るか変化するのやもしれん。もしくは胞子内の毒の配合が影響しとるのか……

どうやらこのダンジョンは、状態異常で苦しめるのが目的みたいじゃ。いつまで経っても、地面と壁にヤコウタケが生えていて、儂らの移動によって起きた気流で波打つ様は圧巻じゃよ。天井は鏡のような攻撃性のない魔物とマタンゴが逆さに生える。

思いの外にたんまり採れた胞子で、【無限収納《インベントリ》】がほくほくになった。食材となるようなものは何一つ見つかっとらんから、儂とは対照的に家族の誰も喜んでおらんよ。いや、ナスティだけは研究でもしようと考えておるのか、胞子を収穫する儂を笑顔で見とるわい。

緩やかに左へ曲がる通路を進み続けること九十分くらい、やっと最奥が見えた。そこも今までと景色はほぼ変わらん。天井に貼り付かず、中央で組体操のようなことをしとるマタンゴたち以外は、な。

これまでに見た、どのマタンゴよりも色とりどりな集まりで、まるで点描画《てんびょうが》じゃ。とはいえ、立体じゃから、お月見団子然とした山型になっとるよ。それも色が綺麗に並んどってな。あたかも虹みたいじゃよ。

しかし、道を塞いでいる感じではないのぅ。十分に胞子も手に入れられたから、無理に刺激することもあるまいて。少しだけ距離を取って回り込んでみれば、裏側に石像が隠れていたよ。相変わらずの不細工具合に、そろそろ笑えてくるわい。

石像の前で《浮遊《フロート》》を切って、儂らは地に足をつける。ふわふわ浮かんで進むのは、カブラ以外に好評を得られなんだよ。かく言う儂も、地面を踏んで一歩ずつ歩いて行くほうが好みじゃて。

石像……いや緑のヤコウタケが、儂が触れるより早く輝き出す。そして、正面から儂らへ迫る魔法陣。

まばゆい光に包まれた直後、今までになかった音が聞こえてな。何かと思って目を開けてそちらを向けば、神官さんが慌ただしく動いておった。今回はダンジョンを連続して攻略させられずに、振り出しへ戻って来られたようじゃ。

「何かあったの？」

神官さんを目で追うルーチェが、小首を傾げてから儂を見た。儂にも分からんでな、答えられんよ。

見える範囲で右へ左へと忙《せわ》しなくしとるだけで、何をしているのかまでは分からん。

一番人集《ひとだか》りが出来ている場所に目を向けると、幾人かを押さえ込んで縛ろうとしていたよ。神官さんがたくさん集まる場所に何の用事があったのやら……どう見ても味方じゃないな。

縄を持ち出しとるし、敵対行動をしたか、何かしらの暴挙に出ようとしたんじゃろ。神官さんたちに、そんなことを許すような甘い者はあまりおらんぞ。

「身内に怪我人は出とらんか？」

儂に気付いてくれた男性神官さんの一人に声をかけたら、首を横へ振る。

念の為、一緒について行った先には、昔どこかで見かけた禿《は》げ頭やモヒカン頭がおったよ。かなり貧相《ひんそう》な衣服と防具を埃や泥で汚されとるから、より一層みすぼらしいことになっとる。ちょいと離れた場所には、盗賊風の身形《みなり》をした女性もおるな。

「こやつらは？」

疑問に思って、案内してくれた男性神官さんに問いかけると、

「ロック、デナン、シーナと名乗りました。ぇぇ。自ら教えてくれたのです」

目を細めてそう言った。後半の言葉を強めにしたことに疑念を抱いたが、敢えて聞くこともないじゃろう。気分の良いものとは思えんしの。

それは縛られた彼らの姿を見ても分かるわい。涎を垂らして目は虚《うつ》ろ、力ずくで押さえ込まれて縛られとるのに、不平不満を口にしていないんじゃから……

「あ！　『ろくでなし』だ！」

改めて見た彼らの顔と名前に、ルーチェの記憶が呼び起こされたらしい。『ろくでなし』……蜂の魔族であるクイーンのところで悪さをしようとしたならず者が、確かそんな名だったはずじゃな。

儂の大事な取引先であるクイーンたちを、魔族と認めずに自分たちより格下の魔物と見て、無体《むたい》を働こうとしていたのぅ。

「あちらにいるのは、黒ウサギの青年だろう」

ロッツァが首で示した先には、これまた神官さんにふん縛られた子がおったよ。黒いウサギ耳にウサギ顔。カタシオラの、マディーのところで出会った子じゃな。王都に来た鳥耳の熟練冒険者の弟子のはずじゃが……なんでここにいるんじゃ？　師匠を追い出して好き勝手しとるんだとばかり思っていたが、他の子はどうしたんかのぅ。見当たらん。

あの時と違って、目に痛い金ピカな防具を身に着けとるが、そのほとんどは縄で隠れとる。気配や存在感を殺す気が微塵《みじん》もない、儂にしたら悪趣味としか思えん装備品じゃよ。

「彼らの目的はアサオさんたちでしたよ」

女性神官長さんが、そう言いながら姿を見せた。その後ろには男性神官長がおり、何かを引き摺っとる。それは『ろくでなし』の一人、シーナじゃ。

「アサオさんたちの誘拐、ないしは誘導を頼まれたそうです」

口をぱくぱくさせるシーナは、男性神官長の言葉に力なく頷くのみじゃった。

理解したくはないが、誘拐はまだ分かる。儂と家族に何かしらの利用価値を見出したんじゃろう。

しかし、誘導が分からん。依頼主のところへ連れて行くつもりだったんじゃろか？

「依頼主が判明せず、物足りない情報なのが残念でなりません」

男性神官長さんは、これ以上絞り出せないことが悔しそうじゃよ。

「目的が判明しただけでも十分じゃ。どうせ真っ当な手段を講じようとせんかったのじゃろ？」

「えぇ。ですから、若い神官が中心となって対処させていただきました」

儂の問いかけに、にこやかな笑顔を添えて答えてくれる。

縛られた者らは、得物を取り出さなかっただけで、挙動不審だったそうじゃ。持ち物を検《あらた》めてみれば、薬品や荒縄などが出るわ出るわ……幾人かを街へ派遣して、警備隊に来てもらえるよう手配したとも言っておった。

依頼主に繋がる情報は出てこんかったが、どこで依頼を受けたかは分かったよ。やはり、正規の道筋でなくてな。冒険者ギルドを通しとらんかった。羊皮紙に書かれた依頼書を持っていて、そこには、先に教えてもらえた内容以外は報酬くらいしか書かれておらん。

一つ珍しいと思ったのは、儂を含めた家族の特徴が記されていたことかの。魔物討伐ですら、対象の名前だけしか書かれてないこともままあるというのに、律儀《りちぎ》なもんじゃよ。この辺りは冒険者ギルドより優秀かもしれんぞ。

ただ、羊皮紙の大きさの関係からか、家族についての説明は随分と簡素だったな。

「更なる情報を得られそうなら頑張ってほしいが、無理せんでくれよ」

「分かっております。怪我なく安全にやらせてもらいます」

女性神官長さんが、柔らかい表情で答えた。視界に入る神官さんで怪我している者はいなさそうか……こんな事態になったからには、儂も出し惜しみをするわけにはいかんな。

【無限収納《インベントリ》】を漁って、儂がいろいろ付与した装備品を渡しておいた。どれも身を守る為に使えるじゃろう。基本的に《結界《バリア》》と《堅牢《スタウト》》、あとは《加速《クイック》》を付与してあるから、過剰防衛にはならんと思う。

「危なそうなら、逃げの一手じゃぞ」

「ありがとうございます」

一人に一つ、何かしらは行き渡るくらいの数は出しておいた。魔法の付与を施した装備品の礼を言われたが、儂の頼んだ役目をこなしてもらうんじゃからな。これくらいは当然じゃよ。食事も補充してやれば、装備品を与えた時以上の歓声が上がりよった。気力も体力も問題なさそうじゃ。

相談などを済ませた儂らは、近くにあった五体目の石像の前へ進んだ。真っ白なそれは、たぶんイスリールなんじゃろう。腕や頭、腹部や脚に至るまで、そこかしこに白いキノコを生やしとる。一つひとつの直径は10センチもありゃせんが、群生すると見てくれが悪いぞ。

石像がキノコまみれなだけでも目を惹くのに、手前に現れた魔法陣は更に特殊じゃったよ。なんとキノコで出来とった。いや、キノコに墨汁《ぼくじゅう》で描かれとると表現したほうが正確かもしれん。白い球体のそれは、直径が3メートルを超えとる。儂の知るキノコで近しいものと言えばオニフスベじゃが、あれもここまででかくはならんしのぅ。

しかし、横幅はあれども高さはさほどありゃせんから、描かれた陣がしっかり見えるよ。驚きなのは、天に当たる場所以外の、縁や見えにくい折り返し部分にも描き込まれておることか。儂が近寄って手を翳《かざ》しても光に包まれない。これは直接触れるのかもしれん。ちょんとオニフスベを突《つつ》いてみれば、淡い黒で彩られた魔法陣が銀色に変わっていく。

魔法陣キノコが周囲の空気を吸い込んでいるようで、それは抵抗もできんほどの強さじゃ。儂らは全員引き寄せられたわい。そのせいで、後ろにいたロッツァに背中を押されてのぅ。食い込むかの如くキノコへ沈み込んだよ。

何とか反転したので顔から行かずに済んだのが、不幸中の幸いじゃったな。

儂らを見送っていた神官さんたちが、先ほどの捕り物劇以上に慌てとる。今の儂らの姿は、キノコに捕食されとる風に見られたかもしれんか……心配させまいと手を振っておいたが、結果を見ることは叶わんかった。


オニフスベ魔法陣を通り過ぎた儂らは、揃って何もない白い部屋へ出た。今までのダンジョンよりも遥かに広いここは、大広間と言っても過言でないぞ。

天井までもかなりの高さがあり、バルバルがいくら伸びても跳ねても届いておらん。

「ふわー、大きいねー」

ルーチェが手で庇《ひさし》を作って、ぐるりと周囲を見回す。前後左右かなりの余裕で圧迫感が皆無でな。

そして何よりも非常に明るい。儂が《照明《ライト》》を使う必要がないんじゃよ。

目に痛いほどでなく、過ごしやすい明るさなのもありがたいことじゃて。照明器具も魔法を使った形跡も見当たらんここは、壁や天井自体が光を発しているようじゃった。

「ここも何かしらの仕掛けがあるんじゃろうな」

「何でしょうね～？」

遠くにある壁を見ても、先のダンジョンにあった模様は見つからん。彫刻も壁画もなし。唯一あるのは、通路へ出る為の穴かの。そちらも今いる広間と同じくらいの明るさじゃ。そこから暗めの赤に彩られた爬虫類《はちゅうるい》系の顔が、ひょこっと現れた。

儂が見つめる先には、その小さな爬虫類の頭が一つ……いや、もひとつ現れたのぅ。《索敵《レコナ》》に赤い反応は出ておらんから、敵ではなさそうじゃ。頭だけでなく、身体ごと通路に出てきたそれらは、魔物の幼体《ようたい》なんじゃろな。身体の造りも未熟で、警戒心も足りとらんぞ。

儂が様子を窺っている最中にも、続々と新たな顔が出てきて、あっという間に道が埋まっとったよ。それこそ、見る見る増えていくって表現がぴったりなほどじゃった。

「小《ち》っちゃい子がいっぱいだね」

幼い魔物の子に出会うのが初めてなルーチェは、目を輝かせておる。

ほとんどが、成体の姿をただ小さくしただけの魔物ばかりじゃな。獣型や爬虫類は、将来の姿形を想像しやすいのぅ。両生類と思われる子らも、オタマジャクシでなく全長が小さいだけじゃから難しくない。

今の状態を見ただけでは、鳥類と植物系がなかなか難問になりそうじゃよ。現に、木材ダンジョンで見かけた蔓の魔物ロードヴァインは、ここではシダのような葉をいくつも持つ小人のようじゃった。この小人が蔓の集合体みたいになるとは、到底想像できんわい。

魔物の子供や幼体を鑑定しつつ、将来の姿と見比べていた儂は、ルーチェと同じような顔をしていたことじゃろう。初めて目にする事態に冷静さを失っとる自信があるぞ。

ただし、見た目がどうであれ、魔物は魔物。敵対行動をとるようなら、それ相応の対処をせねばならん。しかし、会話や交渉が成り立つのであれば、無理に倒す必要もあるまい。以前に旅先で出会った者にしたのと変わらん応対で、問題ないはずじゃ。

ヒトの子と同様、聞き分けがないかもしれんが……こればかりは実際に見てみんとな。

「子供ばかりを集めたんでしょうかね～？」

通路を埋める魔物の幼体や子供へ、優しい眼差しを向けるナスティ。儂が口にして報告せずとも、敵意を浴びせられていないのは分かっとるようじゃな。

「様々な種族の寄せ集め……聞いたことがないな。まぁ、ダンジョンの話題が我の耳に入ること自体、極少数なのだがな」

今にも飛び出しそうなルージュの首根っこを押さえるロッツァは、そう言いながらも絶えず視線を動かしとる。相手が子供の姿をとっていようが、警戒は解かんのじゃろ。

ナスティも優しい目つきをしとるが、似たようなもんだと思う。そこは家族の中でも年長者としての役割があるからのぅ。子供らを危険に晒すわけにはいかん。

「儂らには分からんが、弱体化させられた状態でこれだけの数の魔物に囲まれる……イスリールたちが苦労するのも不思議はないいか」

「そうですね～。たとえ魔物でも～、無抵抗な相手を一方的に退治は～、心情的にやりにくいものですから～」

徐々に距離を詰めてくる魔物の子供らに、ナスティが目を配る。

「魔物だろうと、この世界に棲むのだからな。神々にしてみれば、手を出しづらかろう」

ロッツァは、物理的にアサオ家の子供らを取り押さえる。誰より先に飛び出そうとするルーチェとルージュ。揉め事に首を突っ込みたがるカブラ。これだけでロッツァの首と前足が塞がる。残るクリムとバルバルは、年少組の中でなら比較的大人しいが、それでも子供じゃからな。何かをしでかす可能性は残っておった。自由にするのはダメじゃったよ。

前に進んだクリムは、二足歩行する爬虫類の魔物の子と視線を交わす。クリムが右へ首を傾げれば、爬虫類の子は左へ頭を傾ける。右前足を突き出したクリムに、爬虫類の子は左前足を差し出す。

幾度かそんな行動をし合った後、頭を突き合わせてから肩を組み、ぐるぐると回り出した。見ているこっちが目を回すんじゃないかと思うほど長いことやった二匹は、突然止まってそれぞれの後ろを振り向くと蹲った。しゃがむのもやっとで、どうやら気持ち悪いらしい。

そんなところの仕草も一緒な二匹は、再び肩を組んだら笑っとったよ。

「何がしたかったのだ？」

成り行きを見ていたロッツァは、ポカンと口を開けていた。それで拘束が緩んだんじゃろうな。ルージュが前へ躍《おど》り出ると、最前列にいる、身体の大きさが自分と同じくらいの牛の魔物へ突進する。

本人としたらクリムと同様に遊ぶつもりだったのかもしれんが、傍から見れば突進に他ならん。怪我の心配をして、

「《泥沼《スワンプ》》」

と唱えたが、何も起こってはくれんかった。儂の声に一瞬身構えたルージュは、すぐさま宙へ舞い上がる。地面に何かされる前に、との判断なんじゃろう。小狡《こずる》いことを考えるようになったもんじゃ。

ルージュによるボディプレスをまともに浴びた牛の子じゃったが、吹っ飛んだのはルージュのほうじゃった。牛の子も顔をきょとんとさせとるでな、自身でやったことではないらしい。

コロコロ転がるルージュに、今度は魔物の子供たちの中から影が飛び出した。ぴんと尖った耳に長い尻尾。本能が刺激された猫みたいじゃよ。飛びかかってじゃれつこうとした子は、何かに阻まれたようにルージュの真上を通過した。綺麗に滑るかの如く、ツーッとな。

何が起きたか分からないのは、猫の子も儂らも同じじゃ。一様に首を傾げたわい。それでも猫の子の再始動は早かった。転がり近付いてくるルージュを前足でたしっと受け止めると、恐る恐る顔を寄せる。先のようなことがないと分かるや、猫パンチよろしく左右の前足で遊び始めた。

「こりゃ、全ての攻撃を防がれとるのか？」

「そうかもしれませんね～」

「敵も味方も関係なしとは……このダンジョン、存外阿呆《あほう》な造りだな」

感心する儂とナスティとは打って変わって、ロッツァの評価は厳しいものじゃった。

ロッツァの酷評《こくひょう》なぞいざ知らず、子供たちは面白がっとるよ。すぐそばからぶつかったり、距離をとって走り込んでからの体当たりなどで楽しんどるわい。

ロッツァの言っていた通り、敵味方の認識が本当にないみたいでな。アサオ家の子供も魔物の子供も関係なく、コロコロ転がっとった。何度も繰り返すのは、どのくらいの威力から弾かれるのかの確認作業みたいじゃ。

子供らを見ていて分かったのは、種族の基礎能力などを考慮《こうりょ》しとるのかもしれんってことじゃな。体力が他と比較して低い子らは、相手を弾く頻度が高かったぞ。対して難敵になり得る魔物の子は、自分が弾かれまくりじゃった。アサオ家の子は、後者に入っとったわい。

弾いてびくともせんのも、弾かれて転がるのもどちらも楽しいようで、息が上がるまで続けとる。

「そろそろ休まんと、疲れて動けなくなるぞ」

「水分もとりましょうね～」

儂とナスティで準備した軽食と飲み物で、子供らを誘ってみた。ルーチェやルージュがおるから、意外と簡単じゃったよ。魔物の子も釣られて一緒に来たので、道が開けてくれたわい。

この間に先を偵察《ていさつ》しようと思ったが、そうは問屋《とんや》が卸してくれんかった。自由に動けるのがロッツァだけじゃからな。誰よりも大きい身体が仇となってしまって、偵察とはいかなかったよ。

しかも、カブラが我先にとロッツァの背に座って休みよった。そんな姿を見たら、自分もやりたいと思うのが子供ってもんじゃろ……

敵意がないので《索敵《レコナ》》で確認できんが、道の先に何かしらがおる気配はするんじゃ。その正体ぱ〜、ニの先に大《お》っきなスライムが寝てるんだって」

右手にかりんとう、左手に湯呑みを持ったルーチェが教えてくれた。隣に座る子供たちも頷いておるから、正しい情報なんじゃろう。難しいことを考えず、素直に聞くのが一番の近道じゃったな。

並べておいたお菓子やお茶が大変好評で、ナスティと儂は大忙しじゃよ。料理などに馴染みがない魔物の子でも、美味しいと感じてくれたみたいじゃ。

聞けば、誰もが食事自体を経験したことがないそうでな。どうやら食べることをせずとも、生きていける身体になっとるらしい。ダンジョンで生まれ育った者は、そういった特性を得るんじゃろか？

いや、ジャミの森のダンジョン生まれなクリムとルージュは、しっかり食事をしとるし楽しんどる。味覚も育ったから、好みの食材や味の方向性も違いを見せておるな。

儂の視線に気が付いた二匹は、軽く首を傾げた後、再度食事に向き直ったよ。ホットケーキの次は、ナスティが用意したきんつばに目を付けたみたいじゃ。他の子もそれを真似るように、きんつばへ手を伸ばす。

他にもジャムやチョコソースなんぞにも興味を示してな。いろいろ付けては、味見しとるよ。自分好みの味を探すといい。美味しくても不味くても、各々で食べ切るなら好きにするべきじゃからな。

しかし、種族の違いによる、食べられる物の差違《さい》……なんてものが出ることはないんじゃな。爬虫類も獣型も、虫や植物の子も一切合切関係なく美味しそうに食しとるわい。

「そういえば、なんでルーチェは、この子らの言葉を理解できとるんじゃ？」

「身体の一部を～、吸収させてもらっているみたいですよ～。ほら～」

疑問に思った儂の言葉にナスティが答えてくれた。指さされた先では、一つ目で身体が青く大きな子の髪の毛を受け取り、体内に取り込むルーチェの姿があったよ。

そういえば、まだスライム状態だった頃に、儂の髪を食べて記憶を覗いたことがあると言っておったな。それと同じことを、ここでもしとるってわけか。誰もが同じ言語を使っているとは思えんほど、雑多な種族の集まりじゃからのぅ、不思議だったんじゃ。

子供たちの遊びと休憩が終わり、先を目指す儂らの後を皆がついて来た。この中から誰かを選んで従魔や仲間、家族にするなんてことはできん。

それならば全員を、と期待の眼差しを向けられたが、そりゃ無理ってもんじゃ。さすがに家族として受け入れるにも限界があるわい。

だもんで、ここで待つように言ったんじゃがな……せめて見送りたいと言われたんじゃよ。それくらいならと許したが、まさか全員で来るとは思わなんだわい。

先に存在を教えられていた大きなスライムは、最奥の部屋の中央に確かにいたよ。全体的に濃い緑色の身体で、いくらか淡い色合いをした部分も持つそれは、想像以上に巨大な草餅《くさもち》みたいなもんじゃった。

ところどころに茶色い粉を塗してあるのが、より一層それっぽさを演出しとるよ。本来の大きさに戻ったロッツァを五割増しにしたくらいはありそうじゃ……

眠っている草餅スライムを起こさないようにぐるりと部屋の縁を巡っていったら、入り口の裏手に五体の石像があった。ここでは五体全てが光っておってな。

触ろうと手を伸ばした儂を、一つ目の子が服の裾を引っ張って引き留める。じっと儂を見るだけで声を発してくれんから、何か忘れ物でもあったかと思いを巡らせたが、思い出せん。

再び視線を一つ目の子に戻したら、後ろにおる草餅スライムを指さした。一緒にここまで来た他の子も、同様に草餅スライムを示しとるが、一部の者は更に下部を指しておるな。

「あの下に何かあるのか？」

「そうみたいだよ」

何かを耳打ちされたルーチェが儂に答えた後に、

「別の出口があるんだって」

そんなことを告げる。

目を凝らして、草餅スライムの下を見てみても分からん。半透明にすらなっとらんからのぅ。

「皆でやってくれるってー」

ルーチェに耳打ちしていた子が離れて、子供たちの輪の中に紛れる。するとどうじゃ、皆で一斉に草餅スライムの縁をペチペチ叩き出してな。弾かれたり防がれたりしとる様子はない。

それに、草餅スライムも嫌がる素振りを見せん。ぷるぷる震えるだけで、特にこれといった変化は……起こりよった。

「少しだけ動いたか？」

「みたいですね～」

距離にして一尺ほど、この部屋への出入り口方面に移動した。

「子供らに促されて寝返りを打ったのだろう」

ロッツァに言われて改めて見れば、確かにそうじゃな。黄粉《きなこ》風の茶色い染みが少しだけ上に移っておった。それからも少しずつ動いていき、草餅スライムの身体一つ分の移動が終わる。

今しがたまで草餅スライムが寝ていた場所には、この世界で見たことのないものがあったよ。透明な蓋《ふた》に覆われた真っ白いボタンじゃ。

「これを押すんじゃな？」

ボタンを指さして子供たちへ確認したら、一拍置いてから全員が揃って頷いた。聞けば、このボタンを見つけるまでは何度もやったことがあるが、どうすればいいか分からなかったそうじゃよ。

「何か出るんでしょうかね～？　それとも～、どこかへ行けちゃうんでしょうか～？」

ナスティの疑問には、首を傾げる仕草で子供たちが応える。

「海の中だったりしてな」

笑いながらそう言うロッツァに対して、今度は逆方向へ頭を傾けておるよ。

「まぁ、試してみれば分かるじゃろ。それじゃ、押す——」

「ぽちっとな！」

儂が言い終わる前に、カブラがボタンを押し込むのじゃった。透明な蓋を外すでなく、ぶち破ってな。

そして儂らの前に出てきたのは巨大な襖《ふすま》。下手《しもて》に描かれた虎が岩山の上から睨みを利かせ、上手《かみて》に描かれた龍が雷雲を纏いながら、鋭い眼光を下方へ向ける。迫力のある龍虎《りゅうこ》相打つ絵柄じゃ。龍もドラゴンでないし東洋風というか……久しく目にしていない画風じゃな。

初めて見る襖に子供らは興味を示すが、少しばかり委縮しとるよ。怖いもの知らずのルージュですら、触ろうとせん。絵柄に何かしら感じるものがあるのか？　虎にしろ龍にしろ、あまり目にする機会はないからのぅ……

「強そうな魔物だね」

ルーチェだけはいつもと変わらぬ雰囲気じゃった。ボタンを勢い良く押したカブラは、儂の背中へ隠れとる。

「お、脅かすなやー！」

隠れながらも虚勢を張って、自身を鼓舞しとるようじゃ。

襖へ近付くと、双方で睨み合っていた龍虎が、儂へ視線を移したかに見える。たぶん錯覚《さっかく》なんじゃろう。ナスティやロッツァも不思議そうに見つめるだけじゃからな。

そっと襖に手をかけた儂へ、龍虎が目を光らせた。ぐっと込めた儂の腕の力は、それ以上襖へ伝えられることはなかったよ。儂の左右から顔を出したクリムとバルバルに、開けられてしまったからのぅ。上下《かみしも》にすぱんと激しくな。

突然の音に、後ろに控えていた子供らが短い悲鳴を上げたが、混乱は起きておらんらしい。それよりも襖の先に気が向いておるのじゃろう。

開かれた襖の先は、真っ暗で何も見えん。いや、空気の動きが視認できとるわい。真っ暗な闇に、紫色の靄っぽい何かが渦を描いとるからな。

「行ってみよー」

儂の手を引くルーチェに促されるがままに、魔物の子供らに見送られながら足を踏み入れる。

渦巻く空気の中は、暖かくも寒くもない微妙な気温じゃったよ。3メートル先が碌に見えない霧の中にいるような、それでいて家族の気配はしっかり感じられる奇妙な空間じゃ。

足裏に力を込めれば、踏んだという感触が返ってくる。ガラガラと崩れるような柔《やわ》な地面ではなさそうで一安心じゃな。

「どこに出るんやろなー」

相変わらず儂にしがみ付き、ビクビクしているカブラは、宙に浮く座布団に乗りつつも儂の腕をがっちり抱えとる。込める力も徐々に増しているようで、若干痛みがあるわい……これ、そのうちミシミシ音が鳴りそうじゃよ。

だんだんと傾斜が付いてきた足元は、すぐに上り坂になった。実際の時間経過は分からんが、感覚的には数分の後、

「じいじ、なんか明るいよ」

目を凝らして先を窺っていたルーチェが、そう呟く。随分と先が輝いているのだと思っていたんじゃが、あっという間に儂ら全員が光に包まれたよ。

あまりの眩しさに目を瞑《つむ》っていたら、足場が柔らかくなった感覚がした。ほんの一瞬のことでも、身を預ける場所が頼りない物になるのは不安なもんじゃな。

瞼《まぶた》を開けてみれば、家族の誰もが儂と同じ感覚を得たようで、真剣な表情をしていたわい。座布団に乗っていたカブラと、表情が読めないバルバルですら纏う空気が引き締まっとった。

## 《 26　ダンジョンの先で 》

目が明るさに慣れたので、儂は周囲の確認をする。

荒地と呼ぶほど酷くはないが、肥沃《ひよく》な土地とは決して呼べん。剥き出しの岩なんてものもちらほら見えるでな。柵《さく》に囲まれた農地と、離れたところにあるのは茶色い建物。

「ここは……塔の街か？」

「みたいですね～。後ろにあるのが、塔だと思いますから～」

先に背後を確認していたナスティが見上げていたのは、不思議な少年たちを見送ったいつかの塔じゃった。

この塔のおかげで、以前に装備品やら衣装やらを作ってもらった街だと特定できたぞ。流行《はや》り病で街が半壊してしまったところを、たまたま立ち寄った魔法使いが治してくれたんじゃったか……ただその後遺症で街の人々の種族が『半死人《はんしにん》』に変化しとったな。

しかし、なんでこの街へ出るんじゃろうか？　実験場みたいに使われていたダンジョンを抜けた先に、種族が変わった街なんて不思議な場所が偶然選ばれるもんかのぅ……

「なぁ、帰りはどうするん？」

塔と街を見ていた儂らは、カブラの声でやっと気付いたよ。振り返ってみると、道は既になし。雲散霧消《うんさんむしょう》と呼べばいいんじゃろか……跡形もなく綺麗さっぱり消えとった。

「王都に戻るなら、前に通った道を辿ればいいじゃろ。しかし、何日も帰らなかったら心配をかけてしまうな……先に連絡しておこう、《言伝《クルッポウ》》」

魔法で作った鳩を飛ばして、幾人かへ居場所を伝えておく。ひとまずはこれで平気じゃろう。

「なんでここなんだろうね？」

儂が魔法を使っている間にも相談し合っていたルーチェたちは、揃って首を傾げた。誰も理由の想像が付かん。儂もその一人じゃから、これ以上は悩んでも仕方あるまい。

話を切り上げようとしたところで、クリムに上着の裾を引かれた。顔を向ければ、ルージュを指しておる。そのルージュは、塔のほうから這い寄る何かを威嚇していたよ。

「あれは、何じゃ？」

「スライムだと思うよ。何かプルプルしてるし」

胸の辺りで抱えたバルバルを波立たせながら、ルーチェが答えた。《索敵《レコナ》》は赤くなっとらんが、味方と言って差し支えない相手かはまだ分からん。

警戒を解かないで待っている儂らの前、数メートルのところで白いスライムが止まった。全体的に粉を塗したような感じなのに、要所要所に茶色や黒のでっぱりがあってな。まるで豆大福みたいな見た目じゃよ。

豆大福スライムの身体が上下に割れて、中から何かを吐き出した。手加減と微調整をしたんじゃろう、上手いこと立ったそれは石板じゃ。文字が刻まれたそこには、

『客人を歓迎する。塔の最下階まで来られたし。眼前の実験体、九六三号の後を追うことを推奨させてもらう』

と、書かれていたわい。

「最下階？　下に何かあったっけ？」

疑問を口にするルーチェと違い、儂は石板の内容に不快感を得とる。目の前の生物を『実験体』と称するこの相手さん……どう頑張っても好意的に見ることはできん。

隠された出口から出てきた儂らに対して、すぐさまこんな応対をできるんじゃから、きっとダンジョンを作った者か、管理している者なんじゃろう。

しかし、こんなことを恥ずかしげもなく書いているとこを見るに、よっぽど自分が優位な立場にいると思っとるんじゃろうな。

この豆大福スライムと、今までダンジョンの中にいた魔物たちは、同じ実験体の扱いなのかもしれん。だとしたら、あの子たちが不憫《ふびん》じゃて。これは即座に戻って、全員を連れ帰りたくなったぞ。

「おとんの顔が怖いでー」

無言になった儂を覗き込むカブラは、茶化《ちゃか》すように軽口を叩いた。皺の寄った眉間、目元目尻を揉んで解《ほぐ》しても戻らん。ナスティとロッツァを見ても、儂と同じような表情をしとるわい。

そんな大人組の状況を知ってか知らずか、クリムとルージュは石板をしげしげと眺めとったよ。

ただ、眺めるだけで済まさず、てしてし叩いてガリガリ削り出してな。終いには、崩してしまった。するとどうじゃ。石板の中から直径10センチほどの球が二つと、幅5センチ、長さ20センチくらいの棒きれが転がり出してきた。

目新しい物に興味を示すのは、子供として当然でな。カブラとルーチェもそちらへ気をやり、子供組が合流する。バルバルだけは、儂の頭に乗って、事態を見守っておったよ。

険しく難しい顔をした儂らを後目《しりめ》に、子供たちは石板から出てきた物を手に取り、遊んでおる。一応、球や棒を鑑定してみたが危険物ではなさそうじゃ。なので、好きなようにさせとる。

「赤と青が綺麗だね」

「この棒もけったいな形しとるけど、何に使うんやろ？　武器にしたら軽ない？」

クリムの持つ青い球、ルージュの持つ赤い球を、間近で観察するルーチェ。カブラは銀色の棒を振っておるが、空気を切るような音は出とらん。鋭く振るよりも、ただ振り回しとるだけじゃな。

「おぉ！　この球、中に水が入ってるよ」

自分らの持つ球に顔を近付けた二匹と共に、ルーチェも更に顔を寄せる。

「あっ！」

ちらちら確認していた儂も、ルーチェの声に反応してしっかり目を向けた。どうやら、近寄りすぎたらしく球がぶつかっていたよ。そして、割れてしまった球からは赤と青の水が垂れておる。ただ不思議なことに、球を持つクリムとルージュの前足は汚れておらん。

全てが流れ出てしまった球は透明になり、地面に転がった。そのままコロコロ転がると触れ合って止まり、ぐにぐに形を変えていく。少しの間見ていたら変形も収まり、それはひと回り大きな透明の球体になったよ。また転がり出した透明な球体は、豆大福スライムの前まで行ってしまう。

それまで自分の意志なぞ感じさせなかった豆大福じゃったが、足元に来た球体に向けて身体を動かしてな。無言のまま取り込み、その身を震わせた。

その様子を見ていたバルバルが、突然儂の頭から飛び降りる。豆大福の前まで進むと、全身を揺らして何かを語り掛けているようじゃ。相手さんも同じような動きをしとるわい。

何かが伝わったのか、直後に砕けた石板と、二色の水が吸い込まれた地面辺りを、バルバルが右往左往《うさおう》してな。全部まとめて取り込んで、体内で混ぜ合わせとるようじゃ。

ぴたりと動きがやむと、一つの塊を吐き出した。出てきたそれは、儂らの顔が映り込むくらい表面が研磨《けんま》された、真っ黒な球じゃった。

黒光りする球体を掲げて豆大福の前まで戻ると、バルバルは無言で差し出す。豆大福が球体を受け取って体内へ取り込んだ。一瞬の間の後、身体の表面を泡立たせた豆大福は、目も眩まんばかりに光り輝き出しよった。

キラキラ光る白い粉をより一層全身へ塗したせいで、光を乱反射して、眩しいの何の……家族全員が目を逸らしたり、閉じたりしとったよ。

それっぽかった見た目が、もう豆大福にしか見えんほどの出来じゃ。一見でスライムだと見抜ける者がどれほどいるか……儂はもう豆大福と思い込んでしまったから、他のものに見えんよ。

「あれ、核だね」

光が落ち着き、表面の震えも収まった頃、ルーチェがそう告げた。

「泥のスライムだったり、緑色のスライムもそうだったけど、核が見えなかったんだ」

薄《うっす》ら見える豆らしき黒い突起物を指さされたスライムは、それを体内へ仕舞う。また別のところに出てきた黒豆を指さされれば、再び隠してしまったよ。

「バルバルにもらったのを核にしたのか、奪われていたのを取り返したのか……詳細は分からんが、悪い影響は見受けられんし、問題ないんじゃろ？」

「そうだね。本当のスライムになれたんだと思うよ」

ルーチェは、儂の問いに即答してくれた。単純な行動しか取れなかった今までと違い、野生の魔物の性質に近付けたらしい。本能に従ったり、自分で考えて行動したりする。そんな当たり前のことが、豆大福スライムにもできるようになりそうなんじゃと。

ここの主が何の実験をしているのか知らんが、スライムとして持っていて当然の核を奪ったのは、命令に従順な道具を作ろうって意味もあったのやもしれんな。

しかし、いきなり何もかもを自分で決めるのは難儀じゃろう。ひとまず儂らを案内してもらえるように頼んでみた。儂のはあくまでお願いしているだけじゃて。連れて行くのも行かないのもこの子の自由じゃ。

豆大福スライムは、ちゃんと考えた上で案内を引き受けてくれた。いや、儂からのお願いだと若干渋っていたんじゃがな。ルーチェに頼まれ、バルバルに交渉されたら、上機嫌で受けてくれたんじゃよ。スライムとしての先輩と思っているんじゃろか？　自分の大きさと比べて非常に小さいルーチェとバルバルに、とても懐いとる。

早速道案内を始めるかと思ったら、まずはバルバルへ、白い粉を葉っぱに載せて渡しとったわい。先ほどの礼を、自分がやることの最初に選んだようじゃ。受け取ったバルバルは、無闇に身体へ取り込むわけにもいかんから儂へ丸投げじゃ。これは鑑定をしてくれってことなんだと思う。だもんで調べてみたら、思わぬ代物じゃったよ。なんと粉糖《ふんとう》でな。食材を餌として吸収した後に、余分な栄養が精製されたものらしい。与えた食材によって、成分や甘みが変わるかもしれんが、こうなると俄然《がぜん》この豆大福スライムの有用性が出てきたわい。

「お前さん、うちの子にならんか？　粉糖を自作できるなんて凄いことじゃぞ……ん？　となると、さっきの草餅スライムは黄粉を作れるんじゃろか？　子供たちと一緒に、アサオ家で益々引き取りたいのぅ」

ふるふる震える豆大福スライムは、今度はルーチェへ粉糖を差し出していた。そこへ問いかけたんじゃが、儂へは反応してくれんよ。バルバルは賛成らしく、親指を立てた右手を形作っとったわい。

「子沢山になると、食費が馬鹿にならんぞ」

ロッツアの言葉は至極《しごく》当然のものじゃ。家族を増やしたはいいが、路頭《ろとう》に迷ったり食えんかったりじゃいかんからな。大黒柱として頑張って稼がにゃならんわい。

クリムとルージュは、よく分かっていないと見える。いつも通りの表情や仕草じゃからの。

「とりあえず最下階にいるって人に会ってからだね」

ルーチェの提案に、家族全員が頷いた。

先頭に立つ豆大福スライムは、大きな身体にルーチェとバルバルを乗せて、軽やかに進んどった。向かった先にあったのは、以前にも来たことのあるあの塔じゃ。今回は正面扉を開けて、一階の広間らしき場所へ入る。前に来た時は裏手からで、間仕切りのように設けられた鉄柵越しにしか見とらん。しかも碌に時間もどれんかったしのぅ。こんな造りになっとったんじゃな。

入った先は不思議なほど広かった。木製の長椅子や長机が置かれて、掃除もされとるらしく埃一つ落ちとらんわい。もしかしたら、昔に壊れてしまった教会や神殿の代わりも担っているのかもしれん。小さいながらも神様を彫ったと思しき石像が五体並んでおったよ。

そのどれもがダンジョンの出入口にあるものと同じで、非常に不細工な造りになってってな……予想通り、ダンジョンとの関係がとても深そうじゃ。

石像の前で止まった豆大福スライムは、ルーチェとバルバルを下ろしてから、身体を平たく伸ばしていく。石像に近い部分から徐々に床が消えていき、儂らの目前まで迫った。豆大福スライムの姿が元に戻ると、直径5メートルを超える穴が開くのじゃった。

## 《 27　塔の底 》

覗いた穴は、壁際に階段が造られていてな。1メートルにも満たない幅で、左回りの螺旋状《らせんじょう》に切られておる。内側に手摺《てすり》を付けておらんところを見るに、右手を壁に這わせながら下りるように仕向けられとるんじゃろ。

一般的な利き手を封じるように設計されているとすれば、ここはかなり厄介そうじゃのぅ。

「これでは、我は行けんな」

苦虫を噛み潰したような渋面《じゅうめん》を見せるロッツァ。居残りを覚悟したようじゃが、そんなことはさせん。

「いや、素直に階段を下りんでもいいじゃろ、《浮遊《フロート》》」

ロッツァの身体を浮かべると、家族全員でその身体に乗せてもらう。

ここまで案内してくれた豆大福スライムはどうするのかと思えば、留守番みたいじゃ。ここまでの道のりしか覚えていないんじゃと。もしかしたら教えられていないのかもしれんな。無理に連れて行くのも可哀そうじゃて、ここで待っててもらおう。

しかし、森で頑張ってくれている神官さんたちのように、変な輩にちょっかいをかけられる可能性もあるか……

「これを身に着けて、危なかったら逃げるんじゃぞ」

バルバルに与えてある編み紐を、豆大福スライムにも渡しておいた。核でない豆部分に巻き付けてやれば、外れたり落としたりすることもないじゃろ。

身体を左右に揺らす豆大福スライムに見送られた儂らは、穴の中へ進んでいく。階段に触れないよう前後左右に余裕を持たせて、かなりの低速で降下していくと、周囲を見る余裕があってな。およそ十段ずつくらいの一定間隔で壁が明るくなっとるが、あれはなんじゃろか？

カブラが儂と同じような疑問を抱いたらしく、座布団に乗って近付き、観察してから帰ってきた。

「おとん、あれけったいやな。壁の中が光っとるんやで。透明な板みたいなのの中で、何かがピカーッて。目が眩むかと思ったわー」

何度か瞬きをした後、こしょこしょ瞼をこするカブラ。相当な光量だったんじゃろう。それでも迷わず儂らのところへ戻って来られたのは、さすがじゃ。

あ、違うな。迷わなかったんでなく、迷うことがないようにしとったのか。バルバルとの間に、細い蔓が繋がっとるわい。細かな仕込みなどもできるようになったとは……成長しとるのぅ。

定期的にロッツァの甲羅の縁にぶら下がって下方を確認するが、まったく底が見えん。罠や細工を施されている可能性が否定できんから、素早く下りるなんてことはせんよ。それでも階段や壁よりかは、格段に設置できる罠の数が少ないはずじゃて。

「じいじ、あそこ怪しいね」

ルーチェが指さしたのは、階段の踏み板にぽこっと少しだけ盛り上がった部分じゃ。普通に下りてきていれば分からんほどの、僅かなでっぱりじゃよ。踏み板の中央やや壁寄り、という場所でな。壁に埋め込まれた光源の真ん中辺りに設置してあるのも、見つけにくい要因じゃろう。

なんとか気付いて左右どちらかに寄ったとしても、そこにも何かしら仕込んであるようじゃな。壁は陰影に紛れるように隙間が空いとるし、左側には若干傾斜が付けてある。これもルーチェが目聡く発見した上で、内側から安全に観察可能だからこそ見つけられたようなもんじゃて。

その後、いくつか気になった罠を発動させてみたが、面白みのないものじゃったよ。踏み板の罠は大半が落とし穴で、壁に仕込まれたものは空洞側へ押し出すのみ。連続して嵌めたり、複数の罠が同時に発動したりするなんてこともなかった。

誘導させるような罠も、ルーチェが見つけた一つのみじゃし……罠に対する造詣《ぞうけい》があまり深くなさそうじゃ。

穴を下りること一時間超。やっと底が見えた。かなり下ったので、空気が薄くなったり、空間が狭められたりなどもあり得ると想定していたのに、取り越し苦労じゃったよ。入り口とさして変わらん広さの底床は、淡い白色をしとるよ。

埃を舞わせることもなく、微かな音と振動だけで着地したロッツァは、怪訝そうな顔を見せた。儂にもすぐに理由が判明したよ。足元が柔らかいんじゃ。まるでスポンジに乗ったような、踏み応えのない沈んでいく感覚。それでも足が抜けんほどでないのが、また気持ち悪いわい。

壁を一周見回すと、一ヶ所だけ進める先があってな。そちらへ向かうと、大きな赤黒い扉が重圧感を放っていた。右側に青年の横顔、左側には女性の横顔が内向きに彫られていて、これは随分と美形じゃった。イスリールたちの石像とは、月とすっぽんほどの差があるぞ。

色合いと彫り物の不調和加減に辟易《へきえき》して佇んでいたら、クリムとルージュが儂の左右から扉を押し込んだ。二匹の力を以《もっ》てしてもびくともせん。

「もしかしたら引くのではないか？」

ロッツァの助言に、二匹が扉へ爪を引っかけて試すも、動かんかった。襖のように左右へ開こうとしたが、それも叶わん。残るは破壊くらいしか思いつかんな……

「じいじ、ちょっといい？」

ルーチェが悩む儂らを追い越して、扉を軽く小突いた。すると中から、

「はーい」

なんて声がして、扉が小さく揺れ出す。徐々に振動が大きくなった赤黒い扉は、緞帳《どんちょう》のように上がっていき、天井へ消えていくのじゃった。

落ち着いた女性らしい声よりも、天井に消えていった扉のほうに驚いてな。儂らは返事するのを忘れていたよ。だからじゃろう、催促のような声が聞こえてきたわい。

「どちらさま？」

問うてきた声の主を探すが見つからん。扉の中へ揃って進んでいるので、すぐに姿が見えてもおかしくないのにのぅ。レンガ風の壁があるだけで何もありゃせん。

声が反響して発生源が分からんくなるほどの間取りや造りでもないんじゃが、《索敵《レコナ》》にも反応が出ておらんし……あぁ、アラクネ族の美少年・トゥトゥミィルと同じで、姿を消しているのか。

そう思った儂が目を凝らしても、気配を探ってもやはり分からんかった。

「上で石板に招待されたアサオ一家です」

周囲を見回す儂より先に、ルーチェが答えてくれた。いかんいかん。返事を疎かにしてしまったぞ。こりゃ、失礼なことをしてしまったわい。

「返答が遅れてすまんかった。声は聞こえど姿が見えんから、不安になっての。この子の言う通り、スライムから出てきた石板に従ってここまで来たんじゃよ」

ルーチェの頭に手を置き、正面だと思われる奥側へ声をかける。カブラとバルバルが天井部へ注

意を配り、ロッツァが後方。ナスティが右側で、クリムとルージュが左側面を警戒してくれとる。

「……アサオさんて方たちを呼んだの？　私、聞いてないけど？」

「呼んでいないが来てくれたのだ。出迎えるべきなのだ」

小声で相談しとるようじゃが、儂の耳には丸聞こえでな。招かれざる客ってほどでもないが、儂らが来るのは想定外だったようじゃ。

男女による暫《しば》しの相談の末、ようやく道が開けた。正面に見据えていたレンガ風の壁が、目地に沿って割れて行ってな。左右の壁へ吸い込まれとったわい。

「遠路はるばるよく来たのだ！」

開いた先から現れたのは、赤黒い扉に描かれていた青年じゃった。両腕を広げて、爽やかな笑顔を添えて歓迎の意を示しとる。先に声を聞けた女性の姿は見えん。

黒い燕尾服《えんびふく》のようなものを身に纏い、整った顔立ちをした青年の、見た目に反した幼い話し方……これに違和感を覚えたのは儂以外の家族も同様で、全員が訝しんでおる。

「さぁさぁ、ずずいとこちらへ来るといいのだ！」

見た目は大人で、表情や仕草が実に子供っぽい。そんな青年の招きに応じて儂が右足を持ち上げた途端に、

「かかったのだ！」

空中へ魔法陣が出現した。が、それもほんの一瞬のことでな。右足を踏み入れる前に引いたので、何が起きたか判別できずに魔法陣が消えていったよ。

儂と手を繋いでいたルーチェはおるし、後ろに控える家族も誰一人欠けておらん。奥にいた青年もそのままじゃし、何だったのか……あぁ、一つだけ分かっとるぞ。この子は儂らの敵で間違いない。念の為に確認した《索敵《レコナ》》も真っ赤っかじゃったからな。

唖然とした表情を見せる青年は、数秒の後には、下瞼に涙をいっぱいに浮かべた泣き顔になっとったわい。

「お馬鹿！」

先ほどの女性の声がするのと同時に、ぱかんっと良い音が響いた。見れば、青年の背後に宙に浮く女性がおったよ。

いや、浮くではなく、跳んでいたというのが正解じゃな。音もなく着地した女性の横で、青年が頭を抱えて蹲る。追撃とばかりに女性が右足を振り抜くと、青年が遥か後方へと飛んでいくのじゃった。

襟を正し、足元の埃を払うような仕草を見せてから、改めて女性がこちらを振り返った。

「失礼しました。お客様をお迎えする為に、奥でお茶の準備などをしていたら、まさかの無礼を。申し訳ありません」

腰を折って深々と頭を下げる女性。背丈はルーチェより少し大きいくらいなんじゃが、所作が大人びていてな。付《つ》け焼刃《やきば》な感じがせんし、実に堂に入ったもんじゃ。

身なりはシュッとした白いパンツルックなのに、装飾が派手でな。そこかしこに金や銀、宝石などがちりばめられていて、舞台役者の衣装みたいじゃよ。それだけ華美な服装なのに、似合っているからか、悪い印象は受けん。真っ赤な羽根飾りの付いた黒い帽子も違和感なく身に着けておる。

背丈が小さくても立ち振る舞いがしっかりして、目鼻立ちがくっきりしとると、服に着られるなんてこともないんじゃな……こちらの女性は、子供みたいな体躯の大人なんじゃと思う。きっと今の姿で成人となる種族なんじゃろ。

「ここまで来られたということは、ダンジョンを越えて塔を下りてきたのですよね？」

頭を上げて直立姿勢に戻った女性は、伺《うかが》いを立てるように口を開いた。

「そうやでー」

カブラが儂の肩に着地してそう答える。

「でしたら、私どもの研究にご協力願えませんか？」

右手を胸に当てた女性が、少しばかり頭を前に傾けた。

「いててて……首がもげたのだ」

相変らずの軽い喋り方で戻ってきた青年は、自身の頭部を小脇に抱えとったよ。血みどろになっとるわけでもないその姿に、儂はあんぐり口を開けるのみじゃった。

大した事態でもないかのように戻ってきた青年は、再び女性に小突かれていた。燕尾服にも顔にも埃一つ付いておらん。唯一の変化と言えば、靴がなくなっていたことか。両足共に素足になっとったよ。飛ばされた先で落としてしまったんじゃろう。

「お客人に対して何をしでかしますか！」

「絶好の位置にいたのだ！　試したくなるってもんなのだ！」

言い合いをしている二人は、口調と見た目のちぐはぐさを大目に見れば、実に幼いもんじゃよ。口先だけで終いとなれば可愛いもんだと思うが、どうにも青年が癇癪《かんしゃく》を起こしてのぅ。双方共に手が出とるよ。

整った顔立ちの頭部を元の位置に戻したのに、赤い髪を振り乱すもんだから、青年はぐらぐら揺れている。それに対して、白い髪の女性は淑《しと》やかなもんじゃった。身長差で青年が優位に立てても、先ほど同様、力関係は女性のほうが上のようでな。青年が一方的に嬲《なぶ》られている風にしか見えん。

手足の長さを活かし切れていない青年と違い、女性は武道の嗜みがあるんじゃろう。青年が腕を引いた瞬間を逃さず捉え、拳を突き出せないようにしたり、突き出されたとしても上手に払って死角を作ったりしとるよ。

それに、跳んでいるとばかり思っていたが、女性は宙に浮いとる。魔法を使っている風でもないし、身に着けたものに何かしらの効果が付与されてるんじゃろか？　僅かな時間にしても、普通の人には無理なはずじゃて。

そんなやり取りを見学すること数分。やっと第三者に見られていることを思い出してくれたようで、女性が儂らを視界に捉えてくれたよ。

「あらやだ。お恥ずかしいところをお見せしました」

そう言いながら青年の頭部をまた吹き飛ばして、彼方《かなた》へ消した。飛ばされた頭部を、身体が慌てて追いかけるなんて奇妙な光景を見るのも初めてのことじゃて。

「私たちは俗世《ぞくせ》を離れて、とある研究をしていましてね。協力者になり得る方をお待ちしていたのです」

激しいじゃれ合いをしていたのに、息の一つも上がっていない女性は話を続ける。

「私は魔法の高みを目指し、その過程で必要になった不死を研究しています」

「まったく、この顔に傷が付いたらどうするのだ」

またもや無傷で帰ってくる青年。ペタペタと歩く足音が室内に響く。

「彼は不老を求めた結果、こんな姿になりました」

青年は小脇に抱えた頭部を乗せ直し、微調整して儂らを見る。にぱっと子供のような笑顔を向けると、

「ずっと綺麗なままでいたいのだ！」

元気にそう宣言したよ。

「不老にも〜、不死にも〜、興味ありませんね〜」

「お姉さん、綺麗なのに勿体ないのだ」

儂の後ろで呟いたナスティへ即座に反応した青年は、全身をぐりんと動かして顔を近付けた。

「綺麗でいたいのは〜、分かりますけどね〜。それでも〜、年相応の美しさってものが〜、あると思いますよ〜。若作りしても〜、そんなの私には〜、綺麗だと思えなくて〜」

「違うのだ！　若くて美しいが大正義なのだ！」

言葉に覇気《はき》を込めるほどに、青年の瞳が濁《にご》っていく。子供らしいキラキラした瞳から、どんどんかけ離れていっとるわい。

無理矢理若く見せることを善《よ》しとする風潮が、日本にも一時期あったのぅ。あれの延長がこの青年の言う『不老』に当たるのかもしれんな。儂やナスティの考える美しさとは、まったくの別物なんじゃろう。その年代でしか出せないものを表現する……それが美しさだと思うんじゃがな。

「こんなこともできるのだ！」

女性に何をされても傷付かなかった身体に、青年が自ら刃を突き立てる。右手で持ったナイフは、左腕に数センチは食い込んでおる。突然の出来事で、呆気にとられた儂らの見ている前で、ナイフが引き抜かれる。青年の左腕からは、血の一滴も垂れてこなかった。

「この通りなのだ！」

刃の通った痕跡がしっかり残るものの、穴はみるみる塞がっていく。そして、ぷるんと揺れたら、すっかり元通りだった。燕尾服の袖にだけ穴が残っとるわい。

「トロールの再生力に、スライムの耐刃能力は優秀なのだ。絶対防御能力まであれば完璧だけど、手に入らなかったのだ。その代わり、いくらでも綺麗になれるのだ」

無邪気に笑う青年からは、かなりの狂気を感じるわい。ひとしきり笑った後で、自身の足先を見た青年は、懐に手をやり、中から濁った白色の液体が入った小瓶を取り出した。

その目は何かを見下したような酷く冷たいものでな。視線の先にある青年の足先を儂が見るに、治りかけの小さな擦り傷が残っとるくらいじゃった。

青年は唐突に小瓶を両のつま先へ投げ付けると、辺りを転げ回る。

「痛くて熱いのだ！　でも、それを我慢すると――」

小瓶に入った液体がかかった足先部分は、灰色の煙と共にジュワジュワ音を立てとった。

「こんな風に綺麗に、プルプルになるのだ！」

寝転ぶ青年は、荒い息を整えながらブイ字に開脚して、足先を儂らへ見せつける。足先は小さな擦り傷が消えて、ぷるんと柔肌状態になっとったよ。儂らが確認したのを理解した青年は、立ち上がって衣服の乱れを直し、姿勢を正した。

「次に狙うのは、防汚《ぼうお》能力なのだ！」

特技というか、成果を披露して満足したのか、青年は高笑いしながら部屋の奥へと消えていく。

残された儂らは、どうすればいいんじゃ？

儂の戸惑いを察してくれたようで、女性が口を開く。

「魔物相手に数多《あまた》の実験を行って、狙い通りの結果を得られたら自身にも施す……そんなことの繰り返しをしたせいで、『美に執着する』以外はどうでも良くなったみたいなんです。何が正しくて、どれがしてはいけないことかの判断も曖昧なようで……」

ため息を吐きつつ話す女性は、憐れむように青年が消えたほうを見ておった。

「お前さんは、実験しとらんのか？」

「私は自分のみを被験体にしています。目下の目標はこれです」

そう言って取り出したのは、小さめの鞄じゃ。

「アイテムバッグになってる鞄だね」

儂の一歩前に出たルーチェが言い当てた。

「えぇ。この鞄の中に限定されるとはいえ、『時間を止めて変化を起こさない』のは、十分不死と言えると思いまして……今は時の流れを遅くして、寿命を引き延ばすところまで来られました」

なんてことを話す女性は、自信に満ちた目をしとったよ。

女性に案内されるまま場所を変えて、茶や茶菓子が準備された一室へと来た。

そこで彼女の話が始まる。

彼女の説明を聞くには、研究の成果として『永遠に近い一秒』の繰り返しを生きているのが今なんじゃと。一秒の積み重ねが一分になり一時間になり、一日、一週間、一月と経ていく。その土台となる一秒を、限りなく間延びさせとるそうじゃよ。

難しい理論などは儂には分からんが、彼女と儂らの周りでは流れている時間が違うらしい。それでも会話などが普通にできとるのはすごいのぅ。なんでも加速と減速のバランスがどうのと教えてくれたが、理解できる頭を儂は持ち合わせとらんわい。

しかし、先ほど奥へいなくなった青年なんぞは、それでも我慢できなかったみたいでな。

「遅くなったと言っても、老いは来るのだ。それじゃダメなのだ」

と言って実験を続けたそうじゃ。元々、長命な種族だったのも災《わざわ》いしたんじゃろうな。寿命が長ければ、それだけ老いていく時間が延びるからのぅ。

動物実験を繰り返すうちに、対象が大きく強いものに移っていく……まああることじゃな。その結果、彼は魔物や野生生物を対象に、何度も何度も試行錯誤をして、経過観察でダンジョンに送り込んだんじゃと。それがこの塔に辿り着くまでに進んだダンジョンらしい。

交配の組み合わせに、食事の量や種類、与える時間に至るまで、ありとあらゆることを試験しとるそうじゃ。不細工に作られた石像のことを聞けば、

「あれは自信作です！　似てますでしょう？」

と小さい身体を大きく反らして、鼻息荒く答えられたよ。わざとではなく、力作だったとなれば、苦笑しか浮かべられんわい。しかも二人の共作らしいしの。あの青年、自身の美に執着する割には、創作物へは反映されないんじゃな……

そうそう、この塔住まいは、世俗との関係を希薄にする狙いから選んだそうじゃ。得体の知れない研究をする者に向けられる奇異の目……それを回避する為なんじゃと。

ダンジョンは、時間の流れを変じさせられるかの実験で作ったらしい。そんな簡単にできるものかと思ったが、魔力の流れや水脈、地形などの条件が諸々上手いこと重なったと言っておった。

彼女はダンジョンに入った時の、自分に対する時間の移ろい方を観察して、彼は都合の良い場所として活用。そんな関係だったそうじゃ。

長いこと研究をしていれば、行き詰まることもあるじゃろて。その際、たまたま神族と出くわして、その不老不死の特性を目の当《ま》たり《あ》にしたみたいじゃよ。そこで彼らを最終目標としたのが彼女で、捕縛してでも研究しようとしたのが彼らしい。

不運なことに、狙われたのが三幻人だったそうでな。毒物や薬物、自己催眠や暗示なども研究していた彼は、運良く三幻人を捕らえて手駒にしたと……ダンジョン全体に影響していた神族弱体化は、その名残《なごり》と言っておったわい。地上に住む者に捕らえられることなど、万に一つもあり得ない

とあの子らは慢心していたんじゃろうな。自分らの不運に青年にとっての好運が重なって、あの結果になったのか。

あと儂の予想通り、キメラのテウもここの生まれとのことじゃ。彼と彼女の素養を取り込んだスライムで、強い力を持つ者や、大きな魔力を持つ者に接触する役割を与えられていたんじゃと。他にもウカミを使って監視していたのも彼らしくてな。儂に絡むほとんどの悪事が繋がってしまったよ……

彼女は幾度か彼を止めようともしたらしいが、自分に害が及ばない状況じゃからの、そこまで本気ではなかったとのことじゃ。無用な厄介に首を突っ込む研究者なぞおらんじゃろう。

そして、自身に研究結果を反映することを続けた結果、彼女もまた、さっきの彼みたいに自傷行動を起こすようになったそうじゃよ。自分の研究成果を披露したい衝動と、不完全なものを見られたくない思い……相反するものを抱えているのが現状みたいじゃな。

ここまでの話は、彼女からの説明のみじゃて。二人いるのに片方の言い分だけでは、信じるも信じないも判断できんじゃろ。そう思って彼にも話を聞こうと腰を浮かせた時、随分と静かな自分の家族を思い出したわい。

皆のほうへ顔を向ければ、納得いったよ。熱弁を揮《ふる》う彼女の言葉を聞いていたのは儂だけで、それぞれ思い思いの時間の過ごし方をしていた。

カブラは儂の肩……いや、首で船を漕ぎ、バルバルはぶら下がって、その揺れに身を任せておる。ナスティとルーチェは取り出したお茶とお菓子で一服じゃ。クリムとルージュに至っては、ロッツァの左前足相手に特訓の真っ最中じゃった。

「む？　話は終わったのか？　それで、我らに何を求めたのだ？」

ロッツァと目が合うと、本題を切り出されたよ。そういえば、そこを聞いておらんかったな。儂が女性へ向き直ったら、

「その腕、一本置いてくのだー！」

彼女が口を開く寸前に、二人で挟むテーブルの陰から、赤髪の青年が飛び出しよったわい。ナイフとフォークを左右の手に携えて、腹から刈込鋏《かりこみばさみ》を生やした異様な姿でな。その目は先ほどと同じような、暗く濁ったものじゃった。

「彼を封じるのを手伝ってください！　狂気に支配された彼の頭には、もう目的の為に手段を選ぶ思考が残っていません。なので、外へ出る前になんとかここへ！」

後方へ跳び退った彼女が、組んでいた手を開くと、黒い珠《たま》がそこにあった。宝石のようなそれは、内へ内へと渦を巻き、周囲の物を引き寄せる。儂を飛び越えた青年の持つナイフが、ルーチェの鼻先ほんの数センチを掠めていった。

「こりゃいかん。ロッツァ、皆を連れて逃げてくれ、《加速《クイック》》、《堅牢《スタウト》》、《結界《バリア》》」

それでも危険に変わりはないでな。家族全員に魔法をかけていく。魔法をかけ終わる頃には、家族は皆ロッツァに乗っていたよ。

逃げの一手を最速で講じてくれたロッツァは、既にこの部屋から出とる。残るは、赤髪の青年と白髪の女性、それに儂じゃ。どれ、家族の安全を守る為、儂は時間を稼ぐとするかのぅ。

## 《28　大脱出》

既に見えなくなったロッツァのことは諦めたのか、赤髪の青年は儂に向き直る。

「頭一個置いてくのだ！」

ほんの数秒の内に、彼からの要求が跳ね上がった。

「頭なんて置いていったら、死ぬじゃろ」

手に持つ鋏を振り回し、身体に生やした刈込鋏を押し付けようと迫ってくる。いろいろ自分に施術しとるらしいが、身体能力は上がっとらんのじゃろな。それに武術なども修めとらん様子じゃから難なく躱せるし、命を脅かされとる感じを一切受けん。

……封じるのを手伝ってほしいと頼まれたが、儂は何をすればいいんじゃろか？　女性へ顔を向けるが、指示はもらえん。彼女は先ほど取り出した黒い珠にかかりきりでな。どうにもまだまだ準備の時間がかかりそうじゃ。となると、こちらも時間稼ぎが目的になるか。

準備が終わるまで縛り上げておこうと思ったが、させてもらえんかった。身体能力を向上させておらん代わりに、どうやら各種耐性はふんだんに取り揃えとるようでな。儂の使う補助魔法は悉《ことごと》く無効化されたよ。

「状態異常は全部ダメか……こりゃ、打てる手が減るのぅ」

「待つのだー！」

青年の抱き付き攻撃をひらりと躱して、右手首へ手刀を放つが、こちらにも何かしらの細工をし

とるんじゃろう。鋏を落としてくれん。

「痛いのだ！」

自身の右手首を見やる青年は、

「アーッ！　痣《あざ》ができたのだー！」

泣きそうな目で顔を赤らめた。ぺろりと青年が手首を舐めると、出来始めていた痣が引いていく。

「魔法を使うこともなく治療ができるとは……どうなっとるんじゃ？」

状況に驚いて思わずこぼれた儂の呟きに、青年が屈託《くったく》のない笑みを見せた。その後、得意気な表情をしてから、ふふんと鼻を鳴らす。儂への攻撃が緩慢になると、説明が始まった。誰かに聞いてほしかった部分なのかもしれん。

その説明によれば、ナメクジやカエルなどの特徴を取り込んだんじゃと。専門用語や難しい理論などを述べていたが、儂には分からんかったわい。

「はー……へー……ほー……」

と気のない返事をしていたんじゃが、それでも十分だったらしい。やむことのない説明の代わりに、攻撃の手が止まっとるよ。彼は二つ以上のことを同時にこなせんようじゃ。ただ、どこから取り出したのか、魔物の描かれた板まで披露してくれてのぅ。説明に本腰を入れてきたよ。

その中で、儂の見知ったことのある魔物は、一割にも満たなかった。図解付きで説明してもらえるなんて、そうそう得られん機会じゃからな。これ幸いと圧倒的多数の、知らない魔物のことを質問攻めにしてみた。

聞かれたことに答えるのも好きらしく、青年は喜色満面で教えてくれたわい。時々、身振り手振りが大きくなって、鋏で自傷行為をしそうになっとったがの。その際に、儂を攻撃していたことを思い出すも、また質問されればそちらへ気が向いてしまってな……特別講義のほうに花が咲いとる状態じゃ。

念の為、女性のそばから離れて階段へ向かうが、あまり離れすぎてもダメかもしれん。そう思って、付かず離れずの距離を保つことにした。

一枚の板を手に持ち、上機嫌で話す青年は、

「あのイモムシの糸なのだ！　あれで身体を磨くと綺麗でツルツルになるのだ！」

階段の裏側に糸を張ってぶら下がるイモムシを指さした。その近くに崩れかかった階段があり、先を見てもまた同じような状態になっとるわい。

さっき下ってきた時には、あんなことになっとらんかった。となると、犯人はロッツァじゃな……ん？　そういえば、この幅でどうやってロッツァは上ったんじゃ？

青年が力説する横で、儂は階段とその壁を観察する。

歩くにしても走るにしても、ロッツァの身体に対して、この階段は半分もありゃせん。となると階段と壁の両方に足をかけて、斜めに進んだんじゃろか……いや、それを続けるのは大変じゃろう。別の方法……跳ぶか？　そちらも大変だと思うが……ロッツァなら、やれなくはなさそうなんじゃよな……

見える範囲内の階段をじっくり眺めれば、点々と崩壊しそうな部分が見つかる。上へ向かって、

円を描いとるから……こりゃ、駆けて跳んでを繰り返したようじゃ。

「だから、他にもたくさん魔物が必要なのだ！」

青年は、魔物の描かれた板による説明を終えてしまったらしい。そこでふと気が付いたんじゃろう。鍬を持ち直して、

「腕が欲しいのだ！」

最初の頃に要求が戻りよった。ただし、状況はかなり変わっとる。あの階段の痕跡《こんせき》を見るに、ロッツァたちは遥か上……もしかしたら地上まで帰れたかもしれん。それに、女性の準備も大詰めらしい。黒い珠は黒白縞模様の渦を作り、激しく回転していた。

「寄越《よこ》すのだ！」

両手の鍬を使った大ぶりな攻撃も、抱き付いてこようとするのも変わらん。

「あと少し……」

その声に、儂と青年の視線が、女性へと向いた。

「いらないのだ！」

青年が声と共に彼女へ飛びかかるのと、黒い珠が放《ほう》られたのは同時じゃ。

さして早くない弾速じゃが、反動は大きかったようでな。女性は後ろへ飛ばされとった。紙一重《ひとえ》で珠を躱した青年は、尚も女性へ迫る。避けられた珠は、儂へ向かって一直線じゃ。

当たるのはまずそうじゃて、杖で打ち返してみたら、上手いこといったわい。女性に肉薄した青年の背中、左脇腹辺りに命中したよ。背後からの思わぬ衝撃に青年がたたらを踏み、自身の身体を

確認する。

その間にも、脇腹に貼り付いた珠が少しずつ移動して、青年の下半身を呑み込んでいきよった。

「やーめーるーのーだー！」

黒い珠から上半身のみを生やした青年は、必死に唸りながら抜け出そうと試みる。そこで一つの案を思いついたらしい。

光が消えた目で腹の辺りを見詰めると、迷いなく両手の鋏を刺していく。血が流れんのに、切り口が徐々に広がっていきよってな。しかし、そちらに集中してくれとる今が、逃げる絶好の機会じゃて。

倒れた女性を抱えて、儂は一目散に部屋をあとにする。黒い珠のせいなのか、飛んだせいなのか分からんが、女性は気を失っておってな。あまり揺らすのも宜しくないかもしれん。

「《束縛《バインド》》、《結界《バリア》》、《浮遊《フロート》》」

と、荷物運びの要領で、階段を駆け上がらせてもらった。荷物のように肩へ担ぐよりかは良いと思うからの。

「切れないのだー！」

走りながら階段の一番下を覗けば、青年が叫んでいた。トロールの再生能力が仇となったようじゃ……それでも儂を素材として諦められんのじゃろう。黒い珠から上半身だけ生えた状態で、階段を上り出したよ。

「待つのだー！」

よくよく見れば、黒い珠の渦模様が消えとる。となると、あれ以上は吸い込めないのかもしれんな。

「追い付かれる心配はないと思うが、それでも油断はしちゃいかん」

緩めた速度を戻した儂は、これほど自分の言葉を呪いたいと思ったことはなかったぞ。いや、不用意な発言をした儂自身が悪かったんじゃがな。

しかし、後ろにいたはずの青年が突然目の前に出てくるとは思わんじゃろう。隠し通路でもあったのか、何度も何度も儂の三歩前に現れよってな……その都度、蹴飛ばしてやったが、底へ落ちていく最中に姿が消えることもありよった。

この頃には、女性も意識を取り戻した。ただし、全身の力が抜け切った、骨のない人形のような状態だったがの。一応、儂らの状況も把握してくれたのか、青年が儂の前に現れる種明かしはしてくれたわい。

種自体は非常に単純なもので、やはり罠じゃったよ。不可視の糸が張られていて、それが切られると少し先へ即座の移動が可能になるんじゃと。それが儂の三歩前なのは偶然で、本来ならばもっと距離を保てるそうじゃよ。移動を速めた結果が、そんなことになるとはのぅ……

何度も何度も青年を蹴落としてやっと地上へ戻り、塔から脱出した儂らを待っていたのは、イスリールじゃ。人目を気にして黒髪に変装したイスリールでなく、本来の神々《こうごう》しい姿のままのな。

息を整えつつルーチェたちを探したが見当たらん。その理由はイスリールが教えてくれて、ここが地上ではないからじゃったよ。

いくらか回復した女性は、イスリールが張ったらしい《結界《バリア》》の中でへたり込んでいた。周囲を見渡す余裕まではないようで、項垂れたように下を向いとる。また儂を追いかけてきた青年も、ついに体力が尽きたんじゃろう。腰から下を黒い珠に呑まれたまま、近くでうつ伏せになっとった。

「セイタロウさん、彼を捕まえてくださり、ありがとうございます」

礼を口にする割には、イスリールの表情は芳しくないものじゃ。

「これからボクがやること、他言しないでくださいね」

眉尻を下げて、困り果てた顔をしたイスリールは、黒い珠に嵌まる彼の両肩を掴み、ずるりとそこから引き摺り出した。まったく抵抗せん彼は、そのまま反転させられて仰向けとなる。直後に彼の寝ている場所には黒い靄が発生して、イスリールごと包んでしまった。

円錐型《えんすいがた》の黒い立体になった靄は、徐々に様子を変えていく。全体を深い夜闇のような黒で覆っていたのに、ところどころ星のような煌めきを見せる。煌めきが強くなると、その場所から色も移ろっていった。

少しずつではあるが、星の瞬きかの如く、黒色から灰色になり、やがて白に染まった。その数が僅かずつでも増えていき、全てが白になる。すると円錐型だった靄は、大きな楕円型《だえんがた》……いや、下膨れの卵型じゃな、こりゃ。そんな形へなっていたよ。

儂の見ている前でぶるりと震えたら、卵から腕が生えて頭が出てくる。中から現れたのはイスリールで、白い卵は長さ30センチくらいになっとった。卵がぷかぷか宙を漂い、何かに導かれるようにイスリールの正面まで移動し始める。

近寄った卵へイスリールが手のひらを翳すと、左回りにゆっくり回り出す。それと同時に、卵は徐々に高さを下げていき、やがて地面へ潜っていったよ。残ったのは、宙に浮く真っ黒いトゲトゲした欠片が一つ。それをぎゅっと握って、イスリールは痛みに顔を歪める。

様子を見ていた儂には、卵がどこへ向かったのかも、何をする為に卵にしたのかも分からん。

「地中に住まう眷属のもとへ送りました。赤ん坊からもう一度やり直しましょうってことです」

相も変わらず情けない表情を見せるイスリールは、それ以上話さんかったよ。だもんで、こちらとしては想像するしかできんが……生命を弄んだ代償として命を奪うのは簡単じゃが、それでは身も心も傷付けられて死んでいった者が納得せんじゃろう。

もっと厳しい罰にするならば、記憶や技術、力を失い生き直すのが妥当かのぅ。この先、彼にどんな道筋が敷かれているかは知らんが、なかなか厳しいと思うぞ。

儂が思案している間に、イスリールは歩を進めて女性のそばまで来ていた。

「さて、貴女にも罰と褒賞が必要ですね」

女性にかけていた《結界《バリア》》にイスリールが触れると、何もなかったかのように掻き消える。へたり込んだまま姿勢を崩したせいで、女性は地面に仰向けになってしまったわい。

「不死を目指すのは構いませんが、誰かを巻き込むのはダメです。街の人を流行り病から助けたのは素晴らしい功績でした。ただし、先ほどの、彼を封じる振りをして、セイタロウさんを捕らえようと行動したのは頂けません」

ぴくりと彼女の右手が震え、ゆっくり握られていけども、動かせるのはそこまでだったらしい。

「ヒト種のまま不死を得たかった貴女には、『半死人』になってもらいます。分かりますか？　ここからやるべきは『不死』を治す研究ですよ。この街の人たちを、安全に人へ戻してあげてください」

望んだものを、望まない形で叶えられる……これは確かに罰じゃろう。苦しそうな顔をしとるイスリールが、女性の前でしゃがむとその額に手を触れた。

鈍色《にびいろ》の光が女性を包み、その身を持ち上げていく。儂の目線くらいの高さで止まり数度瞬いた後に、上空へ舞い上がり、ふっと消えてしまったよ。

「彼女には、一つ所に留まらず、世界を巡ってもらいます。世を棄《す》てて隠れ住むのは、考えも空気も澱《よど》んでしまいますからいけません。もっと外へ目を向けないとダメですよ」

イスリールが困り顔をしたら、背後から誰かが飛び出した。しっかり見えんかったが、三幻人の誰かだと思う。彼女を監視する為に出て行ったんじゃろうな。

「黒い珠は逸れたのではなく、儂を狙っていたんじゃな。あと、街の人を治すってなんじゃ？」

これらの疑問には答えてくれるみたいで、イスリールは段々と表情を緩めていったよ。説明が終わる頃には、いつもと変わらぬのほほんとした顔になっとったから、心も落ち着いたんじゃろて。

イスリールにも全てが把握できたわけではないので、予想の範疇《はんちゅう》を超えないそうじゃが、あの黒い珠を打ち返さなかったら、儂が青年のような状態になっていたそうじゃよ。それでも、腕力と魔力を駆使すれば抜け出せないこともないらしいがの……

あと、この塔の街を病気から救ったのが彼女だったみたいでな。青年が研究過程で振り撒いた病魔を始末する為に、人々の命を永らえさせる為に八方手を尽くした結果が、街の人の『半死人』への種族変化なんじゃと。

治したのは魔法使いのおじさん、と聞いていたのを思い出したので、そのことも問うてみたが、簡単な答えじゃったよ。変装していたそうじゃ。

街の者の前から消えたのも、噂で言われていた『病気に感染する恐れがある』からではなく、半端な結果を自身が受け入れられなかったかららしいわい。

不完全な研究の、途中経過の段階でも、誰かを助けようとするのは立派だと思うんじゃが、望んでいないものを押し付けられて苦しんだ者もいたからのう……あぁ、それで罪と罰なんじゃな。

## 《 29　帰り道 》

イスリールとの会話も終わり、儂だけが塔の前へ戻ると、ルーチェたちの他に豆大福スライムが待っとったよ。

「じいじ、おかえりー」

ルーチェからもらったいつもの元気な声に、儂は思わず頬が緩む。その眼前には、もくもくと煙を上げる串焼きの台。ナスティもロッツアもそれぞれ、普段通りの焼き場をこさえていた。

「ただいま」

儂の返事に、家族の誰もがうんうんと頷いてくれたが、感動の再会なんてものではないな。別れたのもついさっきじゃし、ボロボロの衣服でもなけりゃ、怪我や疲れも見当たらんじゃろう。

不調……と呼ぶほどでない状態変化ならば、腹が減ったくらいかのぅ。それも、今目の前で料理しつつも食事をとる家族たちのせいな気がせんでもない。

「終わりましたか～？」

山盛りの野菜炒めと箸《はし》をナスティから渡された。クリムとルージュは、コップと飲み物を差し出してくれたよ。この手の配膳などは、カブラが率先していたんじゃが、今日は違ってな。ロッツァの作る焼き魚を手伝ってくれとるようじゃ。更に助手に入っているのがバルバルじゃった。

「ただ待ってるだけじゃ勿体ないから、料理してたんだ。じいじだったら、大丈夫だと思ったし」

にひっと笑うルーチェが、焼き立ての串焼きを三本持ち上げる。それに対抗するかのように、これまた芳ばしい香りを漂わせる、サケの切り身を掲げてくるのはバルバルじゃ。主菜となりうる品が既に三品も揃ってしまったわい。

こうなると欲しくなるのが主食でな。【無限収納《インベントリ》】から、仕舞っておいた炊き立てごはんを取り出してしまったよ。

自分らでは用意できなかったようで、物欲しそうな目をされたわい。こりゃ、料理の礼として、儂から差し入れておくべきじゃな。

最初に儂の前で空の茶碗を見せたクリムとルージュの分をよそい、その後は銘々《めいめい》の調理場で食べてもらえるように運んでもらった。

豆大福スライムは好き嫌いがないらしく、どの料理も残さず食べ切っていた。特に串焼きを気に入ったようで、何度もおかわりしていたし、串まで食べ尽くしとったわい……いや、それは食料じゃないぞ。

ゴミが減らせるのはいいことじゃが、器まで食べてしまったらいかんからのぅ。この辺りも教えてやらんと、街での暮らしで苦労しそうじゃよ。

いろいろ教えようと、食事をとりながら豆大福スライムへ視線を向けたら、不思議なものが見えてな。なんと既に従魔になっとったんじゃ。どうにも自由を取り戻してくれたバルバルに従ったみたいでな。あの核を取り戻したのが、仇になったというか奏功したというか……まぁ、本人同士が納得しとるなら、問題ないじゃろ。

一通り食べ終えて食休みも挟んでから、儂らは帰ることにした。ただ帰るにしても道筋をどうするか……なんて悩んでいたら、ひょこっと火の男神が顔を出してな。ついでに水の男神も付き添って来とった。

二人の言によれば、ダンジョンを経由して帰れるようにできるそうでな。それには儂らの協力が必要なんじゃと。二人だけでは少々力不足で、そこを補うのが儂の魔力や家族の生命力みたいなんじゃよ。

力を使っても儂らの寿命が減るなんてこともないようじゃから、ありがたい助け舟と思っておこう。帰りがけに魔物の子供らを誘う都合もあるからの。

ダンジョンを通る道すがら、敵意を見せん魔物や子供たちに話をしてみた。おおよそ三割ほどの子が、儂らと一緒に行きたいと希望したよ。残りはこのままダンジョンで暮らすそうじゃ。

草餅スライムは本人が外へ出ることを希望せんかったから、子供たちの保護者兼遊び相手として残ることになった。

神官さんたちがおる場所を経ずに、連続してダンジョンを通れたことにも驚いたが、先を急ぐ儂が一番吃驚したのは、青いルリハツタケのダンジョンに、モッチムッチの親がいたことかのぅ。

行き掛けに気付けなかった道で、身体の半分以上が泥に埋まっていてかなり衰弱《すいじゃく》していたが、回復魔法をかけてやったら、会話ができるくらいにまで戻ってくれた。

ここに来る前、不意を突かれて捕らえられてしまったそうで、ずっと研究対象として生かされていたと言っておったよ。モッチムッチが元気にしていることを伝えると、涙を流して喜んだ。子供の心配をせん親は、やはりおらんな。

大きな身体に臆することなく、儂らについて来た子供たちは親ヒュドラに懐きよる。同じく殿《しんがり》を任せたロッツァにも随分と多くの子供が集《たか》っていたよ。

ダンジョンから魔物の子供を大勢連れて出た儂らを見た神官さんたちは、大層驚いておったな。しかし、攻撃しようとする者は皆無じゃった。

聞けば、イスリールが自ら声をかけてくれたらしい。それで、驚きつつも迎えてくれたのか。王都にも先ぶれとして伝令を走らせてくれたとのことじゃ。ただ、さすがに予想を超える数だったので、面食らったそうじゃよ。伝令も数までは分かっとらんという。ならば、そこは儂自身で手をかけたほうが良さそうじゃ。

「《言伝》《クルッポウ》」

国王とクーハクート、それに商業ギルドと冒険者ギルド双方のマスターへ飛ばしておいた。その返事が来るまでの間に、先ほど捕らえた冒険者の話を聞けたよ。

彼らの雇い主は、あの塔の街を領地とする貴族だったんじゃと。研究者を支援する一環として、儂を生け捕りにしようと動いたそうじゃ。

口を割らせた内容と、クーハクートが内偵していた情報を繋ぎ合わせた結果らしい。儂が前に塔の街のことを少し伝えた時から動いていたとは……隠居貴族になったとはいえ、やはりやり手は違うのぅ。

飛ばした四羽の鳩――《言伝》《クルッポウ》は、ほとんど差がなく戻ってきたよ。それと時機を合わせるように顔を出したのが、イスリールでな。宙に浮かぶ白い靄から、顔だけひょこっと出して、

「セイタロウさんのお宅の沖合に、一つ、島を用意しておきました。そこでこの子たちを暮らさせてください。あ、街へ連れて行ってあげるのは、時々くらいで構いませんからね」

そう言うと、帰るのじゃった。唖然とする神官さんたちを放置して、儂は四者から来た返事に目を通す。概ね似た内容で、数の問題を心配しとったよ。

イスリールは、これを先読みして手を打ったのか……彼の言葉を信じて、また四羽の鳩を飛ばすと、今度は即座に返事が来る。あちらさんにもイスリールが手を回したんじゃろう。でなければ、こんな速さは無理じゃて。

四人誰もが、今回の返事は呆れ半分でな。またもや似通った文言で『今度、招待してほしい』って感じじゃったよ。

## 《 30　ささて、どこへ行こう 》

神官さんたちは街へ帰り、アサオ一家は門を潜らず、海岸線を進んで一旦家へ入る。正規の手続きで街中へ入った形跡がないのは不自然じゃが、その辺りは国王やクーハクートがどうにかしてくれるそうじゃからのぅ。お任せじゃ。

帰宅しても儂らはのんびりできん。ひと息ついたら、子供たちを伴って島への移動を開始せんと。マップで確認するに、かなりの沖合じゃからのぅ。移動の時間と数に悩んでいたら、モッチムッチが顔を出したよ。

最初は見慣れん魔物の子供たちに少々戸惑いを見せたが、そこは子供同士、意気投合も早かった。ただし、見知った顔の親ヒュドラを見ても、きょとんとした表情をするだけで、駆け寄ることもありゃせん。どうやら、親の顔を忘れるほど離れていたようじゃ。

子供に忘れられる事態に心を痛めた様子の親ヒュドラも、渋々ながら現実を受け入れる。事情を知らん子供にしてみれば、忘れてしまうのも仕方ないか……

積もる話もあるじゃろうて。親子水入らずにしようと提案したら、親ヒュドラにもモッチムッチにも断られたよ。『受けた恩を返すのが先』とは親ヒュドラの言葉で、『遊んで』と言ったのがモッチムッチじゃ。まぁ、今日は構ってやる時間がなかったからのぅ。

ヒュドラ親子とロッツァに頼み、島へ渡る手段を手に入れたが、さすがに全員一遍に乗るのは無理じゃ。となると次にやらなきゃいけないのは、乗る場所の確保じゃな。これは《岩壁《ストーンウォール》》に

《浮遊《フロート》》をかけて、引っ張ってもらえばなんとかならんか？　重さは変わらんが、浮力によって大分楽になると思うんじゃが……どうじゃろか。

相談しつつ沖合へ顔を向ければ、砂の道が出来ていたよ。家を出る時はなかったそれに首を捻っていたら、答えが現れた。いや、やってくれた者が判明したと言ったほうが正しいのぅ。

砂浜に立つのは二人の女神。風の女神が腕を組みながらそっぽを向いて、土の女神が満足そうな笑みを浮かべていたわい。

火と水の男神が先に儂の役に立ったのが、気に食わんかったそうじゃ。『自分たちも有益だと覚えてもらわないと、今後のおやつに支障が出る』……なんてことを考えた結果、大急ぎでこの砂の道を作り上げたんじゃと。そんなことをせんでも、おやつにありつけるんじゃが、彼女らなりに思うところがあったんじゃろうて。素直に礼を伝えておいたよ。

島に着いて分かったことが二つ。この島、我が家の畑同様にぷち聖域化しとる。またイスリールを筆頭にやらかしたらしい。女神二人が、ふんぞり返るほど胸を反らしとるからのぅ。

この聖域のほとんどの機能は我が家と変わらん。唯一の違いは、子供だけでは中から出られんことか。これは街と子供の双方に配慮してのことじゃろう。

その辺りの不都合を埋めても、お釣りが来そうなほど物はあってな。島の中だけでも十分に生きていけるぞ。食い扶持《ぶち》に困ることもなさそうじゃし、雨風を凌《しの》げる場所だって何ケ所もある。

ただ、魔物の子供たちだけで生きていくには、学ぶべきことが多そうじゃな。そこを儂らアサオ一家が指導してやるんじゃろう。定期的に、我が家や街へ連れ出すこともしてやらんと。閉じ込めるだけならば、ダンジョンに棲んでいるのと変わらんからのぅ。

「じいじ、これはお祝いしないとだね」

「そうやで、おとん。無事に帰って来れたんも合わせて、ぱーっとやらんとー」

楽しそうに島の中を駆け回る子供たちを見ていた儂に、ルーチェとカブラがそんなことを言ってきた。お祝いが何かは分からんでも、『ぱーっとやる』の意味は理解したんじゃろな。クリムとルージュの目が輝いとる。そんな二匹を見ていた子供たちも、同じように目をキラキラさせとるよ。

「これは、応えてやらねばなるまい」

「ですね～」

ロッツァとナスティも賛成に回り、早速焼き場をこさえ始めたわい。ルーチェとカブラ、それにクリムとルージュ、バルバルもお手伝いに奔走する。てっきり串焼きを準備するかと思ったルーチェじゃが、魔物の子供たちには食べにくいかもしれんと考え、手伝いに回ると来めたようじゃ。

ロッツァとナスティは、大きく手を加えない焼き物や炒め物を作り始めた。何をするのか興味津々な子供たちは、遊ぶことも放り出して見学しとる。その中から、一人二人と手伝いに加わっていってな。

ただし、手のあぶれる子も出てきた。輪に入りたそうにしつつも、邪魔したくもない。そんな思いを滲ませる子らを見たら、儂のやることは決まったよ。一緒に作ることを体験させてみるか。成功したら嬉しいし、失敗したって自分らの糧《かて》になるじゃろ。

儂は【無限収納《インベントリ》】からパン種を取り出して伸ばしていく。その音と動作に目を惹かれる子も多くてのぅ。《清浄《クリーン》》をかけてやると、どんどんと参加する子が増えていったよ。

生地を伸ばすのが得意な子、具材を綺麗に並べられる子、他の子が上手にできるように手伝いに徹する子……十人十色じゃった。力加減を間違う子もおるにはおったが、その子らはロッツァやナスティが薪割《まきわ》りなどを頼んでいたからな。引け目を感じることもないじゃろて。これだけ賢いなら、魔物と言わずに魔族と呼ばれる日も近そうじゃ。

ロッツァとナスティが焼き上げてくれた、力作ぞろいのピザを前に、待ち切れんのは子供も大人も変わらん。

「さて、食べようか」

儂の言葉を合図に、

「「「「いただきます」」」」

アサオ一家が揃って手と声を合わせる。

「食べる前には『いただきます』」

「食べ終わったら『ごちそうさま』やで」

首を傾げる子供たちにルーチェとカブラが教えとる。子供たちが所作を真似ると、全員で食べ始めた。

みにょーんと伸びるチーズに悪戦苦闘する子、熱々ベーコンに四苦八苦する子、お構いなしに頬張る子……これまた十人十色の反応を見せたわい。

「じいじ、美味しいね」

にかっと笑うルーチェを見ていた子供が、そっくりな表情を儂へ向ける。他の子にも見様見真似で伝染していきよった。

「あらあら～。そんな時は、『ありがとう』ですよ～」

声を発せない子には、仕草で教えるナスティ。そんな中、ピザの奪い合いを始める子が出て来てな。どうやら、具材の違いに目移りした結果みたいじゃ。双方共に隣の子のピザが美味しそうに見えたんじゃろう。

「こらこら、喧嘩なんぞしていたら、食事が不味くなるぞ。仲良くしないと、おかわりがいなくなってしまう」

注意をしたロッツァの視線の先では、バルバルが皿を取り上げていたよ。

「悪いと思ったならば、『ごめんなさい』だな」

ロッツァの言葉をクリムとルージュが実演し出す。二匹は悪いことをしたわけじゃないが、手本を見せてくれるんじゃろう。互いに向き合い、頭を下げ合った。すると、バルバルがピザの載る皿を運ぶフリをしてな。それを見て喧嘩していた子らは、慌てたようにクリムたちを真似し始めたよ。

「今教わったことを忘れんようにな。アサオ家では何より大事なことじゃて」

ひとしきり笑い合った後に儂がそう言えば、子供たちは分かってくれたようじゃった。

「そうそう。もっと大事なことがあった。『いのちだいじに』じゃ。死んでしまったら楽しいこともできんし、美味しい料理も食べられん。まずは生き残ることを考えて動くんじゃぞ」

「はーい」

元気なルーチェの返事に、子供たちが一拍置いてから頷いた。これも理解してくれたんじゃろう。

祭りのような騒がしい時間は、あっという間に過ぎていく。

家に帰ろうとする儂らを、子供たちがあの手この手で引き止めようとしてな。それに折れたのがロッツァじゃった。保護者として今日は一緒に寝てやるそうじゃ。大喜びの子供たちに見送られ、儂らは家へと歩を進める。

「じいじ、楽しかったね。今度はどこで何するの？」

儂と手を繋ぐルーチェが、顔を上げて聞いてきた。

「まだまだ見聞きしていない場所が多いから悩むのぅ……ルーチェは何か思い付いたのか？」

「ぜんぜん！」

問い返したら、首を大きく横に振られたよ。

「でもね、じいじたちと一緒なら、どこでも楽しいと思うよ。それに美味しいものも見つかるだろうし！」

満面の笑みでそう付け加えられたわい。クリムとルージュも同意らしく、儂へ飛びかかり、身体を前後から挟みよる。カブラは自身の居場所を主張して、肩車をやめさせてくれんわい。

「美味しいものは大事じゃな。それじゃ、家に帰ったら、次に行くところを探し始めるかのぅ」

「我も共に行くからな！」

島に残ったロッツァが、儂らの背後から吠えた。

それを聞いた家族が全員で笑い合うと、島からも愉快な声が響いたわい。

楽しい時間が過ぎ、祭りの後のような物寂しくも静かな宵闇《よいやみ》。のんびり茶を淹れていたら、儂の膝の上でルーチェが寝息を立てとった。

「まだまだ、食……べる……よ……」

「なんともらしい寝言じゃな」

優しく髪を撫でてやれば、えへへと口元を緩めよる。畑のほうからは、バロメェの穏やかな鳴き声が響く。きっと、カブラやバルバルと何かしとるんじゃろ。

「さてさて、今度はどこで何をするかのぅ。お祭りみたいな喧騒も嫌いじゃないが、こんな夜も好きじゃて……まぁ、この子らが笑って過ごせるなら、賑やかな生活でも構わんか」

一人ごちる儂は、もうひと口茶を啜るのじゃった。

---

さて、まだ物見遊山は続くが、儂の語りはここまでとなる。

家族に呼ばれたでな、あちらへ行かんと。

何かの拍子に、また話すことがあるかもしれんが……その時まで、達者でな。

THANK YOU FOR READING

とある王国で魔導建築を学び、宮廷建築士として働いていた青年、ワーク。ところがある日、着服の濡れ衣を着せられ、抵抗むなしく追放されてしまう。相棒である妖精ブラウニーのウニとともに海を渡った彼は、未開の島に辿り着き、出会った魔獣たちと仲良くなる。その頃王国では、ワークを追放したことで様々なトラブルが起きていたのだが……ワークはそんなことなど露知らず、持ち前の魔導建築の技術で建物を作ったり、魔導重機で魔獣と戦ったりと、島ぐらしを大満喫する!

◉定価:1320円(10%税込) ISBN 978-4-434-28909-5 ◉illustration:ファルケン

いずれ最強の錬金術師？
SOMEDAY WILL I BE THE GREATEST ALCHEMIST?
1~10
小狐丸
KOGITSUNEMARU
地味～な生産職志望の僕に付与されたのは、
聖剣から空飛ぶ船まで、
何でも造れる最強スキル
錬金術!!
コミックス
1～3巻
好評発売中!
1～10巻
好評発売中!
勇者召喚に巻き込まれ、異世界に転生した僕、タクミ。不憫な僕を哀れんで、女神様が特別なスキルをくれることになったので、地味な生産系スキルをお願いした。そして与えられたのは、錬金術という珍しいスキル。まだよくわからないけど、このスキル、すごい可能性を秘めていそう……!? 最強錬金術師を目指す僕の旅が、いま始まる!
●各定価：1320円（10%税込）
●Illustration：人米
●各定価：748円（10%税込）
●漫画：ささかまたろう　B6判

勇者召喚に巻き込まれて異世界転移した元サラリーマンの相良真一(シン)。彼が転移した先は異世界人の優れた能力を搾取するトンデモ国家だった。危険を感じたシンは早々に国外脱出を敢行し、他国の山村でスローライフをスタートする。そんなある日。彼は領主屋敷の離れに幽閉されている貴人と知り合う。これが頭がお花畑の困った王子様で、何故か懐かれてしまったシンはさあ大変。駄犬王子のお世話に奔走する羽目に!?

●ISBN 978-4-434-28668-1 ●定価:1320円(10%税込) ●Illustration:万冬しま

この作品に対する皆様のご意見・ご感想をお待ちしております。

おハガキ・お手紙は以下の宛先にお送りください。

【宛先】

〒150-6008 東京都渋谷区恵比寿 4-20-3 恵比寿ｶﾞｰﾃﾞﾝﾌﾟﾚｲｽﾀﾜｰ 8F
（株）アルファポリス　書籍感想係

メールフォームでのご意見・ご感想は右のＱＲコードから、
あるいは以下のワードで検索をかけてください。

アルファポリス　書籍の感想　検索

ご感想はこちらから

本書はWebサイト「アルファポリス」(https://www.alphapolis.co.jp/)に投稿されたものを、
改題、改稿、加筆のうえ、書籍化したものです。

じい様《さま》が行《い》く 10　『いのちだいじに』異世界《いせかい》ゆるり旅《たび》

蛍石（ほたるいし）

2021年　8月　31日初版発行

編集－矢澤達也・宮田可南子
編集長－太田鉄平
発行者－梶本雄介
発行所－株式会社アルファポリス
〒150-6008 東京都渋谷区恵比寿4-20-3 恵比寿ｶﾞｰﾃﾞﾝﾌﾟﾚｲｽﾀﾜｰ8F
TEL 03-6277-1601（営業）　03-6277-1602（編集）
URL https://www.alphapolis.co.jp/
発売元－株式会社星雲社（共同出版社・流通責任出版社）
〒112-0005 東京都文京区水道1-3-30
TEL 03-3868-3275
装丁・本文イラスト－NAJI柳田
装丁デザイン－ansyyqdesign
印刷－図書印刷株式会社

価格はカバーに表示されてあります。

落丁乱丁の場合はアルファポリスまでご連絡ください。

送料は小社負担でお取り替えします。


ISBN978-4-434-29269-9 C0093